DE LA MÊME AUTRICE

FUGITIVE PARCE QUE REINE, *roman*, 2018 (Folio nº 6631)

ROSE DÉSERT, *roman*, 2019 (Folio nº 6952)

LES MONUMENTS DE PARIS

VIOLAINE HUISMAN

LES MONUMENTS DE PARIS

roman

nrf

GALLIMARD

Aux filles

I

Te voir avachi devant la télé en plein après-midi me sidère et me brise le cœur. Je coupe le son. Merci, silence. Le reflet des images diapre les murs comme les vitraux d'une chapelle. Par la fenêtre, à ta gauche, un rayon de soleil dessine autour de ta chevelure un halo d'or. En arrière-plan, des étagères de livres reliés en cuir châtain forment un paysage vallonné, des collines où se dressent en lettres scintillantes tes auteurs-phares. J'ai poussé ta chaise roulante pour me frayer un passage jusqu'à toi. J'ai déplacé ton repose-pied pour m'installer à côté de ton fauteuil inclinable. J'entrelace mes doigts aux tiens. Ma chérie adorée, c'est drôlement gentil de passer voir ton vieux père. Tu portes mon poignet à tes lèvres pour y déposer une pluie de baisers. Ton si vieux père, un pauvre vieillard cacochyme ! Tout de suite les grands mots. Je lisse ton front inquiet. D'une caresse, j'époussette dans ta barbe inégalement rasée des petits bouts de nourriture. Je baisse mon masque chirurgical pour plonger mon visage au creux de ton cou. Je retiens mes larmes – à peine. C'est ton parfum qui me manquera le plus. Ton salon exhale une odeur de saumure, de soins, de pisse. Tu reçois mes marques de tendresse avec une béatitude lasse ou peut-être enfin une forme d'ataraxie.

Je suis rentrée en France de crainte d'être loin de toi quand tu disparaîtrais. Tu as beaucoup regretté notre éloignement au cours des deux décennies que j'ai passées en Amérique. Tu me téléphonais régulièrement, souvent la nuit. Maintenant tu ne m'appelles plus, mon pauvre papa, tu ne sais plus comment. Ta crinière blanche dénote une élégance que le reste de ta mise contredit cruellement. Sur ton front, tes tempes, je retrouve ce parfum des petites brosses rondes en plastique que tu as toujours affectionnées. Tu les achetais en pharmacie, avec ton éternelle bouteille de Schoum, ton spray Ricqlès extrafort, une Eau de Cologne Impériale, des tas d'autres bricoles à la fois inutiles et essentielles à ton quotidien. La merveilleuse alchimie de ces notes boisées sur ta peau se répandait dans tes écharpes en cachemire, tes pardessus. Tes costumes distingués, en lin ou en laine vierge, anthracite, marine ou camel, tes cravates et tes pochettes, ont été remisés au placard. Sans doute n'en auras-tu plus l'usage, mais je préfère penser qu'ils t'attendent, comme tu m'as si souvent fait attendre. Dans la quiétude qu'imposent tes fréquentes somnolences, j'admire ton port distingué malgré ton pull taché, la couche qui dépasse de ton jogging. Tu gardes les jambes croisées, les tibias entourés d'un élastique assez lâche pour ne pas te pincer les mollets, les pieds emballés dans d'énormes bandages. Tes plaies ne guérissent pas, ne guériront pas. Sous le pansement, ton pied gauche ressemble à une sculpture cubiste. Des angles se sont formés sous les métatarses, tes orteils sont tout racornis, le gros est entièrement noir. Cet orteil de géant était déjà pourri quand j'étais enfant : un globule de chair enflée autour d'un reste d'ongle de la taille d'une dent de lait.

En ces instants que je passe à ton chevet, je me fous que tu ne te rappelles rien : ni l'âge que j'ai, ni l'existence de mes filles, ni le suicide de ma mère. La guerre est à peu près tout ce dont tu te souviennes, alors je te demande une énième fois de me raconter l'invasion des nazis, l'exode, la spoliation des tiens sous Vichy. De ton lit médicalisé, tu me mènes à bord du *Massilia* en juin 1940 ; je te suis sur le pont comme dans un théâtre. J'entends à travers les battements de ton cœur les applaudissements du public qui retarde le moment de quitter la salle, et qui scande, les mains jointes, cette prière impossible : Pitié, faites que le temps demeure suspendu. Pitié, que le présent dure l'éternité.

Mon père était un homme d'une autre génération, aurait-on dit pour excuser sa misogynie ou son pédantisme, un homme dont les succès justifiaient l'arrogance, dont l'affabilité surprenait autant que la fureur, dont la tendresse excessive, baroque, totalement débridée, trahissait l'excentricité ou expliquait en partie l'attachement qu'il inspirait en dépit de ses abominables défauts. J'étais sa petite dernière, sa numéro huit, avait-il coutume de dire pour me présenter dans le grand monde. Dans l'intimité, il m'appelait son petit ange. De la même mère j'ai une sœur, Elsa, de deux ans mon aînée. Les autres enfants de notre père, de trois lits différents, s'échelonnent sur trente ans.

J'ai expliqué à mes filles au printemps 2020, après des mois de confinement avec son lot d'école à la maison, que nous allions emménager en France pour nous rapprocher de leur vieux grand-père. George et Sissi étaient nées à New York, elles parlaient un français fantaisiste et appelaient leur aïeul Doggy, sobriquet hérité des générations antérieures. Ce surnom semblait à mes filles d'autant plus saugrenu que l'anglais était leur première langue, et que Doggy, à ce stade de sa vie, se trouvait dans une situation de dépendance telle que le comparer à un chien n'était pas sans fondement. En outre, il possédait avec sa femme un yorkshire très envahissant, dont la place au sein du foyer confinait à la pathologie. La femme de mon père, celle qu'il avait épousée après ma mère, faisait une fixation sur ses chiens, lesquels s'étaient succédé à l'identique au fil des décennies, chacun remplacé tel un multiple industriel. Ils n'avaient pas eu d'enfants mais donc un animal de compagnie, que mon père appelait son *fils-chien*.

Une infirmière envoyée par l'Assistance publique – Hôpitaux de Paris vient plusieurs fois par jour surveiller tes pansements. Ta femme tient à te garder à la maison, ce dont nous, tes enfants, lui savons gré. Une auxiliaire de vie te permet de voyager de ton lit au salon à bord d'une chaise roulante aux heures des repas ou des visites. Tu as pour elle une courtoisie exemplaire, un brin ampoulée. Tu la remercies avec effusion, elle te répond avec componction, à la mesure de la grâce avec laquelle tu manies la langue française. Toutefois, il arrive que tu t'indignes. Cette femme t'importune. Pourquoi diable t'empêche-t-elle de profiter de ta fille ? Tu supplies qu'on la fasse partir, qu'on te laisse tranquille ! Tu pourrais en pleurer de rage, d'humiliation. Qu'on parle de te changer ? Est-on tombé sur la tête ? Tu insistes pour m'emmener au restaurant. J'essaie de t'apaiser, j'esquive ta proposition. J'en profite pour te rappeler que les lieux publics sont fermés jusqu'à nouvel ordre. Tu as toujours préféré manger au restaurant. Midi et soir, en vacances comme à Paris. Bientôt ta femme t'apportera un plateau-repas que je t'aiderai à avaler à la petite cuiller. Dans ce renversement des rôles, nous avons l'âge indécis d'un amour insolvable; nous vivons en sursis, dans un hors-champs hors du temps.

Mes filles adorent m'écouter te mettre en scène dans des récits où elles partagent le plaisir que je prends à évoquer ta folie douce. Ainsi se déclinent, entre autres aventures rocambolesques en diable, nos courses chez les commerçants du quartier. C'est-à-dire quand, exception qui confirmait la règle, tu avais prévu que nous mangerions à la maison plutôt qu'au restaurant. Nous appelons ce conte : Doggy fait son marché. Alors voilà, Doggy arrive à la boulangerie, mais comme il est déjà vieux, il a une chaise qui l'attend à l'entrée de la boutique. C'est la chaise de M. Huisman. Doggy s'installe, sa canne à la main, il salue chaleureusement madame la boulangère, et toutes les dames qui travaillent là – Bonjour madame, bonjour mesdemoiselles, comment allez-vous ce matin ? –, et il commence à énumérer sa commande : Ma bonne dame, je vais vous prendre, s'il vous plaît, six croissants, huit pains au chocolat, et, eh bien, quatre pains aux raisins, et mettez-moi... Là, effarée, j'essaie de l'arrêter : Mais papa, enfin, c'est pour qui tout ça ? Eh bien pour tout le monde ! Mais qui tout le monde, papa ? On est juste trois, Elsa, ta femme et moi; toi, avec ton diabète, tu n'y as pas droit, personne ne va manger tout ça ! Mais si, mais si, ne me contrarie pas ! Reprenons. Ah je vois que vous avez de bien belles pâtisseries aujourd'hui ! Vous allez nous mettre une grande tarte, elle est à quoi celle-ci ? Aux abricots, formidable, on la croirait sertie d'émeraudes avec ces petites choses qui brillent dessus. Ah ce sont des pistaches ! C'est très réussi. Et puis cette magnifique forêt-noire, c'est votre mari qui l'a faite ? Vous le féliciterez de ma part ! Un bien brave homme, et talentueux comme tout. Et quelques religieuses au café, oui deux, non trois, et vos fameux sablés, ils sont excellents, et... Les filles, vous croyez qu'il va s'arrêter là ? Non, vous avez raison, ça ne lui suffit toujours pas. Papa, c'est vraiment beaucoup trop ! On ne va jamais manger tout ça, je te jure, c'est trop ! Et vous croyez qu'il m'écoute ? Non, vous avez raison, il ne m'écoute absolument pas. Quand finalement nous sortons du magasin, je porte six cartons de pâtisseries en équilibre qui manquent de chavirer, quatre sacs de viennoiseries que je peine à tenir d'une main, j'ai trois baguettes calées sous le bras, et là, les filles, là, vous savez ce qu'on fait ? On se dirige vers le boucher-charcutier-traiteur ! Est-ce que vous devinez ce qui va se passer là-bas ?

Je leur ai demandé si elles voulaient m'accompagner voir Doggy en arrivant en France. Elles m'ont répondu avec enthousiasme que oui, oh oui, ça leur ferait très plaisir. J'ai pensé qu'elles en rajoutaient. Lors de notre dernière visite – quand la pandémie n'était encore qu'un cauchemar du futur –, mon père avait demandé dix fois à George de lui rappeler qui elle était au juste. Tu me demandes encore ? avait-elle gémi, incrédule. Mais je t'ai dit ! Lots of times ! Je suis George ! Ta petite-fille George ! Doggy avait ri aux éclats de la voir se récrier avec la candeur de ses sept ans révolus. Mais bien sûr, ma belle George. Tu as raison, c'est aberrant d'être un tel vieillard cacochyme. Ah gaga ah gaga papa, je suis complètement gâteux ! avait-il dit en déposant sur son poignet une pluie de baisers. Petit ange ! (*Petit* petit ange !) Ah là là, c'est moche de vieillir... Nous avions ri tous les trois, puis j'avais pris la main de mon père adoré dans les miennes, sa main noueuse et bleutée aux ongles jaunes et écaillés comme les ligules du pissenlit en voie de métamorphose. Ne te tracasse pas, mon papa, c'est bien normal que tu perdes un peu la mémoire après tant d'années à retenir tant de choses. Maman, m'a dit George, solennelle, en réponse à ma proposition : I swear, I'm très contente de voir Doggy. Even if he doesn't know who I am ! Ma fille a hérité de mon père des orbes d'obsidienne que les émotions nacrent d'une brillance insolite. La joie ou l'angoisse y perlent abruptement. À chaque instant de leurs échanges, j'ai senti dans les gestes empressés de ma fille pour ce vieil homme édenté, dans les caresses et le regard fasciné de mon père sur ce visage poupin qui lui rappelait très fort un autre, l'intensité de la filiation. Cette chambre de malade tenait aussi du sanctuaire : l'amour y régnait en novice, candide et sublime.

Dans tes moments de lucidité, tu évoques, de manière chaotique et parcellaire, des épisodes de ta vie qui ont précédé ma naissance. Tu te promènes, contemplatif, parmi les paysages de ton histoire : tu déambules, flânes, reviens sur tes pas. Les yeux dans le vague, tu t'engages sur un boulevard, t'égares au détour d'un dédale de rues, empruntes un raccourci ; tu digresses, tu te perds, tu tournes en rond. Tu ne dialogues pas, tu soliloques. Tu ne me laisses intervenir que lorsque tu cherches un mot, un nom, une adresse. Impossible de poursuivre tant que tu n'as pas trouvé le terme exact qui te permet d'enchaîner. Pas imperméable, mais fermé, ha, tu sais... pas étanche, *hermétique*, c'est ça, bravo ! La tige d'un fruit, enfin ça porte un nom : *pédoncule* ! Phalanstère, paléontologue, rodomontade... Je ne connais que lui, mais enfin tu sais bien, place de la Madeleine, la salade de homard, voilà : Lucas Carton, ouf ! Depuis petite, t'aider à retrouver le mot perdu est mon jeu préféré. Ton vocabulaire se repaît d'hyperboles, tu enjolives le réel avec ivresse et désinvolture, mais ton français ne tolère aucune approximation. Tu as la voix qui porte et le ton professoral ; où que tu sois, tu donnes un cours magistral, y compris en tête à tête avec ton agonie. Tu peux de but en blanc déclamer un poème de Hugo ou une tirade de Corneille. En philosophie, tu es incollable, intarissable. Tu sembles avoir tout lu, tout retenu. Tu convoques une sarabande de noms, des noms tombés en désuétude, des noms de pontifes poussiéreux, de personnalités aujourd'hui insignifiantes, des noms de rues, beaucoup. Tu as fréquenté le Tout-Paris. Dans cette galerie de portraits, je ne visualise aucun visage mais les lettres blanches sur fond bleu nuit aux carrefours de nos enfances. Je vois des caractères alphabétiques sillonner la nébuleuse toponymie de ton histoire.

Mon père avait vécu, depuis sa naissance, comme au milieu d'une carte postale, dans un rayon de moins de trois kilomètres autour de la tour Eiffel. Petit garçon, il avait grandi au palais de l'Élysée, où son père avait été secrétaire d'État sous Paul Doumer. L'ancien président de la République était avant tout pour moi le nom d'une avenue du seizième arrondissement qui partait de la place du Trocadéro, ou plus précisément du palais de Chaillot dont mon grand-père avait supervisé la construction, en tant que directeur général des Beaux-Arts, face au salon de thé Carette, à l'angle opposé, entre l'avenue Kléber et l'avenue Poincaré. Si c'est rond, ce n'est point carré ! plaisantait invariablement papa, pour ajouter qu'il ne fallait pas confondre Henri Poincaré – éminent mathématicien, membre de l'Académie des sciences, puis de l'Académie française, auteur de *La Science et l'Hypothèse*, dont Einstein admirait énormément les travaux – avec Raymond Poincaré, son cousin, pas la moitié d'un nul non plus ce Raymond Poincaré, lui-même de l'Académie française, ancien président de la République, dont le bilan était plutôt mitigé après 14-18, on lui reprochait d'avoir été un peu va-t-en-guerre, *Si vis pacem, para bellum*, avait-on dit de son alliance avec la Russie ; ce même Poincaré avait déclaré : Une France diminuée... ta ta ta... attends, c'était quoi déjà la formule... Une France diminuée, une France exposée... il y avait encore autre chose avant la chute... ne serait plus la France ! Clemenceau avait rétorqué : Il ne suffit pas d'être des héros. Nous voulons être des vainqueurs ! Bref, cette Première Guerre mondiale dont on promettait qu'elle serait pliée en quelques semaines avait duré quatre ans, une boucherie insensée, plus d'un million et demi de morts, un quart des hommes de la génération de 14, la génération de papa, qui, lui, avait été épargné parce qu'il était dans l'aéronautique, ce qu'on appelait alors l'aéronautique, qui deviendrait l'aviation, mais lui était au sol, en poste d'observateur, d'ailleurs il avait refusé la Légion d'honneur juste après la guerre parce qu'il trouvait qu'il ne la méritait pas, qu'il avait été *embusqué* comme on disait alors, résultat il l'attendrait quinze ans de plus, cet imbécile ! Carette, donc, où papa s'arrêtait immanquablement les jours de départ en vacances pour avoir de quoi pique-niquer dans le train, parce qu'à cette époque reculée, la restauration rapide n'avait pas encore été massivement introduite en France, et quoi qu'il en soit, pour mon père, la seule adresse où s'approvisionner convenablement en sandwichs était ce salon de thé des années 20, où les en-cas étaient présentés sous forme de petits rectangles de pain de mie emballés dans un papier transparent à l'enseigne de la boutique.

Les noms des grands personnages historiques du XXe siècle, Paul Doumer, entre autres, avaient ainsi le goût du sandwich parisien par excellence, le jambon-beurre, mais pas n'importe quel jambon-beurre, pas une malheureuse demi-baguette servie sur un comptoir en zinc, non, il s'agissait d'un sandwich avec des faux airs d'entremets, une saveur confuse de banalité et d'exception. Ainsi j'entendais ces noms prononcés par la voix tonitruante de papa, quelque part entre le Petit Palais et le pont Alexandre-III, dans un entrelacs de digressions où l'intime servait de toile de fond aux anecdotes qui concernaient les autres, c'est-à-dire ce que d'autres appelaient communément l'Histoire. À trois ans, il était entré dans le bureau de son père à l'Élysée et lui avait demandé de but en blanc : Dis, papa, t'as des nouvelles de Pierre Laval ?

Si j'aimais la jubilation avec laquelle mon père racontait cet épisode de son enfance, sa signification semblait néanmoins compromise à force d'être répété, comme un mot scandé jusqu'à dissolution du sens. Il y avait quelque chose de burlesque à imaginer un bambin prendre des nouvelles d'un homme politique, et j'en déduisais – cette situation ne m'étant guère étrangère – que son père était pressé, terriblement occupé, et qu'il fallait que son fils l'interroge sur les affaires de l'État pour qu'il s'intéresse à lui. Néanmoins, ce Pierre Laval, qui n'avait pas de rue à son nom, n'était-il pas aussi ce salaud qui avait vendu les femmes et les enfants juifs aux nazis ? N'était-ce pas à lui, avec le concours de Pétain, que nous devions la rafle du Vél' d'Hiv ? Mon père, mon grand-père, moi-même, n'étions-nous pas juifs ? Mais Pierre Laval avait été un homme de gauche ! Comme Benito Mussolini, d'ailleurs ! me répondait papa en reprenant un petit sandwich au jambon. Pas mal le jambon, mais vraiment le meilleur c'est celui à l'œuf dur, je ne sais pas comment ils font cette mayonnaise, elle est remarquable. Enfin Laval, jamais un cheveu de nos têtes ne se serait imaginé qu'il deviendrait une ordure pareille ! C'était compter sans l'antisémitisme des Français... Mon pauvre père disait d'un de ses anciens camarades de régiment en 14-18, qu'il avait derrière lui quarante siècles d'hypocrisie chrétienne et d'avarice bourgeoise. Perplexe, je reformulais ma question. Nous sommes juifs, rétorquait papa, oui, évidemment, mais enfin ça dépend pour qui ! Pierre Laval avait absolument été de gauche, je te promets. Il avait occupé un peu tous les postes : ministre de la Justice, du Travail. C'est là qu'il avait fait passer la loi sur les assurances sociales, à l'origine de la Sécurité sociale, quand même ! Ministre des Affaires étrangères aussi, de l'Économie. Et patatras, il avait été victime de sa politique déflationniste, qui s'était révélée catastrophique, en pleine récession, il y avait eu le krach boursier, etc., et le Front populaire avait été élu, à la plus grande joie de mon père, qui était un grand admirateur de Léon Blum... Alors, il n'est pas remarquable ce petit sandwich à l'œuf dur ? Moi qui déteste les crudités, je dois dire que le concombre est délicieux.

Au palais présidentiel, tu jouais à faire voler des avions en papier depuis les grandes fenêtres qui surplombaient les jardins, d'où tu admirais la relève de la Garde nationale. Mme Paul Doumer, qui avait perdu ses quatre fils à la guerre, te choyait comme l'un des siens et t'avait même organisé une surprise-partie pour ton troisième anniversaire. Quelques jours après cette fête féerique, tu avais laissé tomber du balcon de ta chambre un coupe-papier, celui avec lequel tu t'étais taillé une braguette dans ton bas de pyjama. L'arme avait chuté à deux doigts de la tête du président ! Et puis tu avais pissé sur sa haie d'hortensias. Quel savon ton père t'avait passé ! Près d'un siècle plus tard, tu te sentais encore responsable d'avoir inconsciemment, innocemment, préfiguré l'assassinat de Paul Doumer. Tu as été élevé dans des appartements de fonction au faste désincarné, entouré de ministres, et d'une grand-mère, du côté de ton père, qui se revendiquait appartenir à la classe des petites gens. Nous autres petites gens, se targuait-elle. Enfin pourquoi ces boniments ? Vous n'étiez pas du tout des petites gens ! clamais-tu. Vous étiez des êtres illustres, bien au-dessus du lot ! Puis la guerre t'avait donné tort. Vous aviez tout perdu : la splendeur de vos intérieurs bourgeois, la reconnaissance de vos contemporains, votre position sociale, vos moyens de subsistance, vos titres, votre nationalité, et enfin votre nom. Vous aviez dû vivre cachés pour échapper aux rafles. Ça tu ne l'as pas oublié. Quand disparaîtra en toi jusqu'à la conscience de notre lien, restera dans ta chair la meurtrissure de la spoliation, de la traque, de la débâcle.

Mon père était parmi les derniers témoins vivants de cette tragédie collective. Sa famille avait survécu, mais le climat de persécution auquel il avait été confronté, enfant, avait laissé en lui des séquelles irréparables. Elles étaient nombreuses, éparses, ces séquelles, et elles étaient aussi devenues ma façon d'interpréter l'extravagance de papa : ce passé terrible et incompréhensible devait pour moi panser le présent. Bientôt ces récits n'appartiendraient plus qu'aux livres, aux archives. L'indignité du régime de Vichy ne se révélerait plus dans la fièvre de ses discours ; sa réalité resterait figée, inscrite. Aussi, tant que mon père vivait, je voulais l'écouter encore me transmettre ce drame historique dans l'invérifiable désordre de l'intime.

Tu as retenu de cette calamité la nécessité de profiter de la vie, d'en jouir au maximum, à l'excès. Tu détestes le gâchis mais tu hais la modération. Entre deux maux, il faut choisir le moindre ! m'as-tu souvent répété. Tu devais te résoudre à gaspiller, à jeter ton argent par les fenêtres, et, si contrariant soit-il, à balancer ces piles de gâteaux avariés à la poubelle. Chez toi, il fallait entrouvrir le frigo prudemment. Quiconque connaissait tes habitudes savait qu'il risquait de se prendre une douzaine de yaourts sur le coin de la gueule, de voir dégringoler des barquettes de plats périmés, ou pire, une tasse de café coincée entre des vieux fromages mal emballés. En toute chose, tu convoitais la quantité. Tu te vantais, lors des années les plus fastes de ta carrière, que ta notice dans le *Who's Who* dépasse celle du général de Gaulle ! À l'exception de grand-croix de la Légion d'honneur, une dignité à laquelle tu te résignais à ne pas avoir été élevé, tu avais accumulé les décorations en collectionneur. Quand les gens s'étonnaient de ton incroyable panoplie de médailles, tu répondais non sans autodérision que si tu ne les avais peut-être pas toutes méritées, tu les avais demandées. La plupart des gens attendent qu'on leur donne, expliquais-tu. C'est complètement con ! Si on ne demande rien, on n'obtient rien – ou si peu. Moi je me suis beaucoup fatigué à demander, et en contrepartie j'ai effectivement obtenu pas mal de choses. Cette rosette rouge sur le revers de ton veston intriguait énormément les enfants, toutes générations confondues. À quoi ça sert ? te demandait-on à tour de rôle. À rien mon pauvre amour ! Strictement à rien, sinon à flatter la vanité des vieux croulants comme moi. Ou plutôt si, ça sert à une chose : à partir du grade de grand officier, un vulgaire gendarme ne peut pas vous convoquer au poste, c'est le commissaire de police en personne qui doit se rendre à votre domicile pour vous arrêter. Je ne voyais pas en quoi ce privilège t'aurait été utile. On ne se retrouve pas en garde à vue pour gloutonnerie ou achats compulsifs ! À la rigueur, maman, elle, se faisait assez souvent épingler pour excès de vitesse ou vol à l'étalage. Maman n'avait pas de décorations, elle appelait tes médailles des hochets, elle parlait comme une charretière et insultait allègrement les gendarmes qui la verbalisaient. Mais toi, tu étais un honnête homme, tu t'adressais aux forces de l'ordre comme aux commerçants, avec une courtoisie exemplaire qui témoignait de l'éducation parfaite que tu avais reçue. Seulement tu avais eu le malheur d'être un petit garçon juif en 1940.

Maman, pourquoi Doggy's dog s'appelle Loup ? Loup is not a wolf ? me demande timidement ma Sissi. Excellente remarque, mon amour adoré. Ça doit être une manie chez nous de confondre les espèces. Je retrouve dans le regard interloqué de ma plus jeune fille la confusion dans laquelle, enfant, me plongeait la vie des adultes. Moi-même j'essaie encore de comprendre, je m'abstiens de lui dire pour ne pas l'inquiéter. Ma Sissi, je lui réponds, toi ton lapinou, tu l'as bien appelé Wawa comme un toutou. Alors ?

Au restaurant, quand tu ne parvenais pas à finir les douze plats que tu avais commandés, tu buvais au goulot une bonne rasade d'Hepatoum, puis tu proposais d'emporter les restes, mais tu refusais de sauter le dessert, tu ne pouvais pas conclure le repas sans au moins un petit chocolat. Nous étions toujours les derniers à sortir de table. Dans ces établissements d'un chic anachronique où jamais on ne nous aurait mis dehors, tu traînais jusqu'à des heures indues, repu, heureux, la bonne chère décuplant ta faconde. Nous autres enfants, accablés d'ennui, trouvions des moyens de nous distraire en roulant les miettes de pain en boulettes que nous lancions à travers la salle. Tu nous intimais d'arrêter nos conneries avec si peu de conviction que nous prenions tes récriminations pour des encouragements. Nous vidions le château Margaux pour le mélanger à nos soupes de sorcières, avec le sucre, le sel, la moutarde, dans un verre à pied en cristal. Goûte, papa! Ça c'est une grosse bêtise, disais-tu distraitement, rebondissant sur l'importance du jeu dans le développement humain, les castrations symboligènes dans la diachronie du vécu infantile exposées par Françoise Dolto. Toi-même avais été terriblement brimé. Nous n'étions pas à l'abri que tu enchaînes avec le *Massilia*. Pendant que les adultes s'éternisaient, nous descendions nous cacher dans la cabine téléphonique du sous-sol, d'où nous passions des appels anonymes au hasard des pages de l'annuaire, deux volumes de Pages Blanches posés par terre en guise d'escabeau pour atteindre les touches du cadran. Tu devais te douter que nous faisions encore de grosses bêtises; tu t'en foutais royalement. Cette anecdote figure en bonne place parmi les contes et légendes de Doggy. Je m'aperçois à leurs questions que je dois expliquer à mes filles qu'autrefois il existait des espaces fermés pour téléphoner, appelés cabines téléphoniques; qu'il existait aussi des livres dans lesquels étaient recensées les coordonnées des abonnés du téléphone, appelés bottins. Sébastien Bottin a une rue à son nom à Paris. Il s'agissait d'abord d'une petite impasse au bout de la rue de Beaune, à quelques pas de la Seine. Une partie fut rebaptisée rue Gaston-Gallimard, en l'honneur du fondateur des Éditions Gallimard. C'est là, dans le discret hôtel particulier au numéro 5, que j'ai signé les contrats de mes deux premiers romans. Ma chérie, Gallimard! t'es-tu écrié quand je t'ai annoncé la nouvelle. Gallimard! Mais c'est l'Olympe! Tu m'as envié ce triomphe. Tu aurais aimé toi aussi être publié chez Gallimard, ou y être éditeur, ou les deux, parce que tu aurais aimé tout faire, tout posséder.

Ta volubilité et tes dispendieuses habitudes n'avaient d'égale que ta prodigalité – une largesse hors norme, fantasque, inconsidérée. De la poche gauche de ton veston, tu sortais à tout bout de champ un portefeuille de cuir en un mouvement spontané et grandiose qui donnait corps à l'expression : avoir le cœur sur la main. Tu distribuais sans compter, l'argent était fait pour être dépensé, et tu le dépensais. Tu faisais livrer des bouquets de fleurs gigantesques, des boîtes de chocolats de cent vingt pièces en échange d'un service, d'un rendez-vous galant ou pour rien, pour la beauté du geste. Je t'ai connu très peu d'amis. Tes fréquentations se limitaient à des relations mondaines. Si jadis tu avais partagé des amitiés sincères, elles s'étaient étiolées. Depuis, il n'y avait de place dans l'univers que tu t'étais construit que pour des renvois d'ascenseur. Je n'ai jamais vu personne d'autre que toi s'assurer que le lift retourne au rez-de-chaussée une fois parvenu à l'étage. C'était pourtant une règle de courtoisie élémentaire ! Tout comme tenir la porte à une femme, incliner la tête pour lui baiser la main, appeler un docteur docteur, et un professeur monsieur le professeur, dire bonjour et au revoir madame, jamais bonjour tout court. Tes formules de politesse se déclinaient en une fastidieuse cérémonie grammaticale – Je vous prie d'agréer virgule – dans les missives que tu dictais à maman quand elle avait à faire des courriers administratifs ou des mots d'excuse pour ses filles. Elle les recopiait diligemment, et nous les enseignerait scrupuleusement à son tour quand Elsa et moi serions en âge d'imiter sa signature. Toi en tant que président-directeur général de ton entreprise derrière les Champs-Élysées, tu appréciais qu'on t'appelle monsieur le président, ou à défaut monsieur le directeur. Professeur t'allait aussi puisque tu étais docteur en philosophie, PhD disent les Américains, un titre qu'un ami new-yorkais t'avait permis d'obtenir et en contrepartie de quoi tu lui avais renvoyé de nombreux ascenseurs chargés de superbes présents. Dans ta jeunesse, les camarades s'interpellaient d'un sympathique mon vieux, vestige de la génération de ton père. J'ai retrouvé cette expression dans les fragments de vos correspondances, des feuilles jaunies dans des cartons poussiéreux qui avaient échappé à la purge des ans, au feu ou à l'éparpillement. Cher ami, je t'entendais dire au téléphone, ou en serrant la main de tes compagnons de route. Une intimité distante se dressait entre ton interlocuteur et toi, vous étiez proches sans engagement, sans prise de risque ; votre amitié était un pacte de convenance, un gage d'échange de bons procédés. Tu n'allais jamais dîner chez personne, tu invitais les gens au restaurant et commandais pour eux toute la carte pour mieux piocher dans leur assiette. Tu ne demandais à personne de te donner son avis, hormis pour t'approuver, te plébisciter. Toi-même tu flattais avec épanchement, ne craignant jamais le ridicule de la flagornerie. Flatouillez, flatouillez, il en restera toujours quelque chose ! claironnais-tu. Tu donnais des exemples de lettres que tu avais envoyées à des confrères, des écrivains ou des critiques littéraires, dont tu redoutais qu'elles ne se retournent contre toi : tu avais tout de même poussé le bouchon en comparant un philosophe assez médiocre à Kant ! On te répondait avec empressement qu'on se sentait enfin compris. Tu supportais difficilement la contrariété. Ces enfants ne tiennent aucun compte de ma psychologie ! t'écriais-tu quand nous t'indisposions pour une raison quelconque. À tes maîtresses ou à tes femmes, tu offrais des cadeaux mirobolants pour te faire pardonner ton caractère de cochon.

L'incongruité de ton comportement se manifestait de manière particulièrement flagrante à table, où tu passais une partie non négligeable de ton temps. Ton souci de l'étiquette et ta bienséance disparaissaient avec fracas aux premières notes du service. Dans ces restaurants au décorum pompeux que tu affectionnais tant, tu parlais la bouche pleine, tu t'en foutais partout, tu usais des couverts avec la plus grande fantaisie, tu servais à tes convives le vin que le sommelier avait consciencieusement carafé et sciemment laissé se décanter, une manœuvre que tu jugeais ridicule et précieuse. Le rituel protocolaire des établissements étoilés t'emmerdait au plus haut point, mais tu en raffolais. Tu trouvais la nouvelle cuisine chichiteuse et ses portions mesquines. Quand un serveur entamait le récitatif des produits préparés dans ton assiette, tu accueillais sa sérénade en bâfrant avec une telle voracité que tu avais régulièrement fini avant qu'il ait conclu son cérémonial en nous souhaitant une bonne dégustation. Tu étais terriblement impatient, néanmoins tu adorais ces menus à rallonge, cette interminable succession de plats qui imposait qu'on y passe des plombes. Tu ne t'extasiais pas de l'inventivité des saveurs, de la finesse de la vaisselle, de l'esthétique si recherchée d'un entremets à la tomate rehaussé de pétales de capucine. Tu racontais ta vie. Tu parlais sans cesse ; tu parlais, tu parlais, et ainsi tu orchestrais les bruits de fourchettes, ta verve menait la danse, tu présidais à une chorégraphie majestueuse dont les enchaînements t'étaient délicieux parce qu'ils étaient destinés à t'honorer.

L'outrance, le trop, le toujours plus, l'hubris a été ton mode opératoire, ton équilibre. Tu avais déjà cinquante ans quand je suis née, tu étais alors riche et célèbre, débordant d'activités, tu te distinguais par ta flamboyance et ta façon de n'être jamais parfaitement dans les clous. Ton énergie foutraque s'assortissait d'une rigueur intellectuelle sévère ; à ta soif d'argent répondait une sainte horreur de la spéculation ; et ainsi de suite. Tu incarnais la contradiction avec brio et flegmatisme. Pour décrire ta profession, tu t'autodésignais comme universitaire-homme d'affaires. Le trait d'union devait suffire à expliquer ta double casquette. Tu étais à la fois professeur de philosophie et fondateur d'écoles qui avaient fait florès. Tu étais entrepreneur et enseignant, mais aussi auteur, directeur de collection, producteur d'émissions de télévision, père de huit enfants de quatre lits, ex-mari de trois femmes, et séducteur invétéré. À mes yeux, tu étais invincible, omnipotent ; tu étais ailleurs, trop grand, trop imposant, trop tout. Ta panse de bon vivant, mes bras ne parviendraient jamais à en faire le tour. Ton ventre était toujours plein d'un autre enfant, d'une autre histoire – de ceux, de celles qui m'avaient précédée.

Par pudeur, je rabaisse sous ton nombril ton col roulé feutré à force d'être lavé à haute température. Tu as toujours été frileux, cependant aujourd'hui tu te plains de crever de froid. Tu n'es pas gelée, toi, dans ton petit caraco ? J'aurais plutôt appelé ça un débardeur. Je te réponds que j'ai marché vite, j'avais hâte de te retrouver. Il fait dans ta chambre une chaleur étouffante. Je vois la vie qui se retire de tes veines le long de tes bras, leurs nervures bleues comme les plis du masque que j'ai posé sur ta table de nuit, à côté de ton dentier. La saillie de tes côtes m'emplit d'effroi. J'embrasse tes joues caves, je glisse les mains dans ton dos pour te redresser. Je souffle contre tes clavicules, la bouche ouverte, pour te réchauffer avec mon haleine. Tu faisais ça contre mes omoplates quand j'étais petite, puis je me blottissais dans les pans de ton grand pardessus. L'odeur de ta bouche pâteuse et édentée me donne un léger haut-le-cœur. Tu as le corps décharné et le teint viride d'un homme dont on sait les heures comptées.

Mon père s'était marié en premières noces à dix-neuf ans, avec une fille de son âge, une orpheline dont les parents n'étaient pas revenus de déportation, quatre ans plus tôt. L'envie de fonder un foyer les avait animés tous les deux de la même fougue. Les parents de mon père leur avaient conseillé d'attendre d'être mieux installés pour faire des enfants : ils étaient jeunes, impécunieux. Mon père avait terminé ses études brillamment, avec beaucoup d'avance, et entamait une carrière de professeur de lettres, puis de philosophie. Il complétait leurs maigres revenus en donnant des cours particuliers, d'abord à quelques élèves cooptés parmi les derniers de sa classe, puis devant le succès de son enseignement, à des hordes de cancres à qui il promettait d'obtenir le bachot, même ric-rac, promesse qu'il tenait immanquablement, et qui l'avait rendu célèbre au point qu'on faisait la queue sur son palier et dans l'escalier menant à son sixième et dernier étage sans ascenseur de la rue d'Assas, avec une vue superbe sur le jardin du Luxembourg. Au pas de course, son ménage avait accueilli quatre enfants d'affilée, et avec une facétie pleine d'insolence, mon père et sa première femme avaient décidé d'appeler leurs premiers-nés dans l'ordre alphabétique : A pour Arnaud, B pour Bruno, C... Puis mon père s'était égaré avec une secrétaire de la boîte à bac qu'il avait entre-temps créée. Qu'à cela ne tienne ! De son illégitime union était née D. Ah mais non, je me trompe. Je suis allée vérifier la chronologie. E était née avant D... Quoi qu'il en soit, papa avait fini par laisser tomber cette histoire d'alphabet. Il était passé aux numéros.

Papa expliquait que sa première femme et lui, puceaux à leur nuit de noces, s'étaient résolus d'un commun accord à aller voir ailleurs pour tenter de découvrir le plaisir sexuel qu'ils ne parvenaient pas à trouver ensemble. Le célèbre opus de Léon Blum, *Du mariage*, avait été un des textes incontournables de la bibliothèque de son père. Près de quarante ans avant que le droit de vote ne soit accordé aux femmes, Blum avait défendu non seulement l'égalité des sexes, mais l'importance de renoncer à la virginité des épouses. Mon père, comme son père à la génération précédente, partageait largement ce point de vue. Les femmes devaient pouvoir désirer, convoiter plaisir ou tendresse, agir et non subir. Les filles devaient pouvoir disposer de leur corps au même titre que les garçons, apprendre à jouir au moins autant qu'eux. Théoriquement. En pratique, il les préférait consentantes et, sinon soumises, du moins serviables. Son féminisme, aussi paradoxal que fantaisiste, n'allait pas jusqu'à reconnaître l'égalité : il ressemblait davantage à un privilège accordé avec magnanimité à un plus faible que soi. Grand seigneur, il jugeait bon d'accorder aux femmes le droit au plaisir sexuel. Aussi avait-il encouragé sa femme à batifoler de son côté. Bien en peine de savoir comment s'y prendre ou par où commencer, elle était allée chercher du réconfort auprès d'un des plus proches amis de son mari. Il ne lui en avait pas tenu rigueur, au contraire. Il n'avait pas perdu une miette des récits des prouesses de son camarade, un peu vexé, mais fair-play. Je l'arrête quand il commence à évoquer les maîtresses qu'ils échangeaient avec ma mère, leurs pratiques débridées, leur goût du travestissement, du SM, des partouzes. Papa, au secours ! L'indécence de ses discours ne lui traverse pas l'esprit, il oublie que je suis sa fille, il parle pour un auditoire imaginaire, dont la vertu principale ou unique est sa qualité d'écoute. Sa femme actuelle l'engueule copieusement quand elle l'entend se gargariser de ses frasques. Elle lui est restée loyale en dépit de ses incartades, la dernière à être demeurée à ses côtés, aussi dévouée qu'une sainte, dit-il, tandis qu'elle se penche au-dessus de son lit d'infirme, et qu'il lui baise le poignet.

Après avoir divorcé de sa première épouse, il s'était remarié à l'église pour faire plaisir à la future maman. De cette union était née sa numéro six. Entre-temps, sa carrière était lancée. Ses idées fusaient et il ne tarda pas à les transformer en entreprises à succès. Il avait fondé des écoles de relations publiques au début des années 60. Avec une ambition farouche et l'outrecuidance de la jeunesse, il avait fait de ce secteur novateur un business inédit. Ses écoles formeraient les attaché.e.s de presse de demain, à une époque où l'écriture inclusive était parfaitement impensable. En Mai 68, il avait revendu sa Rolls, lassé de retrouver ses pneus crevés et ses vitres brisées par les trublions du Quartier latin. Son deuxième mariage n'avait pas duré. Au faîte de sa gloire, il avait rencontré ma mère. Elle avait près de vingt ans de moins que lui, et n'associait au luxe que des images fantasmées au cours de longues nuits d'insomnie. Elle était inculte et déclassée, mais sa beauté rachetait sa piètre éducation au centuple – que dis-je, des milliards de fois ! Elle était belle à couper le souffle et partageait son exubérance avec un enthousiasme épatant. L'épatante Catherine lui correspondait en effet mieux que quiconque en matière d'extravagance, parce qu'elle était vraiment givrée ! s'amusait à dire papa. Le corps médical poserait sur son état un diagnostic nettement moins drôle. Ma mère était cliniquement bipolaire. Parmi les griefs que j'avais contre mon père, le seul à rester insurmontable en dépit du recul, de la maturité, du pardon, était celui d'avoir abusé de la fragilité psychologique de maman. À cet endroit, la douleur abolit la nuance. Ma sœur et moi avions donc été conçues à la fin des années 70 par un couple d'hurluberlus, pour le dire gaiement. Mon père roulait alors en Jaguar, une longue berline cabriolet vert bouteille aux sièges en cuir beige qu'il avait gardée assez longtemps pour que j'en conserve un vif souvenir. Sa Jag au moteur capricieux finissait souvent au garage, mais il la récupérait toujours, irrésistiblement séduit par sa ligne élancée et sa couleur insolite – épithètes qui seyaient sans doute également à maman. Quand nous partions en week-end dans la maison de campagne familiale, papa conduisait en sifflotant des airs vieux comme mes robes, klaxonnant à tue-tête contre les sales cons, les pedzouilles et autres énergumènes qui le doublaient sur le périph extérieur à l'embranchement de la porte Maillot, tandis que, depuis la banquette arrière, j'admirais son regard insouciant et joyeux dans le rétroviseur sous ses cheveux hirsutes, ses boucles poivre et sel qu'il s'était donné tant de mal à peigner avec sa petite brosse ronde en plastique.

La solitude lui était insupportable, et le célibat était si contraire à sa nature que même chez les autres, il lui semblait masquer des perversions indicibles. Aussi s'était-il remarié une quatrième fois, après avoir divorcé de maman, laquelle était partie en claquant la porte, pour ainsi dire, à la mode vaudevillesque qui les caractérisait, à la suite d'une énième tromperie qui avait paru à maman plus humiliante encore que les autres. Papa était resté proche de toutes les femmes qui avaient compté dans sa vie, dont maman, surtout maman. Après leur séparation, papa avait continué de passer nous voir tous les soirs dans l'appartement qu'il louait pour son ex-femme. Leurs relations étaient pour le moins ambiguës. À en juger par la passion avec laquelle ils se pourrissaient d'injures ou s'enlaçaient fiévreusement, leur couple semblait loin d'être une histoire ancienne. Seul le très grand âge avait permis à papa d'échapper à ce maître enragé et sauvage qu'était sa libido. Pourtant ses infidélités, à l'entendre les narrer d'un air espiègle, badin, ou vaguement penaud, n'avaient rien de perfide. Son besoin de conquête était incontrôlable ; son désir, une justification suffisante. Or son désir pour maman ne s'était jamais tout à fait éteint, et en dépit de leur séparation, la jalousie et la possession avaient continué de régir leur relation, si bien que maman était devenue sa prisonnière dans l'appartement qu'il louait pour elle, financièrement et affectivement dépendante du père de ses enfants, de l'homme qu'elle aimait malgré elle.

À dix-neuf ans, j'étais partie pour un stage à New York qui devait durer l'été. J'y étais restée. J'avais commencé à gagner ma vie à vingt ans, certes très modestement, mais tout de même, je m'étais trouvé un poste dans une maison d'édition. Mon expatriation m'avait permis de m'émanciper, me débrouiller seule, me fabriquer une carrière loin des systèmes de papa, de mon histoire familiale et de ses fantômes et de son fardeau.

Tu m'as souvent reproché de n'être pas mariée, alors que mon compagnon, le père de mes enfants – un chic type, gentil comme tout ! –, ne demandait pas mieux. Tu lui as même solennellement donné ma main un jour, à table, sans qu'il te la demande, sous mon regard halluciné. Tu lui donnais ton accord, as-tu déclaré emphatique, au cas où il se déciderait à officialiser notre union, ce qui te semblait la moindre des choses ! Pour que l'enfant ait un pèreuh / Le père étant un hom-meuh sensé, as-tu rebondi, citant cette chanson paillarde des dimanches en famille, ces repas joyeux où nous scandions en chœur ce refrain connu de tous. Tom était largué. Je lui ai expliqué qu'il s'agissait chez nous d'une pièce d'anthologie, ça et la *Romance du 14 Juillet*, la première évocation de l'acte sexuel qui me fut donné d'entendre : Par-devant, par-derriè-reuh / Tristement comme toujours / Sans chichis sans maniè-reuh / Elle a connu l'amour ! Tom t'a souri, il t'a remercié dans un français inspiré auquel tu n'as pas compris un traître mot. Il t'a répondu qu'il serait enchanté de m'épouser : C'est votre fille qui ne veut pas ! Tu t'es tourné vers moi d'un air ahuri. Ma fille est folle ! t'es-tu écrié. Cette fille est folle, enfin voyons, pourquoi refuses-tu d'épouser un garçon aussi formidable, beau et intelligent comme tout, et si gentil, et de toute évidence éperdument amoureux de toi !

Figure-toi que je me suis mariée, papa chéri. Quand je te l'annonce à ton chevet entre deux visites d'infirmière, tu t'indignes : Et tu ne m'as pas convié à ton mariage ? Ce n'est quand même pas très courtois de ta part, de ne pas inviter ton vieux père. J'aurais fait un beau discours ! Sans l'ombre d'un doute. Celui que tu avais prononcé au mariage d'Elsa et de sa femme – ton dernier discours en public –, courbé au-dessus de ta canne, avait déclenché des hurlements de rire dans l'assistance, ton auditoire soufflé d'entendre un vieillard prononcer des blagues graveleuses à l'intention de sa propre fille. Je me suis mariée à Borough Hall, la mairie de Brooklyn, à quelques jours du confinement. J'ai imaginé que notre départ vers la France serait simplifié si j'officialisais notre union. Et de fait, sans toute une panoplie de documents dûment apostillés, nous n'aurions pas pu venir te rejoindre.

Mon mari, mes enfants et moi avons passé le confinement – ce que par la suite nous avons appelé le *premier confinement*, au printemps 2020 – dans le nord de l'État de New York, dans une bicoque prêtée par des amis. Le virus avait fait de tels ravages en l'espace de quelques semaines que Central Park s'était transformé en morgue de fortune. Le parc des expositions du Javits Center sur les rives de l'Hudson avait été réassigné en centre de tri des malades, une flotte avait été dépêchée par l'armée, les navires de guerre métamorphosés en dispensaires de fortune. Mes filles avaient entamé au mois de mars des vacances scolaires qui s'étaient transformées en école à distance jusqu'en juillet. J'ai pensé tout ce temps à l'année scolaire 39-40, que tu avais passée en Bretagne, après tes vacances d'été dans les Côtes-du-Nord (renommées plus tard les Côtes-d'Armor). Les livres d'histoire appelleraient cette période la *drôle de guerre*. Vous ne risquiez pas encore votre peau, mais viviez déjà dans la crainte, une demi-vie qui n'avait rien de drôle.

Après un début de carrière dans l'édition, j'avais bifurqué vers le théâtre, puis vers la programmation d'événements culturels. Depuis la parution de mon premier roman, je travaillais à mon compte, j'organisais des festivals, je traduisais des livres, j'écrivais. J'avais la vie dont je n'aurais pas osé rêver, avec une famille équilibrée, harmonieuse. Oui, mon mari s'appelle Tom. Bien sûr, tu l'as déjà rencontré plein de fois, nous avons très souvent dîné ensemble au restaurant. Tu t'étais même extasié en le voyant changer la couche de George quand tu étais venu à New York pour sa naissance. Ah, il sait faire ça ? Quel homme formidable tu as trouvé ma chérie, je te félicite, quel homme extraordinaire !

Notre première semaine d'isolement a consisté à rendre la maison aussi fonctionnelle que possible, sans pour autant pallier le fait que la salle de bains était au milieu de la cuisine, la seule pièce commune où je préparais les repas, faisais les lessives, occupais les enfants. Mon identité professionnelle avait disparu aussi précipitamment qu'avait surgi le virus. Mes projets de festivals avaient été annulés en cascade, la traduction sur laquelle je devais travailler avait été repoussée à une date inconnue, et c'était tant mieux, car il m'aurait été impossible de m'y consacrer. Mon mari est journaliste. Il a continué de travailler à distance. Entre deux articles, les yeux rivés sur son compte Twitter, il faisait la vaisselle. C'est un homme moderne, qui partage les tâches domestiques – oui, je sais mon papa, ce concept t'hallucine, mais ne te tracasse pas, ça ne te concerne pas, et les mœurs évoluent lentement, nettement plus lentement que la technologie. Une quantité importante d'alcool m'a permis de me coucher le soir sans penser à rien, sans même essayer de lire. Je mettais l'oreiller au-dessus de ma tête pour éviter la lueur du téléphone de Tom, à qui je répondais par un long soupir que non il ne me dérangeait pas, tandis qu'il me massait distraitement la nuque d'une main et de l'autre continuait à faire glisser de haut en bas de son écran le fil continu d'informations nous annonçant, de seconde en seconde, la fin du monde.

Sept jours après notre installation dans cette cabane améliorée, j'ai commencé à penser – une idée qui n'est jamais loin, une ombre noire au-dessus de mon épaule gauche – que je n'aurais jamais dû avoir d'enfants, que c'était la pire des conneries de devenir mère, de vivre en couple, que tout ça était une vaste mascarade, un piège du patriarcat, que j'avais besoin de temps pour lire, écrire ou réfléchir, que se retrouver abrutie à force de ménage, de cuisine, de garderie n'était plus une fatalité de la condition féminine, que j'avais simplement fait les mauvais choix, je m'étais fourvoyée par convention, par besoin de sécurité, par aveuglement, que c'était ma faute si j'avais été aussi stupide et conformiste, je n'avais qu'à m'en prendre à moi-même, il restait toujours le suicide comme porte de sortie, mais ma mère s'était suicidée, j'avais conscience que ça n'arrangerait pas les choses pour mes filles, et j'étais bien obligée d'assumer mes responsabilités, j'avais fait ces enfants sciemment, je ne pouvais pas les planter là comme ma mère l'avait fait, je me devais de ne pas les abandonner, mais putain, c'était trop dur, je n'allais jamais y arriver, j'allais mourir d'asphyxie, Covid ou pas Covid, et l'oxygène ne serait pas suffisant pour me maintenir en vie si je ne trouvais pas la place de m'échapper au moins quelques minutes par jour pour ne pas sombrer dans l'hébétude ou la folie. Je suis restée des semaines durant dans cet état d'esprit, habitée en permanence par ce monologue intérieur délétère et ravageur, tout en remplissant mes fonctions de mère, de femme au foyer, au bord du hurlement, à un pas de la fugue. Ma grande fille de sept ans se levait la nuit pour vérifier que je ne m'étais pas enfuie.

Au bout de notre rue, Store Road, l'échoppe qui lui avait donné son nom existait encore. Les rayonnages étaient couverts d'une épaisse couche de graisse empoussiérée. Elle jouxtait un terrain vague et un *trailer park*. Le magasin approvisionnait le quartier en canettes de bière, sodas, cigarettes, billets de loterie. Cette région est célèbre pour ses parois rocheuses, les Shawangunks. Imagine un peu les Alpes, si tu veux. Mon mari est passionné d'escalade, de varappe, dis-tu dans ton français désuet. Nous avons des amis qui vivent ici à l'année, mais nous ne pouvons voir personne, et l'accès aux montagnes est défendu.

J'ai découvert un container abandonné au bout d'un champ, le long du *trailer park*, en sortant prendre l'air un après-midi. Au retour de ma courte promenade, j'ai annoncé que j'allais m'y installer quelques jours, le temps d'y voir plus clair. Le lendemain matin, des flocons se sont mis à parodier l'envol des aigrettes du pissenlit. Dix centimètres de neige étaient tombés. J'ai renoncé au container.

On ne prend pas de décisions hâtives en pleine pandémie, on ne quitte pas sa famille comme ça sur un coup de tête au milieu d'une crise mondiale, me suis-je dit et répété en scrutant la forêt, l'horizon, la route. Je ne parvenais à aucune hauteur de vue ; je n'avais aucune perspective.

Levez les pieds les filles ! Combien de fois je dois vous dire de laisser vos bottes pleines de terre dans l'entrée ! Je passais la serpillière trois fois par jour avec un soin scrupuleux, et peut-être excessif, à en juger par la clarté de l'eau quand j'essorais mon vieux torchon dans le seau de rinçage. Cette activité avait fini par être ce qui dans mes journées s'apparentait le plus à l'écriture : s'appliquer avec une foi éperdue à la possibilité de faire apparaître une réalité sous-jacente, reprendre chaque étape méticuleusement, en dégager une méthode – de l'angle gauche à la porte à droite, en lignes horizontales, les traces humides indiquant la progression du projet avant que le sol ne sèche –, s'astreindre à une tâche éreintante dont l'importance voire la nécessité échappe aux autres. Les filles me rapportaient des bouquets de pâquerettes, de pensées, d'hellébores, avec lesquelles nous composions des herbiers, des livres d'heures.

Quand je n'étais pas occupée à récurer le linoléum de la cuisine, j'envoyais des mails au consulat pour comprendre quelles démarches accomplir afin de revenir m'installer dans mon pays natal. Les informations que je recevais, avec des semaines de retard, contredisaient celles que je glanais sur internet, au téléphone avec des amis qui semblaient au courant. On m'affirmait qu'il fallait attendre la fin de la pandémie, ou une trêve, attendre que les bureaux rouvrent à une date inconnue. Attendre une date imprévisible, un avenir incertain, attendre que tu risques de mourir sans que j'aie pu te retrouver. En juin, j'ai forcé la porte du consulat de Washington.

Nous avons pris une valise chacun. Nous avons mis l'appartement en cartons, cédé nos meubles aux futurs locataires. J'ai dit aux filles de laisser tous leurs jouets, qu'elles seraient heureuses de les retrouver à notre retour – un retour incertain, leurs jouets ressembleraient peut-être aux archives de leur enfance –, et je leur ai promis qu'en France leur tante leur en offrirait des tonnes. Elsa a pris ta relève en matière de cadeaux, mon papa ! Leurs habits ne leur iraient plus d'ici la rentrée de toute manière, c'était l'été, quelques robes et deux pyjamas suffisaient. Je les ai inscrites dans une petite école bilingue, parce que mes filles sont anglophones, j'ai fabriqué des petites Américaines, à l'accent chantant et aux r mouillés. Nous nous sommes installés dans une bourgade près de Fontainebleau. Quand je te raconte où nous vivons tu écarquilles les yeux du fond de ton lit de moribond, tu te soulèves sur un coude, tes cheveux hirsutes, ravalant ta salive, tu t'écries : Mais enfin, c'est un trou ! Oui, c'est un trou. Nous vivons dans une maison de vacances que les propriétaires nous louent à l'année. J'ai privilégié un lieu où il y avait une école qui me paraissait adaptée aux besoins de mes filles, et puis trou ou pas trou, nous sommes tous privés de sortie. Paris sans restaurants, imagine un peu ! Autant crever tout de suite. Mon pauvre petit papa, tu crèves à petit feu dans ton grand appartement parisien. Ton corps n'est plus qu'un fil tordu dans tes draps blancs, la silhouette efflanquée d'un Giacometti.

J'emprunte un train régional vétuste et désert aux heures où je viens te voir à Paris. Les banquettes en velours élimé et les rideaux plissés en laine synthétique accompagnent la sensation d'un voyage dans le temps. Le bruit de roulement, le léger remous du wagon, le paysage qui défile, des champs couleur de tabac froid et des arbres effeuillés, me renvoient à la mélancolie de mon enfance. Tu as été un père aimant ; j'ai été une fille dévouée. Je refuse que disparaisse le goût de tes baisers, que soit abolie la possibilité d'un aveu, d'une confession. J'ai tant attendu que nous puissions, un jour, quand je serais grande, quand tu serais vieux, quand plus rien n'aurait d'importance parce que tout serait bientôt perdu, nous parler sincèrement, de cœur à cœur, que tu arrêtes avec tes tirades et tes conclusions sommaires et tes explications à l'emporte-pièce et tes citations et tes bons mots, que tu me parles vraiment en me regardant dans les yeux. Par la fenêtre du train, mon visage se reflète sur le panorama d'une forêt dénudée – un diorama de nature endeuillée. La vision du masque chirurgical soudain me surprend et m'effraie. Je n'ai pas le sang-froid d'un chirurgien, je n'aurai jamais le courage de m'amputer de toi. Le papier bleu qui recouvre mon nez et ma bouche se confond avec le ciel dans l'étain de la vitre ; un double de mes yeux surgit en surimpression. Ce regard c'est le tien, c'est celui de mes filles, d'une obscurité sans appel.

Deux ans avant la pandémie, l'Assistance publique avait mis à ta disposition des soins à domicile pour t'éviter l'hospitalisation. Les démarches administratives sont fastidieuses mais efficaces. Quel beau pays tout de même ! je pense, venant des États-Unis. Tu es extrêmement bien suivi, et les infirmières que je croise sont pleines de prévenance. Tu avais commencé par avoir une plaie au pied qui t'empêchait de le poser. Il t'était devenu difficile de te déplacer. À force de ne plus bouger, tes muscles s'étaient atrophiés et la marche était devenue une épreuve périlleuse, puis impossible. Tu avais d'abord passé un long séjour à l'hôpital européen Georges-Pompidou, sur la rive gauche de la Seine, en face de chez toi. Cet épisode avait marqué le début de la phase terminale de ta maladie. J'étais à Paris avec Tom et les filles, pour Noël. Leur tante les avait couvertes de cadeaux, nous rentrions avec deux valises supplémentaires. J'avais tenu à venir te voir à l'hôpital une dernière fois avant de reprendre l'avion pour New York. Les filles étaient montées dans ta chambre, je leur avais montré ton très grand bobo au pied. Elles avaient semblé impressionnées. Elles t'avaient embrassé tendrement, tu t'étais ému en attrapant leurs bras potelés pour y déposer une pluie de baisers. Elles étaient reparties avec leur père jouer au square en face, en m'attendant. Tom m'avait appelée sur mon téléphone une demi-heure plus tard, comme je m'apprêtais à te quitter, pour me dire de ne pas paniquer, que George s'était blessée ; ils étaient au premier étage, aux urgences. Quelques minutes après avoir admiré ton grand bandage au pied, George s'était cassé la jambe. On avait dû lui poser un plâtre du haut de la cuisse jusqu'aux orteils, un beaucoup plus gros pansement que celui de Doggy. Elle avait été comme toi, alitée ou en chaise roulante, pendant des semaines. Nous étions rentrés chez nous, toi sur ta rive droite, moi sur ma rive outre-Atlantique. Jusqu'à cette pandémie, j'avais continué à faire des allers-retours aussi souvent que mon éditeur ou mes projets m'appelaient à Paris, pensant à chaque visite que ce serait certainement la dernière fois que je sentirais la douceur de ton front de vieillard contre mes lèvres, que je respirerais le parfum de ta merveilleuse chevelure.

J'ai appelé ma fille George, comme ton père, son arrière-grand-père, cet illustre aïeul mort plus de vingt ans avant ma naissance. Le choix du prénom de ma fille avait emporté ton adhésion avec une telle immédiateté que j'avais soudain eu l'impression que cette décision m'avait précédée, qu'il s'agissait d'une ordonnance ancestrale, qu'il avait été écrit qu'un jour je deviendrais mère et nommerais ma fille George. Tu n'avais exprimé aucune surprise. Tu avais trouvé ce choix magnifique, tu étais ému, très ému, tu approuvais absolument. À vrai dire ce choix t'appartenait déjà puisque tu m'avais donné George en deuxième prénom, ainsi qu'à tous tes enfants, filles et garçons confondus. La mode n'était pas encore à la fluidité de genre quand ma fille est née, et en France plus encore qu'aux États-Unis, on m'avait souvent fait remarquer que ce prénom n'était pas banal, et quand même difficile à porter – c'est carrément méchant, m'avait dit un jour un contrôleur des douanes après avoir inspecté son passeport. Toi, tu le trouvais ravissant. Tu avais aussi cette liberté de pensée et cette désinvolture qui contrastaient avec tes manières de vieux patriarche. Et puis je sentais qu'en me félicitant de cette décision, tu m'autorisais à me réclamer en priorité de cette histoire qui nous appartenait à tous – tu m'autorisais à me l'approprier.

C'est un film avec ta sœur dedans ? demandait papa quand Elsa m'appelait sur FaceTime les premiers mois de la pandémie. Non elle est là pour de vrai ! Enfin, elle est là en direct, elle te voit aussi, expliquait-elle, pédagogue, en lui indiquant le petit rectangle en haut à droite de l'écran. Ah ! se contentait-il de répondre, moins ébahi que circonspect. À quatre-vingt-onze ans passés, il portait sur son visage ces sillons creusés dans l'épaisseur du temps, que la surface lisse de l'iPhone rendait si discordants. Oui, c'est moi papa chéri, c'est Violaine ! j'ajoutais sans conviction. Je regardais mes filles attablées à mes côtés dans cette cuisine qui était devenue notre pièce commune depuis le début du confinement, chacune un casque sur les oreilles, devant Zoom avec leur institutrice. Papa parlait d'envoyer un télégramme. Je mesurais la distance des ans qui séparait mon père de mes filles au fait que lui n'avait jamais *touché* un écran.

Pendant de nombreuses années, tu m'as téléphoné régulièrement à New York, jusqu'à ce que tes coups de fil s'espacent, puis que je les attende en vain. Je préférais que ce soit toi qui m'appelles. Non, en vérité, j'étais tétanisée à l'idée de t'appeler. Interrompre le cours de ta journée, c'était s'exposer à se faire jeter. Tu décrochais le combiné chez toi, à ton bureau ou dans ta voiture séance tenante, quelle que soit l'heure du jour ou de la nuit, d'une voix tonitruante chargée d'inquiétude. Tu avais un téléphone de voiture, une innovation inouïe, que tu étais la seule personne que je connaisse à posséder, et dont tu faisais un usage assidu, malgré le grésillement de l'appareil et ses fréquentes interruptions, en particulier dans les tunnels, où tu t'engouffrais en hurlant : Attention, ça va couper ! Tunnel ! Tunnel ! Si bien qu'en passant sous le pont de l'Alma, ce n'est pas le souvenir de la mort de Lady Di qui m'accompagne aujourd'hui, mais ton sketch invraisemblable. Rien de grave, papa chéri, devait-on répondre immédiatement quand on se risquait à te téléphoner à l'improviste. Tu t'attendais toujours au pire, et le pire étant survenu pas mal de fois dans ta chienne de vie, tu pensais avec raison qu'on ne pouvait que t'annoncer la mort d'un proche, un accident, une guerre, la révolution. Une fois la crainte du drame écartée, tu revenais à tes priorités. Tu me déranges énormément ! t'écriais-tu, te mettant dans une colère tellement disproportionnée, tellement incongrue et soudaine, que c'en était grotesque. Tu aurais pu manquer un appel plus important que le mien ou tu étais au milieu d'un rendez-vous, ou tu n'étais simplement pas d'humeur. Tu t'emportais comme d'autres se mouchent trop fort, de manière inconvenante, caricaturale. Tu étais l'illustration parfaite de l'expression *soupe au lait*, une image qui amuse beaucoup les filles. Mais je ne m'y suis jamais faite. Dès que tu haussais le ton, j'étais au bord des larmes, j'avais quatre ans, je voulais disparaître, n'être jamais née. Je t'aurais supplié de toute mon âme de te calmer si je n'avais été certaine que cela n'aurait fait qu'attiser ta fureur. Mieux valait se planquer, faire profil bas, raccrocher au plus vite. Tu rappellerais plus tard sans aucun souvenir de ta rage. J'aurais voulu être l'exception absolue, celle que tu aurais toujours été heureux d'entendre, ton amour adoré chérie mignonne à tout moment, mais il fallait attendre le moment où tu serais disposé aux épanchements pour t'écouter me déclarer ton amour. Alors j'attendais.

Je répondais moi-même aux coups de fil de papa séance tenante, sauf cas exceptionnel et alors, mon père, qui avait raté le passage du répondeur sur cassette à la messagerie électronique et pensait encore qu'on pouvait filtrer ses appels, laissait un message commençant par une série d'injonctions à lui répondre : Allô allô ma chérie adorée, c'est papa, c'est ton papa qui t'aime, réponds-moi s'il te plaît – argh, qu'elle est chiante de filtrer ses appels comme ça ! –, mon amour, c'est papa qui cherche à te joindre, allô allô ! La suite du message se déclinait sur un mode épique qui n'appartenait qu'à lui : il passait du coq à l'âne, me demandait si j'avais assez à manger, de quoi me vêtir, me racontait sa journée, enchaînait sur une anecdote historique, retrouvait le motif initial de son appel, finissait par me signaler de ne pas oublier de le rappeler, avant de conclure par une litanie d'au revoir/je t'aime, au revoir petit ange, je t'aime, au revoir ma chérie adorée, je t'aime je t'aime je t'aime. Souvent il me téléphonait au milieu de la nuit, sachant qu'il était six heures plus tôt de mon côté de l'océan. Il avait toujours fait beaucoup d'insomnies. Quand j'étais au milieu d'un dîner, je m'éclipsais pour lui parler. Mes hôtes à qui j'expliquais en quittant la table que c'était mon père qui m'appelait de France prenaient un air soucieux et m'excusaient bien naturellement : il devait s'agir d'une urgence pour que mon père appelle si tard, que je réponde si vite. Non, non, rien d'urgent, disais-je. Papa m'avait fait parcourir les péripéties de sa semaine mouvementée, revivre les remaniements des gouvernements de la IIIe République depuis sa chambre d'enfant au palais de l'Élysée, puis nous avions parlé du temps qu'il faisait sur nos rives respectives, avant qu'il ne se mette à bâiller bruyamment, et décide de se rendormir. Nous évoquions le climat avec beaucoup de sérieux. La valeur existentielle de la page météo ne nous échappait pas : parler de la pluie et du beau temps nous rappelait à l'inéluctabilité des circonstances, à l'ontologie du sensible – à des questions métaphysiques par excellence. Papa me demandait si je me couvrais assez, si j'avais des vêtements chauds pour braver l'hiver new-yorkais. Il m'en offrait aussi beaucoup. Il avait toujours adoré m'habiller. Le shopping était un rite de passage à chacune de nos retrouvailles, entre deux restaurants. J'avais beau avoir ces expéditions en horreur, je m'y pliais avec le sourire, sans plus lutter comme je l'avais fait adolescente. Il m'aurait volontiers acheté toute la boutique. J'ai encore de nombreuses tenues qu'il m'a offertes, que j'ai portées consciencieusement à nos déjeuners ou nos dîners, pour lui permettre de placer son inlassable boutade : un homme de goût avait dû m'offrir un si ravissant chemisier ! Enfant déjà, puis adolescente surtout, je ne voulais rien, absolument rien. Même pas cette adorable petite robe qu'il pointait du doigt dans la vitrine en m'assurant qu'elle m'irait à ravir. Je finissais par céder, sous l'œil outré des vendeuses qui ne comprenaient pas pourquoi je faisais une gueule de raie alors que j'avais un papa si généreux. L'ambivalence de la jeune fille qui défilait pour son père était alors un non-sujet. J'aurais voulu son amour immatériel, je l'aurais voulu pur, j'aurais voulu lui prouver à quel point j'étais désintéressée, insensible aux transactions qui régissaient les liens qu'il tissait autour de lui. Adulte, j'avais compris que c'était peine perdue. Le contenter était la condition de son affection, alors, quoi qu'il m'en coûte, je m'attachais à faire plaisir à papa.

Maman me l'avait assez dit. À ce jeu-là, tu ne gagneras jamais avec ton père ! Mon père ne me verrait plus si je ne me pliais pas à ses souhaits. J'avais des raisons de penser qu'elle n'avait peut-être pas tort. Papa en donnait un exemple probant avec mes frères et sœurs aînés, lesquels étaient moins doués qu'Elsa et moi pour satisfaire son orgueil et s'extasier de sa présence. Alors je m'extasiais, et je portais les escarpins qu'il m'avait achetés, assortis à un sac à main en cuir très chic, et une robe élégante ni trop sexy ni trop chaste, juste ce qu'il fallait pour lui faire honneur sans fracas, le séduire sans inconvenance.

Tu n'étais pas de ces pères qui n'ont pas la mémoire des dates. Aussi ta déchéance m'est-elle apparue brutalement quand tu as oublié de me souhaiter mon anniversaire. Tu étais venu chaque année me le fêter en personne à New York, pendant plus de quinze ans. Tu passais la semaine dans un palace avec vue sur Central Park où tu avais tes habitudes ; que j'habite à l'autre bout de la ville n'y changeait rien, les circonstances de mon quotidien étant sans incidence sur le cours de ton histoire. Il était impensable que tu dînes chez moi, ni même que tu mettes les pieds dans mon appartement qui s'apparentait à un bouge selon tes critères de standing, là n'était pas la question, tu préférais dîner au restaurant, et par chance New York n'en manquait pas. Le temps de ton séjour, je te servais de secrétaire et d'interprète, en plus de tenir mon rôle de fille modèle. Tu parlais la langue de Shakespeare avec un merveilleux accent british du plus grand chic, tu usais de formules de politesse que personne n'avait plus entendues depuis le débarquement des Alliés – *Don't mention it!* déclarais-tu, péremptoire, au bellboy avant même qu'il ne te remercie pour son tip ; *May I*, *Shall you*, *Would you be so kind*, introduisaient chacune de tes demandes au concierge, qui le surprenaient moins que l'ahurissement dans lequel te plongeait sa réponse. Tu pouvais à la limite baragouiner, admettais-tu, mais tu ne comprenais pas un mot de ce qu'on te disait, si bien que jamais mieux qu'à New York ne s'illustrait l'unilatéralité de ton discours. Je me rendais disponible pour parer à toute catastrophe : l'arrivée tardive d'un chauffeur de limousine, un restaurant qui ne t'aurait pas convenu, l'absence de quotidiens français chez le marchand de journaux... Le 8 mai, quoi qu'il arrive, je savais que je recevrais un bouquet de fleurs extravagant à mon adresse qui n'avait jamais rien vu de semblable, des orchidées à seize tiges, une trentaine de roses rouges, avant de te retrouver le soir à la table d'un chef étoilé.

J'avais pensé que tout changerait une fois que je deviendrais mère : je ne me laisserais plus happer par tes exigences, je donnerais la priorité à mes enfants. La dernière fois que tu es venu à New York, ma petite George avait six semaines. Elle nous a accompagnés au restaurant midi et soir. Tu n'étais ni surpris ni choqué que je l'allaite à table, ni même que je lui donne le sein jusqu'à ses deux ans et demi. Tu avais quatre-vingt-cinq ans quand est née Sissi, tu n'as pas pu faire le voyage pour la rencontrer, alors je suis venue à Paris te la présenter. Nous avons fêté Noël ensemble, au restaurant, derrière la place de la Concorde ; George avait l'âge que tu avais dans les couloirs de l'Élysée. J'ai allaité Sissi à nouveau deux ans et demi, et là non plus, quand nous nous retrouvions dans ton restaurant attitré devant la porte d'Auteuil, ça ne t'a pas fait sourciller un quart de seconde qu'elle me déshabille en public, qu'elle s'endorme au sein pendant que la salle désemplissait. Tu disais que c'était formidable, qu'il ne pouvait rien y avoir de mieux au monde que d'être contre la poitrine de sa mère, que j'avais bien raison de l'allaiter aussi longtemps qu'elle le voudrait, qu'il ne fallait pas la contrarier petit ange, et tu déposais sur son front une pluie de baisers, ta main dans la mienne, tandis que ses lèvres tremblantes soupiraient de soulagement au-dessus de mon corsage débraillé. Qui sait ce que tu vois quand tu regardes mes filles. Je sens ton cœur gonflé sinon d'orgueil, du moins de piété. Le mot est peut-être excessif pour nous qui sommes résolument athées, ou non, justement, cette dévotion que d'autres réservent au divin, peut être l'avons-nous déplacée vers la filiation. Une piété antique – celle d'Anchise sur les épaules d'Énée. Le recueillement sur ton visage devant le spectacle de cette descendance que tu serais incapable de situer dans ton arbre généalogique a quelque chose de mystique.

Le pan de vie que nous avons partagé, toi et moi, correspond à une période sans grand relief face aux drames qui ont jalonné ton existence. Tes meilleures années, celles de tes projets pharaoniques, de tes passions exaltantes, tu les as vécues avant ma naissance. Je suis convaincue que ma mère a été la femme que tu as le plus aimée, mais cet amour fou périclitait déjà quand j'ai été en âge de l'appréhender. Maman n'a pas totalement disparu de ta conscience. Quand je te parle d'elle, tu peux encore faire apparaître sa silhouette dans la pénombre de tes souvenirs. Ah, elle était magnifique, Catherine ! D'une beauté à couper le souffle. La fascination qu'exerçait sur toi sa splendeur relevait du fantasme. Tu n'en revenais pas d'avoir pu posséder une femme aussi sublime, de lui avoir fabriqué deux filles aussi belles qu'elle ! Elles ont l'intelligence de leur papa et la beauté de leur maman, répétais-tu à l'envi. Tu n'as jamais compris pourquoi cette déclaration l'offensait. Vous étiez à égalité : elle avait le physique, toi l'érudition ; elle le sensuel, toi le mental ; elle l'inné, toi l'acquis. Votre couple bariolé s'assortissait de l'éclat de la foudre, du frisson d'un désir subjuguant. Vous incarniez chacun un mirage inaccessible et menaçant, une altérité irréductible. Vous partagiez une attraction sauvage et volatile, et une ardeur commune à brûler la chandelle par les deux bouts. Votre amour était du genre qui ne fait pas bon ménage avec la vie domestique, les emmerdements du quotidien. Fonder un foyer à partir de ce brasier ne pouvait qu'être combustible. Peut-être vous étiez-vous menti, croyant que vous pouviez tout avoir, le tumulte de la passion et l'ancrage d'une famille. En dépit de vos meilleures intentions, vos enfants finiraient par devenir les dommages collatéraux d'une relation cataclysmique. Vous nous avez élevées avec une considération bien modeste pour les menus besoins de deux petites personnes en construction, mais avec de l'amour à revendre, ça oui, vous aviez de l'amour à gaspiller. Il n'y a encore pas si longtemps tu m'aurais demandé des nouvelles de maman. Vous êtes restés liés jusqu'à sa mort, de manière pernicieuse, certes, mais intimement liés. La dernière fois que tu m'as posé la question, je t'ai répondu que maman s'était suicidée. Il y a plus de dix ans déjà, mon papa. Je t'ai dit qu'elle n'avait pas connu mes filles, ses petites-filles, et ne pas avoir pu les lui présenter restait pour moi insoutenable. Tu as pris un air contrit et malheureux, tu es resté pensif, silencieux, avant d'ajouter qu'elle avait toujours été très perturbée, ma maman. Oui, je sais papa chéri. Tu t'es accusé de ne pas avoir su l'aimer comme il aurait fallu, de ne pas avoir su l'aider. Ça aussi, je le sais. Tu te culpabilises plus facilement que tu ne te remets en question.

Papa avait publié son premier livre à vingt-cinq ans, un court traité sur l'esthétique – « ce domaine si fuyant aux confins de la science, de la critique et de l'histoire » (la définition est de lui). Un « Que sais-je ? » dont il possédait des rangées entières dans sa bibliothèque. Mon exemplaire avait dû faire partie d'un lot que papa avait acheté chez un bouquiniste lors d'une de ses razzias sur les quais de Seine, face à l'Académie française où il désespérait de se faire élire : le prix est écrit au crayon à papier sur la page de garde : 40 francs. Le volume s'ouvre sur une citation choc, règle que papa appliquait à tous ses écrits comme à ses discours, et qu'il avait enseignée à ses élèves sous forme de méthode dans un autre livre publié la même année, *L'Art de la dissertation*. La citation était de Hegel, dont la dialectique, ou le mode thèse-antithèse-synthèse, était aussi la clé universelle pour s'assurer une note potable sur n'importe quel sujet, dans un plan qui réponde à une problématique soit par Oui-Non-Si, soit par Non-Si-Non. (Exemple : Dieu existe-t-Il ? Descartes, Oui ; Nietzsche, Non ; Kant, Si.) Entre ça et la citation choc, on était tranquille. En deux paragraphes, l'introduction à son *Esthétique* cite Socrate, Montaigne,

Kant, et Étienne Souriau, son professeur à la Sorbonne, qui lui avait probablement obtenu son contrat d'édition. Un peu plus loin, il mentionne même son père, Georges Huisman, dans une note de bas de page : « Le dernier directeur général des Beaux-Arts de la IIIe République a été le premier à faire entrer dans les musées nationaux des toiles des peintres nouveaux, écrit-il, adressant des commandes à Matisse, Braque, Picasso, etc. » Ce tout premier opus de la prodigieuse bibliographie de papa – près d'une centaine d'ouvrages – a paru trois ans avant la mort de Georges, en 1954. L'esthétique, un sujet philosophique encore expérimental à son époque, était sa spécialité, et il proposait d'en faire un domaine d'étude du plus grand sérieux. Il proclamait la nécessité de créer un laboratoire d'esthétique. Il annonçait, en quelque sorte, un programme. Il se voyait reprendre la chaire de son professeur à la Sorbonne ; il s'imaginait devenir sinon un grand philosophe, du moins un penseur, un professeur au Collège de France, en tout cas un membre du cénacle intellectuel auquel avait appartenu son père ; académicien, ç'aurait été parfait. Papa était déjà père de trois enfants, enseignait dans quatre établissements à la fois, donnait des cours particuliers jusqu'à pas d'heure, travaillait la nuit sur une dizaine de livres simultanément, et au petit jour élaborait toutes sortes de projets qu'il s'apprêtait bientôt à mettre en branle. L'esthétique resterait son domaine privilégié, quand bien même il se foutait de l'art. Mon père ne m'a jamais emmenée ni au musée ni à l'opéra ; il me soupçonnait de me donner un genre en m'entendant raconter ma passion pour la danse contemporaine, le théâtre expérimental ou la lecture de Marcel Proust. On était quand même mieux au restaurant !

J'en voulais à mon père d'avoir préféré les succès faciles et superficiels à l'assiduité de la réflexion, la rigueur de la recherche. Mais il avait déjà eu une mère pour le morigéner sans relâche, lui reprochant sa paresse intellectuelle comme son goût du luxe, deux maux qui pour elle représentaient le pire affront à la mémoire de feu son mari. Or honorer la mémoire de son père avait été un devoir auquel la mère de mon père l'avait astreint avec fébrilité. Aussi loin que remontent mes souvenirs, j'avais entendu papa parler de rédiger ses mémoires, avec pour raison principale de réhabiliter ce grand homme spolié par le régime de Vichy, ce héros dont la postérité n'avait pas retenu le nom par pure iniquité. Papa allait se mettre au travail, ou papa annonçait qu'il fallait qu'il se mette au travail, il avait enfin trouvé quelqu'un pour prendre la dictée, il tenait le bon bout, il avait une bonne trentaine de pages, il avait des heures et des heures d'enregistrement, il n'y aurait plus qu'à les transcrire, mais il trouvait toujours des raisons de remettre son projet à plus tard. Son père, bien qu'auteur lui aussi de multiples ouvrages, n'avait pas non plus raconté son histoire. Seule bonne maman, la mère de papa, s'en était chargée peu de temps avant de mourir à quatre-vingt-dix-sept ans.

Ta plus grande réussite éditoriale est venue à peine deux ans après ta première publication sous la forme d'un manuel scolaire coécrit avec André Vergez, alors qu'en 1956 le concept même de « manuel de philo » semblait non seulement saugrenu, mais aussi de très mauvais goût. Le *Vergez et Huisman*, tel qu'il a vite été rebaptisé, fut réédité tant de fois que quarante ans plus tard, quand je suis entrée en classe de philosophie dans un prestigieux lycée parisien, mon professeur n'a pu s'empêcher de faire un sketch qu'il fut seul à trouver drôle : Remarquez, avait-il entonné, les mains dans les poches, paradant devant son pupitre, que les clowns s'annoncent toujours par deux – le clown triste et le clown gai. Ainsi en est-il des manuels de littérature et de philosophie –, le *Lagarde et Michard*, le *Vergez et Huisman* ! Il était en effet de mise parmi les érudits de railler ce manuel réducteur, ras des pâquerettes, qui simplifiait tout, n'expliquait rien. Ton manuel avait sonné le glas de ta carrière intellectuelle. Tu ne serais plus jamais que tourné en ridicule. Inutile de concevoir le moindre ouvrage sérieux avec lequel te racheter par la suite : c'était foutu. Ton manuel s'est vendu à plus de cinq millions d'exemplaires. Foutu pour foutu, tu as lancé dans la foulée une collection d'outils de révision pour les lycéens, les « ABC du bac » – cette lubie de l'abécédaire était tenace –, des petits livres à spirale, dont tu avais pensé qu'ils permettraient aux élèves d'arracher les pages pour s'en faire des antisèches, ce qui les rendraient également invendables sur le marché des livres d'occasion. C'était malin. Ce n'était pas l'œuvre d'un érudit, mais d'un ingénieux homme d'affaires. Ces démarches t'ont attiré les foudres de tes confrères universitaires, mais elles t'ont aussi permis de te payer le luxe de ne recevoir d'ordres de personne. Ainsi tu étais seul dans ta catégorie, un iconoclaste.

Mon père aurait été si fier de son grand portrait dans *Le Monde* qu'en lisant sa nécrologie, écrite par Roger-Pol Droit, je redoublai de tristesse en pensant à cette joie que la mort lui avait dérobée. Nous, ses enfants, nous accordions à trouver cet article exemplaire, irréprochable – parfait. Sa vie tenait en définitive sur une page de journal qui avait la vertu de mettre de l'ordre dans le chaos de mes souvenirs et de prouver que je n'affabulais pas. Pour ce très sérieux journaliste du *Monde*, papa était « un communicant de génie, à la fois universitaire et homme d'affaires, professeur de philosophie et de relations publiques, inclassable et atypique, dont les multiples initiatives ont marqué, à leur manière, la seconde moitié du siècle dernier... Homme-orchestre, il savait mener de front des activités généralement incompatibles, avec un fabuleux mélange d'inconscience et de générosité qui faisait de lui une figure que Balzac aurait tant aimée.

Grand gourmet, grand séducteur, grand roué, grand naïf, il semblait tantôt en avance sur son temps et tantôt suranné, toujours en décalage. Gagnant et dépensant beaucoup, semblant toujours assoiffé de titres et de reconnaissance, il se révélait aussi, dans ses manières d'être avec ses proches, d'une tendresse et d'une délicatesse extrêmes ».

Oui, tout était juste. Dans les années 60-70, comme le soulignait Roger-Pol Droit dans sa phrase d'accroche, tous les bacheliers de France et de Navarre connaissaient le nom de mon père, mais sa célébrité lui valait plus fréquemment d'être moqué que plébiscité. Un portrait télévisé lui avait même été consacré, dans lequel il était présenté comme un touche-à-tout arriviste, un crâneur capitaliste, un odieux personnage. Je dois avouer qu'en visionnant ces archives de l'INA, la performance de papa n'avait pas aidé. À une question au sujet de sa vanité il répond : Je ne me considère pas comme le plus grand philosophe de mon temps, ce serait bouffon ! Mais je suis certainement le plus connu... Il faudrait entendre la vélocité alarmante de son débit, la pointe de snobisme de son ton affecté, il faudrait voir le trench dernier cri qu'il porte avec effronterie, affalé dans son fauteuil de bureau, son magnifique bureau au troisième étage de son école d'attachés de presse, derrière les Champs-Élysées, où sur un petit présentoir de table on lit : *Smile! The boss is happy*. Les producteurs ont pris soin de sous-titrer le message en français.

Qui est ce type abject, qui se laisse filmer donnant des ordres à ses collaborateurs depuis son téléphone de voiture, à propos de qui toutes les étudiantes, dit la voix off de la présentatrice, ont refusé de témoigner, dont la propre mère déplore, face caméra, les choix, le culot, l'outrance ? C'est mon père. Précisément à l'âge que j'ai aujourd'hui, soit huit ans avant ma naissance. Je ne connais pas cet homme. Et si nos moi successifs se sédimentent en nous telles des strates géologiques, si ce bouffon insupportable était bien encore en lui lorsqu'il était devenu mon père, il avait fini par céder sa place à un moi moins conquérant, plus magnanime, plus aimable. Quarante-deux ans, c'était l'âge qu'avait le père de papa lorsqu'il entrait à l'Élysée comme secrétaire d'État à la présidence de la République. C'était l'âge qu'avait maman quand elle avait été internée de force, à Sainte-Anne, l'année de mes dix ans. C'est l'âge de son visage tel que je l'ai cristallisé en moi, et aujourd'hui que j'ai atteint l'âge qu'aura éternellement maman au fond de mon cœur, je me surprends à retrouver ses mains en regardant les miennes, et la douleur qui me saisit alors déchire le réel d'un coup de griffe. Je la sens me peigner en voyant mes mains tresser les cheveux de mes filles. Vous savez ce qu'aurait fait ma mère si j'avais geint comme ça pendant qu'elle me coiffait ? Mes filles manifestent nettement moins d'enthousiasme à écouter les histoires de ma mère que celles de Doggy. Je leur raconte parfois que maman prenait les trottoirs dans Paris quand les rues étaient bouchées par la circulation, sans pour autant évoquer devant elles le jour où elle a volontairement foncé dans une rangée de voitures qui descendait l'avenue des Champs-Élysées. What a weird grandma ! finissent-elles par rétorquer. L'idée même que maman puisse avoir été une *grandma*, elle qui ne parlait pas un mot d'anglais, a quelque chose de cocasse. Vous avez raison les filles, elle était bizarre ma maman, mais elle vous aurait fait rigoler, je leur promets, pensant aussi que peut-être, sans doute, non, de toute évidence, je ne lui aurais jamais confié mes filles. La dernière scène de l'émission se déroule à La Tour d'Argent, où papa aimait fêter les grandes occasions, pour sa vue imprenable sur Notre-Dame. C'est la première fois que je vois papa écouter si délibérément ses convives – de grands intellectuels de leur temps – qui répondent aux questions posées par la productrice au milieu d'une pléthore de plats, de verres de toutes tailles, les joues, malgré le noir et blanc, visiblement rosies par la bonne chère, des jeunes femmes ravissantes de part et d'autre de la table qui se contentent de sourire largement. La messe est dite, ce personnage est puant, et pourtant j'entends soudain papa déclarer avec une légèreté paradoxalement poignante combien il se sent insignifiant face à l'idée d'une quelconque postérité. Non, il ne restera rien de son œuvre. La mort, il préfère ne pas y penser. Non vraiment, il se fout de la postérité. Enfin il préfère s'en foutre parce que ce néant l'étouffe toutes les nuits.

« Philosopher, c'est apprendre à mourir » – citation choc ! –, répétait souvent papa, ajoutant qu'il se sentait cruellement indigne de sa profession face à cette définition. Résolument, se préparer à sa mort n'était pas dans ses cordes. Il ne serait jamais prêt. En guise de remède à ses insomnies, outre tout un attirail de somnifères, il prenait le parti de ne pas se coucher. Papa passait ces heures où la rumeur de la ville s'apaise à lire, à écrire, ou le plus souvent à organiser sa bibliothèque. Perché sur un escabeau avec rampe, il rangeait ses piles de livres avec un zèle maniaque, au cordeau, alignant les volumes un à un, au millimètre près. Mon père les classait non par ordre alphabétique, ni même par thème, mais par ordre de taille et de couleur, donc souvent par collection. Ainsi dans sa gigantesque bibliothèque, il y avait le jaune pâle des volumes de Fayard, le blanc cassé des Gallimard, le rouge orangé des vieux Flammarion, le bleu ciel de la Librairie Félix Alcan. Peu lui importait d'avoir des livres en double tant qu'ils étaient bien rangés, qu'ils étaient harmonieux. Et comme papa les achetait le plus souvent par cageots entiers dans les boîtes vertes des bouquinistes des quais de Seine, les ouvrages étaient parfois encore emballés dans un plastique transparent qu'il n'avait pas pris la peine d'ôter. Sa bibliothèque était une œuvre d'art, une composition esthétique, du color-field painting. C'était aussi une façon d'organiser le réel, d'agencer le souvenir, de bâtir une cathédrale de mots transformés en aplats, en lavis, en vitraux. Et par immense, j'entends démesurée. Dans sa furie d'acquisition de toute chose en quantité industrielle, papa s'était surpassé en matière de bibliophilie. Les déménageurs à qui nous demanderions un devis après sa disparition avaient estimé l'ensemble à huit tonnes, ou treize palettes de livres.

Quand j'étais enfant, cette bibliothèque était aussi son bureau, une pièce d'où nous n'étions pas bannies, sans pour autant être les bienvenues, Elsa et moi. Il préférait y être seul, et jamais au grand jamais il ne permettait qu'on touche à ses livres. Quiconque voulait lui en emprunter un – il y avait des trésors qui n'étaient plus imprimés de longue date – se heurtait à un non catégorique : Absolument pas ! Tu vas me faire un trou ! C'était d'autant plus inquiétant que papa ne refusait jamais rien, papa me donnait volontiers son écharpe si je la trouvais jolie, il nous aurait offert n'importe quoi. Mais ses livres, non. Il pouvait les racheter pour nous, avec plaisir, mais il ne pouvait pas les prêter, non, cent fois non. Il y avait des bibliothèques municipales pour ça ! Aucun volume précis ne lui était particulièrement cher, c'était le tout qui lui était affectivement précieux. Il était attaché à sa collection de livres telle qu'il l'avait agencée, exactement telle qu'il l'avait rangée. Lui faire un trou, c'est-à-dire retirer un livre d'une étagère, revenait à lui percer le corps, le renvoyait à l'attaque originelle, la brèche ou la blessure en réparation de laquelle il avait échafaudé cette fabuleuse citadelle.

Papa conservait sa bibliothèque dans un appartement séparé, pour éviter que le chien ne pisse sur les rangées du bas, et parce que sa dernière épouse jugeait cette accumulation de vieux bouquins proprement invivable. S'absenter du domicile conjugal avec l'excuse d'avoir des livres à classer n'était pas pour déplaire à papa. Dans cet appartement de trois pièces, au deuxième étage d'un bel immeuble haussmannien, il avait fait construire des étagères du sol au plafond, sur chaque pan de mur, autour des fenêtres, dans la cuisine, le long des toilettes, face à la baignoire, dans les couloirs. Il avait entreposé là les canapés du temps où nous vivions ensemble avec maman, des canapés en velours bleu roi aux accoudoirs usés, aux assises affaissées et aux coussins scintillant de poussière quand le soleil entrait par les stores verticaux. Le soir, pendant les longs moments que j'y passais quand il n'était plus là pour m'interdire de tripoter ses bouquins, il n'y avait qu'une lampe sur pied pour éclairer la pièce qui m'évoquait la servante de théâtre – cette veilleuse qui reste allumée en permanence sur la scène quand la salle est déserte. En secouant le coussin d'un fauteuil, j'ai retrouvé des cravaches glissées le long du dossier. Les tapis persans qui avaient aussi fait partie du décor de mon enfance étaient lacérés de petits coups de lame. Je savais que ce lieu avait servi de garçonnière à papa. Je préférais ne pas en savoir davantage.

Je ne m'intéresse plus beaucoup à ce qui se passe dans le monde, me dis-tu sobrement, après ma lecture de quelques pages du journal. Les nouvelles du jour t'assomment et t'abrutissent. Les quelques romans que tu gardes au-dessus de ton lit – vous faites depuis le début de votre mariage chambre à part avec ta femme – ne sont même plus classés convenablement. Je t'interroge sur ton passé le plus lointain pour te maintenir éveillé. Tu avais huit ou neuf ans quand tu as commencé à collectionner les livres. Les « Classiques Larousse », des petits volumes d'une ravissante teinte améthyste. Tu les avais découverts dans ta librairie de quartier, où tu passais souvent admirer les rayonnages. Il s'agissait alors d'une collection récente dont il n'existait encore que peu de titres, aussi pouvais-tu envisager de la réunir au complet. Tu t'étais mis à amasser ces ouvrages au rythme de tes bonnes notes, avec ton argent de poche. C'est bien la seule fois de ta vie que tu as essayé de faire des économies ! La guerre se préparait et quand elle a éclaté, tu possédais toute la collection. Ils ne sont plus édités depuis très longtemps, on ne les trouve plus nulle part. Chez les bouquinistes, mais il faut se donner du mal. Tu les as tous perdus avec la guerre. Ça et ta collection de Dinky Toys que tu avais dû ressortir du coffre de la voiture bourrée à craquer au moment de l'exode, parce que ton père avait décidé d'emmener sa maîtresse avec vous et il fallait faire de la place pour sa valise. Choute. Duchesse de Montmoreau, née de Troguindy. Tu ne l'appelais jamais que Choute.

Cet épisode de l'exode, tu me l'as raconté des centaines, des milliers de fois. Choute avait un chat siamois, que tu tenais sur tes genoux dans la voiture. Le chat avait miaulé du début à la fin de cet interminable voyage, depuis le château de Chaumont, où le cabinet de ton père s'était replié pour organiser la sauvegarde des chefs-d'œuvre du patrimoine français, jusqu'à Bordeaux, ville où le gouvernement venait d'établir ses quartiers à la hâte, tandis que les Allemands fondaient sur Paris. C'était de Bordeaux que vous embarqueriez à bord du *Massilia*, avec Jean Zay, Édouard Daladier, Georges Mandel, Pierre Mendès France – les boulevards de mon enfance. Il y avait de quoi s'y perdre. Massilia était aussi le nom de la cité phocéenne où vous échoueriez après ce départ en transatlantique qui marquerait le début de votre exil. Tu te souviens de ces nuits passées à Bordeaux en attendant le départ fatidique pour l'Afrique du Nord. Puis vous étiez rentrés en métropole, vous aviez vécu deux ans à Marseille – de 1940 à 1942, jusqu'à ce que papa se fasse arrêter, me dis-tu. Il a eu de la chance, le directeur de la prison de la rue de l'Évêché n'était pas un salaud, il l'a relâché, mais c'était devenu trop dangereux, il n'y avait plus de zone libre. Tu gardes un souvenir terrible de ces hivers marseillais – il avait beaucoup neigé, en pleine Méditerranée ! Même la météo s'était trompée de cible. Tu te souviens de ce mistral cinglant le long de la Canebière pour rejoindre le lycée Thiers, et de la brouille entre tes parents. Ta pauvre mère s'était enfin rendu compte au moment de l'exode que son mari la trompait effrontément depuis des mois ! Choute avait dû plier bagage une fois que vous étiez arrivés à Bordeaux, parce que maman était éclamptique de rage, poursuis-tu. Mais un beau jour, à Marseille, papa a disparu. Il était parti retrouver Choute. Jamais je n'ai vu ma pauvre mère pleurer comme ça, elle pleurait toute la sainte journée, elle pleurait, pleurait toutes les larmes de son corps. Il faut dire que son mari l'avait plantée là, avec ses enfants, en pleine guerre. Il était revenu deux mois plus tard. Mon père est arrivé dans ma chambre, un soir, dans le petit appartement miteux que ma mère avait meublé au décrochez-moi-ça, et il m'a dit : Je pars avec Choute, et je t'emmène avec nous. Ta mère reste avec tes frères, et toi, tu pars avec moi. Du haut de mes onze ans, avec un aplomb qui m'a moi-même éberlué, devant ce père qui n'était pas n'importe qui, qui était très impressionnant, qui avait une très grosse voix, très grave, qui avait été secrétaire d'État à la présidence de la République, je lui ai dit : Non ! Non, papa. Toi tu fais ce tu veux, mais moi je ne quitterai pas maman. Abandonne-nous si tu veux, moi je reste avec ma mère.

Ce récit légendaire parmi les drames de ton passé, tu me le relates une ultime fois depuis ton lit de moribond auprès duquel je trouve ma place au sortir de mon train régional. Nous avons à présent un nouveau rituel. La succession des plats s'est transformée en une valse de soins. Des larmes roulent le long de tes joues décaties, hérissées d'un début de barbe blanche. Tes yeux glauques, voilés par l'usure du temps, brillent d'une émotion qui n'a pas d'âge, figée dans la ferveur du souvenir. Non, me répètes-tu, je lui ai dit non ! Je ne quitterai pas maman ! Tu as écouté le conciliabule de tes parents toute la nuit derrière les murs de ta chambre, fins comme du papier à cigarettes, dans votre humble logis marseillais. Au matin, il n'en était plus question. Tu n'as jamais entendu reparler de Choute. L'incident était clos.

Depuis ton grand appartement du seizième arrondissement, comme je te caresse le bras, je me rappelle l'homme que j'ai vu nous quitter tous les soirs. Tu rentrais retrouver ta femme, tu avais un dîner d'affaires, tu avais rendez-vous avec l'une de tes maîtresses – si ta femme appelait, surtout, qu'on lui dise que tu t'étais attardé, tu étais resté manger un morceau avec nous, qu'on brode. Tu passais après notre retour de l'école, à l'heure des devoirs, mais malgré tes talents de pédagogue je refusais ton aide en latin, en philo, en français. Je préférais encore me ramasser, rapporter une note déshonorante plutôt que suivre tes trucs infaillibles, tes pirouettes de saltimbanque. Tu te prélassais dans nos chambres, tu t'installais en chef de famille, tu t'étendais sur le canapé du salon – une demi-heure, une heure, à peu près le temps que je passe aujourd'hui à ton chevet. Tu laissais de l'argent à maman, tu payais ses factures, tu épongeais ses dettes. Vous vous fâchiez. Tu partais souvent sur une dispute. Votre mère est vraiment insupportable, nous disais-tu comme nous te reconduisions jusqu'à la porte. Elle est complètement givrée, elle est totalement irresponsable, elle est folle à lier ! Tu nous laissais avec la folle. Maman allait beaucoup plus mal après tes visites. D'ici la fin de la soirée, le mélange d'alcool et de médicaments ferait son effet. Régulièrement, elle tombait dans les pommes. Nous essayions de la ranimer ; quand nous n'y parvenions pas, nous appelions les pompiers. Et puis, cycliquement, à l'automne, au printemps, la belle saison n'y faisant rien, elle partait pour l'hôpital ou la clinique, se faire soigner, comme tu le lui avais conseillé à maintes reprises sur un ton plein de fiel et de dédain, et tu passais nous voir de la même façon, il y avait moins de cris, nous te reconduisions jusqu'à la porte, et tu nous demandais si nous étions sûres de ne pas avoir besoin de quelque chose. Non, rien, merci papa. Oui sûres, sûres, rien. Nous avions seulement besoin de toi.

Si je t'avais supplié à genoux, papa chéri, si je t'avais menacé de ne plus jamais me voir, serais-tu resté ? Aurais-tu répondu aux injonctions de ta fille ? Est-ce que la honte, un sursaut de conscience que j'aurais su réveiller en toi auraient pu te convaincre ? Aujourd'hui que je suis adulte, que j'ai construit ma vie, qu'à mon tour j'ai des enfants, tout cela est loin, c'est de l'histoire ancienne. Mais là, en t'entendant, si vieux, pleurer sur la trahison de ton père, j'aurais voulu te demander, papa : Est-ce que j'aurais pu t'obliger à rester ? Est-ce que j'aurais dû te contraindre à prendre soin de maman ?

En 1984, j'ai cinq ans au moment de votre séparation, et tu publies un *Dictionnaire des philosophes* en deux volumes qui a fait date. Au moment de sa parution, Bernard Pivot t'invite à son émission *Apostrophes*. Il s'agit d'un honneur auquel tu n'as pas encore eu accès. Aussi quand Pivot t'encourage à parler de ton œuvre en tant qu'auteur, au milieu d'une poignée de philosophes archi-réputés, c'est la consécration. Tu souris à la caméra, tu es fier. De cet homme à l'écran je reconnais les mimiques, les poses, les tics verbaux, et je sais que tu ne fanfaronnes pas, tu cherches à faire bonne impression. En guise de présentation, Pivot cite un article de Roger-Pol Droit. On ne peut pas dire qu'il t'encense. « Huisman. Son seul nom provoque souvent des réactions hostiles. Le personnage – c'en est un ! – n'a pas toujours bonne presse. Homme d'affaires et de relations publiques, amateur de publicité multimédia autant que de philosophie, il a gardé pour beaucoup l'image de la philo *choc*... En attachant son nom à ce dictionnaire, il semble qu'il soit passé à la philo *chic*. » C'est un très joli mot de Roger-Pol Droit ! t'empresses-tu de répondre. Ça ne me gêne pas vraiment, j'ai fait beaucoup de choses dans ma vie ! Chic et choc, c'est sûr, tu aurais été mal placé pour dire que ça ne sonnait pas juste. Tu n'es pas là pour cracher dans la soupe, toute presse est bonne à prendre. Tu prends ce qu'on te donne, tu prends tout, sans hésitation, voire sans discernement. En te voyant sourire largement à l'écran, je me souviens soudain de ta denture naturelle. Quand elles n'étaient pas encore toutes tombées, tes dents étaient pourries, brunies non à cause du tabac – tu n'as jamais été qu'un fumeur passif, toujours ravi d'offrir à tes compagnes ou tes filles des cartouches de cigarettes –, mais d'une absence ahurissante d'hygiène. Tu te rafraîchissais l'haleine à grands coups de spray Ricqlès, et je ne suis pas certaine de t'avoir connu de brosse à dents. Tu n'acceptais de te laver que dans une baignoire, dans une eau très chaude où tu trempais, et tu attendais que la femme qui partageait ta vie vienne te frotter le dos. Ta conception étrange de la toilette avait quelque chose d'inquiétant – éviter les douches, à tout prix –, de désarmant, et de charmant, parce que, en dépit de tes ablutions minimalistes, tu sentais toujours bon, et en plongeant mon visage au creux de ton cou, je me rappelle combien j'aurais aimé enfant pouvoir vivre là, ne jamais quitter tes bras.

« De tous ses titres honorifiques, et de tous ses titres de livres, sans doute est-ce le *Dictionnaire des philosophes* qui restera le plus durablement attaché à son nom », écrit en conclusion Roger-Pol Droit dans sa page nécrologique. « Quoi qu'en disent des esprits chagrins, le flamboyant Huisman aura bien servi la philosophie. »

Ton dictionnaire a été un événement non seulement dans ta carrière, mais aussi dans le paysage intellectuel de notre pays. Les plus éminents spécialistes avaient accepté d'y participer, trois mille cinq cents noms de philosophes du monde entier, y compris d'Afrique, d'Asie, d'Océanie. Une vue d'ensemble impressionnante, qui se revendiquait inclusive. Quand Pivot se met à te reprocher des lacunes, ou des sélections fantaisistes, tu rigoles franchement. Tu ne t'offusques pas, tu confesses tes erreurs, tes maladresses. Certains penseurs contemporains ont même rédigé leur propre notice – quelle drôle d'idée ! s'exclame Pivot. Alors là, non ! tu t'insurges, avec toujours autant d'affabilité. Ça n'a rien d'étrange ou d'hérétique : René Descartes, dans les *Méditations métaphysiques*, avait bien fait son autobiographie. Que faudrait-il dire de Montaigne ? Michel Foucault, dans sa propre notice, avait exposé la différence entre fonction-auteur et auteur-individu, une thèse qui soulignait un parti pris littéraire encore controversé, alors que le terme autofiction venait à peine d'être lancé. Tu aurais pu te faire le porte-parole d'un mouvement, tu avais la perspicacité et la sensibilité d'en élucider les tenants, mais ta bataille se jouait ailleurs. Sur ce plateau comme partout, tu ne partais pas en campagne pour défendre des concepts. Je t'ai connu pétri de valeurs, de mots d'ordre, mais tu les remettais volontiers dans ta culotte, disais-tu goguenard.

En matière universitaire, mon père s'était contenté de jouer un rôle de vulgarisateur. Il écrivait moins qu'il ne recensait, il dressait des listes. L'originalité de son style était surtout manifeste dans ses discours, à chacune de nos réunions de famille ou pour les innombrables remises de prix et autres cérémonies officielles auxquelles il présidait. Il avait été un orateur extraordinaire. Il était capable de faire pleurer de rire son auditoire, comme au mariage d'Elsa, ou d'arracher des larmes à un Esquimau constipé, selon son affreuse formule. Quand j'ai commencé à suspecter l'imposture de sa grandiloquence, maman n'y était pas pour rien. Elle m'avait rebattu les oreilles sur la vacuité de l'érudition, elle que l'entourage de papa avait prise pour la dernière des connes du fait de son ignorance. Elle n'avait que foutre des tartines de culture. Je l'écoutais d'une oreille, j'écoutais mon père de l'autre. Entre les deux, j'étais écartelée. Je sentais, cependant, que maman touchait du doigt une faille. Si papa adorait Descartes, il n'était pas un adepte du doute. Il affirmait avec autorité que son père avait raté le coche, qu'il aurait dû suivre de Gaulle, qu'il avait été trop tatillon, qu'Untel ou Duchmol s'y était pris comme un manche, que les gens n'ont que ce qu'ils méritent, qu'il faut savoir faire preuve de diplomatie, au besoin d'une certaine dose de tartufferie, qu'il y a du bon et du mauvais en tout, et voilà, rien n'était simple mais l'argent simplifiait beaucoup les choses. Il débitait des arguments à l'emporte-pièce. Il citait, déclamait ou glosait. Il évitait savamment de se compromettre par excès de sincérité, et, de manière générale, il évitait de se mouiller ; il n'avait aucun goût pour la tauromachie qu'est l'acte littéraire.

Papa avait fini par décréter qu'il était urgent de faire paraître ses mémoires pour son quatre-vingtième anniversaire, mais conscient de son incapacité à s'atteler à la tâche, il s'était rabattu sur l'idée d'une biographie de commande, dont il avait confié la rédaction à un vieux pote de l'ORTF. Des années durant, il avait écrémé les candidats : il y avait eu tout un tas de jeunes femmes, qui avaient fui devant ses avances ; des écrivains plutôt méritants qui n'avaient pas compris qu'on ne leur demandait pas d'émettre un point de vue ; un journaliste sportif qui avait signé de nombreuses biographies d'athlètes mondialement connus, ce qui semblait pour le moins saugrenu concernant papa, qui n'aimait le sport que pour ses codes vestimentaires – le complet du parfait tennisman, les jodhpurs et casaques de jockey, la gapette du cycliste –, mais étrangement celui-là l'avait pas mal emballé : après des centaines d'heures d'enregistrements, il lui avait soumis quelques pages que papa m'avait envoyées – ainsi qu'à tout son entourage, ça n'avait rien d'un privilège exclusif – pour que je lui donne mes impressions. Je ne me souviens que du titre du chapitre sur le *Massilia*, suffisamment éloquent pour imaginer le reste : « Rouge, un père et passe ». J'imaginais bonne maman se retourner dans sa tombe. Devant l'effarement de ses proches, il avait renoncé à cette version qui ne lui paraissait pourtant pas mauvaise – le texte avait du rythme, on ne s'ennuyait pas. En fin de compte, *Une faim si dévorante*, titre que le plumitif embauché par papa avait donné à sa biographie, était encore plus affligeant que toutes les ébauches précédentes. Mais si nous étions tous d'accord pour trouver le livre d'une nullité effarante, moi c'était la méchanceté avec laquelle ma mère y était représentée qui m'avait le plus dégoûtée. Maman n'avait pas mérité tant de mépris.

Georges aurait dû vivre un an de plus que la doyenne de l'humanité pour rencontrer son arrière-petite-fille. De sa naissance à lui à celle de ma George, la France avait traversé l'affaire Dreyfus, deux guerres mondiales, l'invention du téléphone, du plastique, du cinéma, de l'énergie nucléaire, la commercialisation des voyages en avion, l'installation généralisée de l'électricité, du gaz, des systèmes de plomberie dans les habitations pour chier tranquille chez soi, la création de machines qui ont automatisé les tâches domestiques ou agraires ; chacun a commencé à disposer d'heures supplémentaires pour se livrer à des activités plus variées que la monotonie du travail manuel, la culture s'est répandue, les loisirs aussi, l'éducation a fait un bond en avant spectaculaire, il y a eu les Trente Glorieuses pendant lesquelles tu t'es considérablement enrichi, puis les avancées technologiques se sont accélérées à une vitesse étourdissante, la sensation d'une course contre la montre permanente a pris le dessus en dépit du temps gagné par les progrès fulgurants de la modernité, et aujourd'hui que la décroissance est devenue une nécessité vitale, je ne suis pas sûre de comprendre comment tu as vécu, comment ton père a vécu, sans les outils, les supports industriels, électroniques et virtuels qui régissent le quotidien du monde entier. Tu as fait exister ton père pour moi à travers d'innombrables récits, de sempiternels récits à sa gloire, à sa mémoire, injustement méprisée. Mais si majestueux et impressionnant qu'ait pu être son portrait, il était surtout abscons, aussi fantomatique, impalpable, anecdotique que celui d'un duc dans un musée de province. Cette toile, qui a longtemps été accrochée dans ton bureau derrière les Champs-Élysées, le représentait lors d'un vernissage dans une galerie d'art, au cœur de ses fonctions en tant que directeur des Beaux-Arts, à la veille de sa chute. Le jeu de perspective entre les figures du tableau offre une impression irréelle de proximité et de démesure ; les regards des badauds convergent tous vers lui, Georges Huisman, au premier plan. Quand tu as vendu tes écoles et quitté tes bureaux, j'ai demandé au nouveau propriétaire de me faire envoyer le tableau à New York par bateau. À une soirée en ville, j'ai appris, tandis que l'immense toile était en cours d'acheminement sur l'Atlantique, que Georges avait fait ce voyage soixante ans plus tôt. C'est l'homme qui l'avait accueilli sur un quai du port du sud de Manhattan qui me l'a raconté. Ce célèbre agent littéraire américain avait épousé en premières noces la fille de l'artiste français qui avait peint le portrait de Georges avant-guerre pour le remercier de son soutien. Le jeune couple s'était fait un devoir de recevoir l'ancien protecteur de leur père et beau-père.

Quand j'ai accroché la toile au milieu de mon salon, j'ai vu le duc, et le protagoniste d'un récit dans lequel je pouvais presque me situer, ou subrepticement m'infiltrer. Presque. Mais le tableau, au cadre ornemental, fleuri et doré, jurait avec le reste du décor et prenait une place folle. Le portrait dominait la pièce à la manière d'un aristocrate anachronique. Or Georges n'était pas plus duc que mon voisin de palier à Brooklyn. Georges, avec un s, était né en 1889, en même temps que l'inauguration de la tour Eiffel. Il était dans notre histoire familiale une figure hiératique et incontournable ; il était notre monument national.

Bonne maman, la mère de papa, était déjà veuve depuis plus de vingt ans quand je suis née. Elle n'avait cessé d'entretenir la mémoire de son défunt mari à travers la rédaction de son hagiographie et les récits continuels de ses faits de gloire. Il y apparaissait tel un personnage de légende, à l'instar de ceux du petit livre pour enfants qu'elle avait signé avec son époux, *Contes et légendes du Moyen Âge français*, le seul livre que papa avait gardé par-devers lui pendant la guerre, un exemplaire dédicacé par sa mère, retrouvé au grenier de notre maison de famille. Le plus célèbre de ses contes, reproduit dans de nombreuses anthologies, s'appelait « La folle largesse ». Ma grand-mère avait vécu jusqu'à mes seize ans. Elle ne m'avait jamais manifesté d'affection particulière. J'imagine qu'elle avait passé l'âge de jouer les grands-mères quand j'étais née, et sans doute me tenait-elle rigueur d'être la fille de ma mère. Son fils s'était acoquiné avec une gourgandine, une potiche – folle qui plus est ! Elle reprochait à mon père de mener une vie honteusement dissolue, et de faire beaucoup trop de choses, de manquer terriblement de discipline, d'éthique. Gagner beaucoup d'argent n'avait rien d'une fin en soi. Pire, faire des affaires, se vautrer dans le luxe était horriblement déclassé. Georges n'avait jamais convoité les médailles, les honneurs. Il les avait acceptés de mauvaise grâce, seulement quand c'était indispensable. Ancien combattant de 14-18, observateur dans l'aviation, il n'avait pas pris les mêmes risques que ses camarades pilotes. Directeur général des Beaux-Arts, il avait refusé d'entrer à l'Académie, ce qui était pourtant de mise. Il craignait de s'y faire coopter par les artistes qui y siégeaient, voulait préserver sa neutralité, afin de soutenir, à l'inverse du conformisme académique, la création contemporaine avant-gardiste. C'était complètement crétin ! s'exclamait papa. Georges avait été un pur produit de la méritocratie. Son père à lui, français naturalisé, ne savait ni lire ni écrire. Georges avait été poussé dans ses études par une mère institutrice qui croyait avec ferveur en l'éducation. Il avait été un grand commis de l'État, autrement dit un fonctionnaire qui suit des ordres, selon papa, et quand on l'avait sommé d'embarquer à bord du *Massilia*, il avait suivi docilement, comme un couillon. Il s'était retrouvé destitué, pris au piège d'une politique inique. Papa, lui, n'avait suivi aucun itinéraire tracé d'avance. Il avait inventé une façon *sui generis* de se faire un nom. Il n'était ni un self-made man ni exactement un nanti ; il était un ovni.

Toi et bonne maman, après la mort prématurée de tes deux frères, étiez les derniers dépositaires de l'histoire de Georges Huisman. Ta mère t'avait inculqué qu'il te revenait d'entretenir la mémoire glorieuse de ton père. Pourtant dans vos récits, à l'un comme à l'autre, il était difficile de discerner quel message vous cherchiez à transmettre : Que vous aviez été spoliés par Vichy ? Que Georges Huisman aurait mérité qu'une rue porte son nom ? Que son oubli était intolérable ? Que son oubli préfigurait déjà l'effacement de la Shoah ? Aussi fallait-il la répéter en boucle, cette histoire, la scander telle une prière à Dieu auquel nous ne croyions plus depuis deux générations. Vous vous bagarriez sur des détails inconséquents, perdant de vue l'enjeu de votre lutte. Non, tu te trompes, c'était un mardi ! Je ne confonds absolument pas, c'était le jour du bridge, et le bridge, c'était le mardi, et de toute manière tu n'étais pas là puisque tu étais à l'école, je me souviens parfaitement, il était 15 heures précises, mardi 23 mars 1942, quand la Gestapo est venue perquisitionner l'appartement... Non maman, c'est toi qui te trompes ! C'était justement un jeudi parce que je n'étais pas à l'école, j'étais là, moi non plus je ne risque pas de confondre, c'était un jeudi, je te le jure sur la tête de mes enfants, enfin voyons, comment irais-je inventer une chose pareille ! L'anecdote malmenée par vos pinaillages perdait toute charge tragique. Personne, parmi votre auditoire, n'était en mesure de vous départager, ni de vous rappeler que le jour de la semaine était sans doute moins grave que la déportation à laquelle vous aviez échappé.

Georges n'avait pas publié ses mémoires, pas consigné ses exploits, rien entrepris pour que son nom demeure, mais bonne maman s'en était chargée. À quatre-vingt-quinze ans, elle avait fait paraître un livre de souvenirs. Elle avait encore toute sa tête, beaucoup plus que toi, mon pauvre petit papa. Près de quatre décennies après la mort de Georges, elle se rappelait les prénoms des camarades de régiment de son époux, elle pouvait reprendre la chronologie des faits jusque dans les plus infimes détails de son parcours, les études qu'il avait suivies depuis l'école primaire, ses lectures, ses travaux, ses rencontres, les chansons sur lesquelles il avait dansé avant même qu'ils ne se fréquentent. Tu as fait croire à ta mère que son livre avait été publié par un éditeur des plus sérieux, les Éditions du

Platane, un nom passe-partout, t'étais-tu dit. Pour légitimer cette publication, tu t'es rendu en personne chez le seul libraire où tu la savais susceptible d'aller vérifier pour y livrer des exemplaires, et tu lui as imprimé des faux relevés de droits d'auteur, assortis d'un chèque, prouvant que son livre se vendait très bien !

Une dizaine d'années auparavant, bonne maman t'avait demandé d'intervenir auprès des administrateurs du Festival de Cannes pour que soit reconnu le rôle qu'avait joué Georges Huisman dans la création du festival. C'était lui, en tant que directeur des Beaux-Arts, qui en avait eu l'idée avant-guerre ; c'était lui le seul responsable de cette manifestation d'envergure internationale, et personne ne s'en souvenait, il avait été injustement spolié, puis son nom était passé à la trappe ! Ce récit ne m'était jamais parvenu que sous la forme de digressions entre la poire et le fromage, au milieu de copieuses engueulades à propos du jour précis de l'arrivée de Louis Lumière au casino municipal de Cannes – C'était le 22 août 1939, tu penses bien que le 29, tout le monde était déjà rentré à Paris, et tu avais dix ans, voyons, comment pourrais-tu t'en souvenir ! Mais maman, enfin, ces dates sont documentées ! Ce n'est pas moi qui invente ! – au détour de sous-digressions et de sous-sous-digressions de plus en plus fantaisistes, le thème disparaissant et revenant, et parce qu'en définitive, tout cheminement de ta pensée finissait par mener soit au *Massilia*, soit à Cannes. J'avais entendu ces anecdotes des centaines, des milliers de fois, sans jamais saisir leur valeur historique. Je comprenais que ton père était un héros, peut-être, si tu n'affabulais pas. La première édition du festival aurait dû avoir lieu en septembre 1939. Avant le *Massilia*, la débâcle.

Tu t'es beaucoup démené pour qu'une plaque soit posée dans l'entrée du Palais des Festivals. Une plaque dorée, brillante, vissée à l'extérieur de la salle de projection, entre deux couloirs. Tous les ans, tu te rendais religieusement au festival comme en pèlerinage, et si ton école d'attachés de presse était partenaire de l'événement et que tu avais des raisons professionnelles d'y assister, c'était surtout pour rendre un culte à ton père que tu y allais. À ton retour, bonne maman te demandait si la plaque était toujours bien là, si elle n'avait pas été retirée pour une raison obscure par quelque ennemi vicieux. Vingt-cinq ans plus tard, les filles de Jean Zay, le ministre de tutelle de Georges Huisman au moment de la création du festival – la direction des Beaux-Arts dépendait alors du ministère de l'Éducation nationale –, avaient fait de même pour leur père. Ainsi, dans le palais des Festivals, y avait-il deux plaques qui attribuaient aux deux hommes la paternité de la création du festival, dans une formule rigoureusement identique. Peut-être quelqu'un s'aperçut-il de la confusion que causait cette double attribution ? L'administration du festival décida de remiser la plaque de Georges Huisman et de la remplacer par celle de Jean Zay, puis jugea sans doute plus simple de remiser les deux. Les badauds comme les stars se foutaient pas mal de savoir lequel de ces vieux Juifs injustement oubliés avait été à l'origine du Festival de Cannes. Mais toi, papa, tu étais loin de t'en foutre.

Pour mon père et sa mère, cette plaque était censée immortaliser l'abjecte injustice dont ils avaient été victimes. Ils avaient récupéré leurs biens après-guerre, néanmoins ils avaient tout perdu. Cette plaque recouvrait l'irréparable comme des centaines d'autres qui constellent Paris – devant les collèges de garçons, devant les anciens bains publics, devant les repaires de résistants, dans les rues les plus insignifiantes. Sur ces rectangles de marbre étaient gravés les crimes du gouvernement de Vichy. Toutefois la légende se compliquait encore. Était-ce parce qu'il était juif que son père n'avait pas été reconnu comme fondateur du Festival de Cannes ? demandais-je à mon père. Oui, évidemment, sans aucun doute. Mais c'est surtout à cause de ce salaud de Philippe Erlanger ! Un vulgaire intrigant, qui avait retourné sa veste dix fois. C'est bien simple, quand tous les témoins de l'époque sont morts et enterrés, lui réécrit l'histoire, tire la couverture à lui, et c'est lui qui est cité partout comme fondateur du festival. Erlanger ! Enfin comment ce type d'une médiocrité à pleurer, qui n'était qu'un sous-fifre de Georges, aurait pu inventer le Festival de Cannes ! Mieux valait en rire. Erlanger avait effectivement publié ses mémoires. Un tissu de mensonges ! Or plus personne n'était là pour le contredire. Il racontait carrément, en toute impunité, l'éclair de génie qu'il avait eu au milieu de la nuit dans le train couchette qui le ramenait à Paris après la Mostra de Venise de 1938. Un comble. C'est papa qui l'avait envoyé à Venise ! s'écriait mon père. Et comme ça il se serait dit, dans ce train de retour d'Italie où le jury avait donné le prix du meilleur film aux *Dieux du stade* de Leni Riefenstahl (*Luciano Serra, pilote*, de Goffredo Alessandrini), dans une démonstration exemplaire de propagande fasciste, il se serait dit, lui qui n'a qu'un poste de subalterne très en bas de l'échelle, pourquoi ne pas créer une manifestation concurrente sur la Côte d'Azur ? Enfin c'est absurde ! Ce type n'est rien, un simple secrétaire général de l'Association française d'action artistique. Or c'est justement papa qui l'a nommé directeur de l'AFAA ! En 1938, il est son subalterne ! Erlanger, lui, est resté en poste jusqu'en 1968, il s'en est remarquablement bien tiré. Parce que Erlanger n'était pas juif, c'est ça ? Non, enfin si, Erlanger était tout ce qu'il y a de plus juif ! Pardon ? Oui, oui ! Mais ça n'a pas de rapport. Lui venait d'une grande famille française, il avait énormément d'argent, de relations, il est passé entre les gouttes !

J'ai écouté mon père pester un nombre incalculable de fois contre ce pitre, ce fieffé menteur, qui à l'en croire n'était pas loin de devenir le principal responsable de la déchéance de son père. Erlanger avait sciemment spolié son père parce que ce fameux jour de l'exode, en quittant le château de Chaumont, Georges avait refusé de le prendre dans sa voiture : il y avait Choute et son chat, il n'y avait matériellement pas la place pour Erlanger, qui en avait nourri une rancune tenace. Tout était parti de là... Pourtant le récit de papa ne faisait que commencer. Il embrayait sur Choute, l'exode, Cannes, le *Massilia*, l'Élysée.

Et puis une complexité supplémentaire s'ajoutait à ce récit dont l'exubérance rendait déjà la réalité périlleusement vacillante. Papa, depuis son divorce avec maman, s'était installé avec sa nouvelle femme dans un immeuble moderne, au mieux fonctionnel, au pire hideux, rue Erlanger. De toutes les rues de Paris, papa habitait *rue Erlanger*. Un bout de voirie sans signe distinctif du seizième arrondissement, entre la rue Molitor et le boulevard Exelmans (maréchaux et pairs de France), où s'étaient déroulés pendant que mon père y avait vécu un nombre surprenant de faits divers tragiques : un célèbre chanteur de pop israélien s'y était défenestré, un étudiant japonais y avait découpé, dépecé et dévoré sa petite amie, une femme sous l'effet de l'alcool et des stupéfiants y avait tué dix personnes en mettant le feu à son immeuble. C'était dans ce quartier que mon père était né, où son propre père avait grandi, où ils étaient morts. C'était rue Erlanger en fin de compte que mon père aurait vécu le plus longtemps. Je lui ai demandé un jour s'il y avait un lien entre le fameux Philippe Erlanger et le nom de sa rue. J'avais beaucoup hésité avant de poser ma question, consciente que la réponse risquait de m'embrouiller encore davantage. Mon père avait pris un air outré : Bien évidemment que non ! L'Erlanger de sa rue était un banquier allemand, sans aucun rapport avec ce Philippe Erlanger, descendant des Camondo, fils d'un compositeur célèbre. Et c'était reparti avec ce salaud d'Erlanger : il reprenait le récit de ses manigances, contrairement à son père qui avait pêché par trop d'intégrité. Quoi qu'il en soit papa habitait rue Erlanger.

C'est dans ce grand appartement moderne avec un toit-terrasse au septième et dernier étage qui dominait les immeubles haussmanniens de l'autre côté du boulevard Exelmans qu'il existe le plus de photos de lui, de nous, avec L'Arcouest et Valmondois, les maisons de vacances que papa avait héritées de ses parents. Maman n'avait aucune place dans ces lieux. Sa présence en avait été entièrement effacée. Elle était la seule des ex-femmes de mon père, ou même de ses maîtresses passées, à ne jamais participer aux réunions familiales ; elle n'était invitée ni aux mariages ni aux enterrements. Papa adorait réunir ses proches au grand complet pour les fêtes traditionnelles catholiques – Noël, l'Épiphanie et Pâques, que nous célébrions comme toute bonne famille française qui se respecte, fût-elle un peu juive sur les bords – et pour son anniversaire. Il organisait un grand raout avec des pièces montées de pains surprises, des palettes entières de petits-fours, puis c'était l'incontournable photo de groupe, prise par un professionnel diligenté pour l'occasion. Même s'il possédait des tiroirs pleins d'appareils de tous types, il fallait un œil extérieur pour nous tirer le portrait.

Maman n'était pas invitée parce que papa redoutait qu'elle fasse une scène à tout casser. Les esclandres de maman, il est vrai, étaient spectaculaires : il faut s'imaginer des tables retournées, du grand drama de telenovela. Mais maman n'était surtout pas invitée parce que la femme de papa, qui avait été plutôt accommodante avec les frasques de son mari, avait posé comme condition non négociable à leur ménage que sa prédécesseuse et principale rivale ne foute jamais les pieds chez eux, ne se retrouve jamais dans la même pièce qu'elle, et que son nom ne soit jamais prononcé en sa présence. Dans la liste des griefs insurmontables, il y avait celui de nous avoir contraintes, Elsa et moi, à nous cacher pour appeler maman. Il fallait attendre que sa femme soit sortie faire des courses, qu'elle soit couchée ou occupée ailleurs pour joindre notre mère depuis le téléphone fixe de la rue Erlanger, depuis le vieil appareil sur le guéridon du petit couloir de la maison de Valmondois, depuis le téléphone de sa voiture. À six ans, dix ans, quatorze ans, nous devions nous planquer pour entendre la voix survoltée, plaintive, hagarde ou ivre de notre mère perpétuellement sur la brèche. Il ne fallait pas parler d'elle à table. Il ne fallait pas parler d'elle tout court.

Quand maman s'est suicidée – papa, tu t'en souviens ? tu as recommencé à parler d'elle. Tu t'es mis à évoquer des souvenirs dans un restaurant où je t'avais rejoint de l'aéroport, après avoir déposé ma valise au vestiaire, quelques mois à peine après sa mort. Je retenais mes larmes en t'écoutant me raconter les meilleurs épisodes de votre union grand-guignolesque – Ah, elle n'était pas possible Catherine, elle était belle à couper le souffle, elle était incroyable, ce qu'on a ri le jour où... Elle est sortie de table avec fracas. (Comme quoi, il n'y avait pas que maman pour faire des esclandres.) Tu m'as demandé d'aller chercher ta femme, de lui demander pardon de ta part. Tu as sans doute embrassé mon poignet, tu as dit dans un soupir que la vie n'était pas facile, que les femmes de ta vie, décidément, n'avaient jamais été faciles, que tu étais bien triste pour ma maman, que tu étais bien triste que j'aie perdu ma maman dans des circonstances aussi tragiques. Allez, va chercher ma femme, s'il te plaît, mon amour adoré chérie mignonne, ah là là, elle doit être très contrariée.

Le portrait que maman me peignait de toi était peu reluisant. Tu la révoltais, elle te haïssait souvent, elle imposait néanmoins que jamais nous ne nous permettions de te manquer de respect. Nous te devions une obéissance absolue qu'elle nous reprochait par la suite violemment. Nous te préférions parce que tu étais riche et puissant, parce que tu nous emmenais en voyage, parce que tu nous offrais toutes les conneries du monde. Nous étions des ingrates, nous étions des vendues. Mais un jour où je refusai de passer le week-end chez toi, maman m'a fusillé du regard et avec une rage mêlée de mépris, a dit d'un ton péremptoire que j'allais lui faire le plaisir d'y aller, et plus vite que ça. Maman a ressassé contre toi sa rancune comme tu as ressassé les spoliations de ta famille sous Vichy. Les contradictions abondaient tout autant dans vos discours logorrhéiques. Vous étiez l'un et l'autre, chacun dans son style, des adeptes du ressentiment et de la répétition. Vous ne redoutiez pas la redite, et vous m'avez appris, à force, à ne pas craindre d'enfoncer le clou, vous m'avez convaincue qu'on ne se remet pas de tout, qu'il y a des amertumes qui aigrissent à jamais, des déboires dont on meurt, oui, dont on finit par crever de douleur. Parmi les sujets de tes monologues interminables, papa, il y avait les deux ans passés à Marseille ; les faux papiers et votre nom d'emprunt à Vaison-la-Romaine ; la Libération si peu libératrice. Pour maman il y avait l'histoire de votre rupture comme pour toi l'histoire de cette rupture qu'avait représentée la guerre.

Mon père a passé un dernier été en Bretagne au début de la pandémie. Je suis allée le retrouver, après avoir respecté les règles de quarantaine, à L'Arcouest, dans les Côtes-d'Armor, où la baie, en raison du nombre d'universitaires à la ronde, avait été rebaptisée Sorbonne-Plage. Là, mes grands-parents avaient établi leurs quartiers d'été auprès de leurs amis, collègues et alliés du Front populaire. Jean Zay, dans son journal posthume rédigé à la prison de Riom, après le *Massilia*, raconte la liesse qui régnait dans ce paysage pittoresque et enchanteur. Papa y avait été photographié enfant pour un article paru dans la presse d'avant-guerre, aux côtés de son père en chapeau de paille, au milieu du jardin en espalier fleuri d'hortensias, d'aubépines et de lauriers, le jardin de la maison de bonne maman. Sur cette photo, Georges avait l'air joyeux et insouciant d'un homme en villégiature. Pendant cet été 1939, il préparait le Festival de Cannes qui n'aurait pas lieu. Il était resté profondément attaché aux souvenirs que ces pierres recelaient, quand bien même il n'avait aucun goût pour la propriété.

Toute la famille se réunissait à L'Arcouest. La première femme de papa y avait même acheté une maison après leur séparation ; leur fille aînée avait épousé un descendant du petit clan de Sorbonne-Plage, elle aussi était professeure de philosophie, et elle aussi y passait ses vacances. Les jours de grandes marées, on se retrouvait au complet sur la plage pour la pêche à pied, chacun armé d'un râteau à trois dents, d'un panier ; chacun vêtu de la marinière de rigueur que papa achetait en gros et sur lesquelles il faisait imprimer nos prénoms en lettres de velours. Sa dernière femme n'aimait pas recevoir, et lui, quoi qu'il en soit, préférait être servi, aussi conviait-il ses enfants et petits-enfants à déjeuner ou à dîner au Barbu, là où ses parents avaient eu leurs habitudes eux aussi. L'hôtel-restaurant devant l'embarcadère pour Bréhat, l'île de granit rose, s'appellerait toujours le Barbu, quel que soit le nom que lui aient donné ses nouveaux propriétaires au fil des générations. On aurait presque pu rejoindre l'île à la nage, répétait papa à toute occasion, mais les courants sont si violents que ceux qui s'y étaient essayé avaient tous failli mourir noyés. Le Barbu à l'été 2020 avait été racheté par la chaîne Best Western. Mon père n'était plus en état d'y aller ; je m'y étais rendue en pèlerinage pour boire un verre pendant sa sieste. La salle à manger avait été repeinte en bleu canard de la couleur du logo imprimé en énorme sur la devanture. L'odeur du plastique et des produits ménagers avait recouvert celle iodée des plateaux de fruits de mer pléthoriques qui avaient autrefois trôné sur la table attitrée de papa. Derrière les baies vitrées aux huisseries en PVC, les reflets éternellement changeants de l'océan taciturne et baroque, tour à tour sombre comme l'étain et brillant comme le saphir, contrastaient avec ce décor industriel mondialisé.

Un été, il y a plusieurs années, j'avais entrepris d'enregistrer mon père sans but précis hormis celui de préserver ses souvenirs, ou de l'encourager à se souvenir. J'avais établi une méthode qui l'aiderait peut-être : papa devait me réciter dans l'ordre chronologique ses adresses successives. Il était affalé dans une bergère chez lui à L'Arcouest, les jambes croisées comme à son habitude, des lunettes sur le bout du nez qu'il ne portait que pour lire le journal. J'appuie sur la petite flèche lecture de la bande audio archivée dans mon téléphone portable. Oui, mon amour, on en était où ?

Tu en étais au *Massilia*. Ou juste avant d'embarquer à bord du *Massilia*, c'est-à-dire à Bordeaux, en juin 1940, où vous viviez toi, ta mère, ton père et tes deux frères dans un hôtel particulier... Oui, somptueux hôtel particulier qui appartenait à l'archiviste en chef du département, qui était de la même promo de l'École des chartes que papa, puisque quand tu sors de l'École des chartes, tu es archiviste-paléographe, et les tout premiers sont archivistes départementaux, après, ils sont autre chose, ils peuvent travailler dans le privé, mais la botte, ce qu'on appelle la botte, les premiers de leur promotion, sont affectés aux archives départementales, mais ce n'est pas ce qu'a fait mon père, qui est pourtant sorti dans les premiers. Moi ce n'était pas du tout mon truc les vieux papiers, d'ailleurs pas un cheveu de ma tête n'a jamais imaginé faire un truc pareil !

Et arrivés à Bordeaux, vous étiez... Chez cet archiviste en chef, de la même promo que papa, qui était l'un de ceux qui avaient le mieux réussi puisqu'il était directeur général des Beaux-Arts, après avoir été secrétaire général de la présidence de la République, etc., il était archi-connu des copains de sa promotion…

Donc vous êtes chez ce monsieur à Bordeaux ? Longue série de digressions sur la Gironde, la hiérarchie des archivistes régionaux, la comparaison entre l'arrivée des nazis en 1940 et des Prussiens en 1870. Détour par Chaumont. Digression sur Choute. Digression sur l'année précédente passée à Rennes. Digression sur les rapports entre sa mère et son père.

Et là, donc, vous êtes finalement arrivés à Bordeaux ? Oui, c'est ça, on est descendus jusqu'à Bordeaux, et à Bordeaux, papa avait deux possibilités. Il y avait un bateau qui partait de Bayonne, et qui allait à Londres, et un autre qui partait de Bordeaux à Alger, terre française, avec un ordre de mission officiel, signé du président du Conseil, du ministre des Affaires étrangères, du ministre de la Guerre, un ordre de mission archi-officiel avec quatre ou cinq signatures. Ce papier était totalement en règle ! On devait continuer la guerre contre les Allemands en Afrique du Nord, on avait des troupes, des militaires, du matériel, les Américains nous avaient envoyé des tanks, des avions, des tas de trucs pour continuer la guerre. Et en principe, le dernier gouvernement de la IIIe République avait décidé de continuer la guerre ! Malheureusement ce gouvernement a sauté, et un coup d'État a été fait par Pierre Laval – le grand malin dans cette affaire c'était Pierre Laval, qui était très futé –, il organise tout, il supprime la République, il met en place un État dictatorial, il nomme le maréchal Pétain, et devient le Premier ministre. La République qui avait pour devise Liberté, Égalité, Fraternité est remplacée par l'État français – Travail, Famille, Patrie – ayant pour capitale Vichy. Tu comprends, papa avait appris le grec, le latin et l'allemand. Il ne savait pas un mot d'anglais. Je suis convaincu que l'idée de partir pour l'Angleterre sans parler du tout l'anglais a beaucoup joué dans son choix entre Alger et Londres. En fin de compte, on n'a pas abouti à Alger mais à Casablanca...

Tu comprends, façon de parler. Mon père ne me racontait pas cette histoire pour que je la comprenne : il n'avait plus aucun talent de pédagogue à cet endroit. Il se laissait entraîner par son récit, l'émotion seule en tenait les rênes. J'ai donc appris par autres sources que le *Massilia* était le nom du paquebot sur lequel il avait embarqué avec ses frères et ses parents au port du Verdon, la veille de l'armistice, en juin 1940. Georges, muni d'un ordre de mission de l'amiral Darlan, devait rejoindre son gouvernement pour continuer la lutte à Alger, or ce bateau était un piège. En arrivant non plus à Alger – terre française – mais à Casablanca – simple protectorat –, les parlementaires, dont nombre d'entre eux étaient juifs, se sont retrouvés accusés de désertion. À moi qui ne l'avais jamais accusé de rien, papa me répétait que tout ça était faux, des calomnies infâmes ! Chaque fois qu'il racontait leur débâcle, son indignation donnait à sa voix la tessiture de l'enfant de onze ans qu'il avait été sur cette embarcation de malheur. Le drame était aussi intime que politique. Choute n'était pas moins importante dans cette épopée que le maréchal Pétain. L'histoire du *Massilia* me laissait submergée par une marée de noms et d'anecdotes qui leur étaient associés. Laval, Mandel, Zay. Je comprenais bien que Georges Huisman, son père, avait été un héros que de sales fachos avaient spolié. Parce qu'il était juif ?

Bien sûr parce qu'il était juif, et la France est un pays profondément antisémite, me disait papa au présent perpétuel. De toute évidence, c'était plus compliqué que ça puisque Erlanger aussi était juif. Enfin bon, pas très juif. Peut-on être seulement un peu juif ? Mais bien sûr, il y avait plein de Français qui n'étaient pas du tout juifs – nous pour commencer, tiens ! Mendès France aussi était juif, ça ne lui a pas tellement porté préjudice après-guerre. Ce sont les collabos qui ont été inquiétés, avec l'épuration, ce qu'on a appelé l'épuration... Alors pourquoi Georges ? Parce que papa était un homme de la IIIe République, concluait mon père. Ah, son père était un homme de la IIIe République ! J'avais lu quelque part que la IIIe République était la République des professeurs, non celle des managers. Je comprenais sans comprendre que le monde avait changé, qu'après la guerre son père n'avait plus l'âge ou la force de se réinventer. Je comprenais sans comprendre que l'histoire était un rouleau compresseur au passage duquel la complexité du présent était fatalement aplanie, écrabouillée.

En revenant en France, je n'ai pas voulu m'installer à Paris. J'ai invoqué des raisons pratiques qui se justifiaient : la présence de deux enfants en bas âge en pleine pandémie dans une capitale à forte densité démographique ; la complexité de la sectorisation des écoles publiques ; le peu de programmes bilingues ; le coût de la vie. Je pouvais formuler des tas d'excuses, mais la raison véritable était que je fuyais encore le lieu névralgique de mon enfance. Paris était le siège historique du conflit affectif entre mes parents, l'épicentre de l'écartèlement entre leurs influences, leurs héritages. Paris était le foyer ancestral où j'étais la fille de : la fille de ma mère-la-folle, la fille de mon père, la petite-fille d'un grand-père illustre, fût-il injustement oublié. Je m'étais construite ailleurs parce qu'à Paris j'avais l'impression à chaque carrefour de trébucher sur un pavé.

N'importe où sauf Paris, tant que je pourrais m'y rendre facilement pour voir mon père régulièrement. Alors pourquoi pas un village de Seine-et-Oise – un *trou* ! Les filles s'y épanouissaient merveilleusement. Tom avait couvert l'élection présidentielle américaine depuis notre campagne française. Dans le pré des voisins, les bêlements d'un troupeau de moutons accompagnaient les klaxons et les hurlements de joie qui nous parvenaient par les vidéos postées sur Twitter la nuit des résultats. J'avais recommencé à réfléchir à autre chose qu'aux repas et au ménage. J'avais accepté une nouvelle traduction. Et je m'étais lancée dans un abondant travail de recherche qui concernait mon père, et son père, Georges Huisman.

Il n'était plus vraiment question d'interroger papa, si ce n'est pour vérifier que la seule figure à surgir des décombres de sa conscience délabrée était Georges. Georges à l'Élysée ; Georges à bord du *Massilia* ; Georges et Choute ; Georges à Cannes ; Georges mourant ; Georges et la postérité. Un héros de vitrail, tel Gilbert le Mauvais sous les ogives de l'église de Combray, Georges avait traversé l'histoire en deux dimensions : je n'arrivais pas à lui accorder l'épaisseur d'un vivant ; il était à jamais figé dans sa représentation, il n'était qu'une figure peinte par mon père et ma grand-mère. Les frères de papa n'étaient plus là pour témoigner, ils étaient morts avant ma naissance, tous deux suicidés. Qu'avait-il bien pu se passer dans cette famille pour qu'elle accumule tant de drames ? La nièce et le neveu de mon père s'étaient donné la mort à la suite de leur père. Les explications de papa à cet endroit étaient à l'emporte-pièce, irrecevables. Dans ses mémoires, ma grand-mère, qui racontait également, en passant, le suicide de son jeune frère à quelques semaines de la Libération, était aussi laconique que papa à ce sujet. Il se trouvait que chez nous, il y avait eu beaucoup de morts prématurées, beaucoup de morts volontaires. Papa avait aussi perdu deux de ses trois fils, l'un dans un accident de la route, l'autre de ce qu'on qualifiait pudiquement d'accident tout court. C'était tragique, mais il fallait se relever. Papa et bonne maman avaient gardé la tête haute, les deuils ne les avaient pas empêchés de vivre, même s'ils les avaient souvent empêchés de dormir.

Le dernier vivant à avoir connu Georges était mon demi-frère Bruno. Il était encore petit à la mort de son grand-père, mais il en avait gardé quelques impressions durables, et surtout il avait conservé ses archives dans la maison de Valmondois. La belle demeure familiale de Valmondois, où nous partagions tous des souvenirs d'enfance, Bruno l'avait rachetée à papa, à la mort de notre grand-mère. Bruno avait alors une quarantaine d'années. Il était professeur dans une prestigieuse classe de khâgne, il briguait la mairie de Valmondois, comme son grand-père. Papa avait réuni tous ses enfants dans la salle à manger de la rue Erlanger, nous avions tiré les rois. Une immense galette de chez Lenôtre occupait tout l'espace entre nous. Il avait fallu que j'aille sous la table : j'étais la petite dernière. Papa avait crié : Pour qui ? Et j'avais égrené le nom de mes aînés. La pâte feuilletée s'était répandue sur la nappe comme des pièces jaunes, comme le contenu de la tirelire que j'avais cassée, pensant aider maman un jour où je l'avais entendue évoquer des problèmes d'argent. Une couronne en papier indiquait que nous répétions pour papa une pièce de théâtre : *Le Roi Lear*, un classique. Papa nous avait expliqué qu'il vendait la maison à Bruno. Évidemment, cette vente nous lésait toutes un peu, avait-il ajouté, mais il ne pouvait pas décemment demander à son fils le prix du marché. Il était content comme ça et il souhaitait que nous le soyons aussi. Du haut de mes seize ans, j'avais rejoint timidement l'indignation de mes sœurs aînées qui s'étaient insurgées : au-delà des questions financières, notre frère nous dépossédait d'un lieu mémoriel qui nous appartenait à toutes. Oui, oui, bon, bon, avait répondu papa d'un air las, excédé. Bon, bon, ne vous battez pas ! avait-il geint en monarque tyrannique tentant faussement la conciliation. Il avait vendu la maison à Bruno sans en parler davantage. J'y retournerais pour les mariages de mes nièces ; j'y retournerais pour l'enterrement de notre père. C'est dans le petit cimetière au-dessus de la mairie que reposent nos morts.

Le grenier de la maison de Valmondois hébergeait les archives de Georges Huisman : des tableaux, des livres, sa correspondance, du moins celle qui n'avait pas été égarée ou brûlée pendant la guerre. Par la force des choses, j'étais la benjamine, celle dont on n'entendait la voix que pour tirer les rois, sous la table. Je n'avais pas eu mon mot à dire. L'héritage familial était revenu au fils aîné. Mais de quel héritage parlait-on exactement ? Je m'étais toujours sentie en porte-à-faux dans cette famille parce que je gardais une pensée pour maman, que les plus cléments plaignaient pour sa maladie, mais que tous préféraient éviter. J'étais du côté de maman. Aussi dans ces raouts semi-mondains qu'on appelait des réunions de famille, où les uns et les autres faisaient état de leurs succès, répétaient à qui mieux mieux des citations convenues, redoublaient d'éloquence devant papa, je me faisais encore plus petite que je n'étais. Plus de vingt ans s'étaient écoulés au moment de mon retour en France. J'avais construit une carrière, fondé un foyer. Et j'avais publié deux livres. Bien que je n'y manifeste pas une tendresse particulière pour les membres de cette famille qui avaient si mal traité ma mère, ces livres m'avaient imposée comme écrivaine, un titre qui m'avait immédiatement installée sur un petit piédestal où on me respectait, on m'écoutait. La voix de maman me dictait de leur cracher à la gueule, mais ce n'était pas désagréable quand elle arrêtait de me hurler dans les oreilles, qu'elle cessait de m'instrumentaliser d'outre-tombe pour prendre sa revanche sur le monde entier. Avec Elsa, nous avions toujours été proches de nos nièces, les filles de Bruno. Papa était leur grand-père mais nous avions le même âge et grandi ensemble. Elles venaient souvent passer des week-ends avec nous, nous allions au Jardin d'Acclimatation, nous passions de longues soirées ensemble dans les cabines téléphoniques au sous-sol des restaurants où papa, leur Doggy, s'éternisait, enfin, nous dévalisions les bacs de bonbons de la boulangerie de Valmondois, les poches pleines de pièces que Doggy nous avait données. Bruno avait lu mes livres, il les avait même offerts autour de lui. Il était ravi de m'aider à mener une enquête sur Georges Huisman.

Maman, how old were you when your maman was morte ? Sissi, ça t'ennuierait beaucoup de parler français ? Ça fait six mois qu'on vit en France. Depuis que tu es née, je ne t'ai jamais parlé qu'en français ! C'est vraiment trop te demander de faire un petit effort ? Je parle français ! Ok ma Sissi, super. C'est ce que je pensais. Je t'écoute. Sissi répète sa question. Je dois corriger l'usage de l'auxiliaire. Être et avoir, j'avoue, c'est compliqué. J'avais trente ans quand ma mère est morte. Elle en avait soixante-deux. C'est pas très vieux, me répond Sissi. Je vois dans son regard inquisiteur, ses yeux malicieux pleins d'éclats de soleil, des tas de calculs qui se bousculent. Doggy il est beaucoup beaucoup plus vieux ! Oui mon amour. Doggy il a quatre-vingt-onze ans. Ah oui, il est very very old ! Alors il va mourir ? Oui il va mourir ma Sissi adorée. Et tu es triste, maman ? Oui je suis très triste, mais c'est normal qu'il meure, il est fatigué, il est malade, il ne peut plus rien faire, il est temps qu'il parte. Tu vas pleurer, maman ? Sissi ! lui crie sa sœur en entrant dans la pièce. Why would you talk to maman about Doggy dying ? You know she'll cry ! Pour la peine, j'ai droit à un double câlin, chacune sur un genou, leurs cheveux embataillés sur mon visage, leurs petits bras chamailleurs retenus entre les miens, des baisers plantés dans mon cou tandis qu'avec leurs jambes elles se donnent des petits coups de pied taquins. C'est fini oui de se bagarrer comme des chiffonnières ? Comme des quoi ?! Toi c'est fini de pleurer, maman ? Voilà le respect que j'inspire à mes filles. Ne mords pas ! proteste George, me voyant m'approcher avec cet air de vouloir la manger tellement je l'aime. Non maman, promets ! Juste un petit bout d'épaule... Alors pas fort. Promis, pas *très* fort. Enfant, je disais à maman qu'il fallait en garder pour demain, qu'elle ne pouvait pas tout manger en une fois.

George m'a aussi demandé sans préambule et hors contexte, à la terrasse d'un restaurant sur un port, pourquoi elle ne connaissait pas ma mère. Mon premier roman, dont ma mère est le personnage principal, était sorti quelques mois plus tôt. Nous avions programmé un voyage en famille autour d'un festival littéraire où j'étais invitée pour parler de mon livre. J'avais passé la journée dans la salle des fêtes du village à attendre de signer des exemplaires. George avait six ans. Mon cœur s'est mis à palpiter devant l'air inquisiteur de ma fille. J'ai regardé Tom pour lui demander muettement son aval. Que nous soyons d'accord sur la version que nous présenterions à nos enfants quand elles seraient en âge de s'interroger me paraissait fondamental, mais nous n'avions pas eu l'occasion d'en parler ; bizarrement, nous avions oublié. Tom m'a tendu la main, il a pressé ma paume contre la sienne. Ma mère est morte, George, c'est pour ça que tu ne la connais pas. Mais comment ? Elle est morte comment ? Il fallait que je me décide, très vite. De la voix la plus rassurante possible, j'ai dit : Elle a choisi de mourir. Pourquoi ? a hurlé George. Sa question s'est traduit en un insoutenable gémissement. Pourquoi ? La violence de sa réaction a retenti dans tout mon corps. Mes doigts moites ont glissé hors de la main de Tom pour en faire un poing, mais je suis restée calme, aussi pondérée que possible, et j'ai poursuivi, sans pleurer. Parce qu'elle était malade, ma George. Quand on est malade, on peut guérir ! a répondu l'enfant. Oui, mon amour, oui, la plupart du temps on peut guérir, c'est vrai. On guérit très bien plein de maladies. Mais ma maman avait une maladie que les médecins ne savaient pas soigner. Et elle souffrait beaucoup. Alors elle a choisi de mourir. Je suis désolée. Je suis désolée que tu ne connaisses pas ta grand-mère, que tu n'aies pas pu rencontrer ma maman. Je suis désolée que cette histoire te rende triste. Je suis vraiment, tellement désolée. Des flots de larmes ont jailli des immenses yeux de ma fille, des sillons de larmes qui s'étiraient le long de ses joues couvertes de glace au chocolat. Elle s'est jetée dans mes bras, la morve et la glace répandues sur ma robe blanche. Maman, tu as dû être si malheureuse ! Je suis sûre que George m'a parlé en anglais, et pourtant, je l'entends dans ma langue, dans la langue de ma mère, la langue de mon père, la seule langue qu'eux aient jamais parlée.

Vous avez un itinéraire en tête, monsieur Huisman ? Non, non, faites comme vous pensez ! Mais là, si j'étais vous, je prendrais plutôt l'avenue Pierre-Ier-de-Serbie, comme ça on passe devant le palais d'Iéna, le palais de Tokyo, Chaillot, et puis vous continuez vers les Maréchaux, hein, jusqu'à la porte d'Auteuil. Sinon à la rigueur, vous pouvez prendre la rue Franklin et la rue La-Fontaine. Enfin, mais que dites-vous, pas l'avenue Paul-Doumer ! Voyons, quelle idée ! Vous savez bien que l'avenue Mozart est à sens unique. Ah et j'aimerais faire un petit saut chez Carette. Papa se faisait conduire de son bureau à son domicile tous les jours, avec des *crochets* vers chez nous et maman, sa vieille mère quand elle était encore en vie, ses maîtresses, ses lieux de shopping favoris. Son chauffeur, José, et lui avaient beau avoir emprunté ces rues un nombre incalculable de fois, papa continuait de négocier son itinéraire : Mais enfin, vous allez où comme ça ! Ne prenez surtout pas les quais, c'est toujours bouché à cette heure-ci ! J'avais dix ans quand maman a été internée à Sainte-Anne, et c'est José qui nous conduisait, Elsa et moi, tous les matins à l'école. L'après-midi, il nous attendait dans la Jaguar vert bouteille au coin de la rue, quand le bateau sur le trottoir devant la grille était déjà occupé. J'évitais son regard. J'avais honte, j'avais honte d'avoir honte, de José et de son accent portugais, d'être ramassée à l'école dans un cabriolet avec chauffeur, de ce que cette situation renvoyait de l'état de maman. Papa nous avait cédé sa chambre rue Erlanger, comme il le faisait les week-ends où nous dormions chez lui, mais ce séjour s'était prolongé pour une durée indéterminée. José nous réveillait en catastrophe en sonnant à la porte. Les filles, vous allez être en retard ! Il essayait de nous convaincre d'attraper un croissant sur la montagne de viennoiseries que papa avait laissée pour nous dans la cuisine. C'est mauvais d'aller à l'école le ventre vide ! Nous étions très en retard, tous les matins, ce qui ne changeait pas tellement des jours où maman nous conduisait, mais elle au moins empruntait les trottoirs pour accélérer la course, elle se démenait pour tenter de nous déposer à l'heure. José conduisait prudemment, et nous étions *très en retard*, effectivement. J'étais ulcérée. Il nous plantait un bisou sur la joue devant la porte. Il attendait que nous soyons entrées. À ce soir ! nous criait-il. José nous avait vu naître. Il répétait inlassablement qu'il nous avait connues grandes comme ça. Je vivais déjà depuis plusieurs années à New York quand José a pris sa retraite. Les collègues du bureau de papa, derrière les Champs-Élysées, lui avaient organisé un pot de départ. Papa avait préparé un discours. Alors, comment va l'Américaine ! me lançait maintenant José. Il avait pris la parole pour remercier son patron, qui n'avait pas toujours été facile, mais on pouvait bien en rire maintenant. Entre les plaisanteries de circonstance et le tintement des coupes de champagne, je sanglotais, bouleversée, planquée derrière un buste en marbre de Georges monté sur une colonne. Je suis vraiment désolée de pleurer comme ça, j'ai répété dix fois à José en l'embrassant. Prends soin de toi ma petite fille, m'a-t-il répondu en lissant mes cheveux une demi-tête au-dessus de la sienne. Ah là là, dire que je t'ai connue grande comme ça !

Bonne maman avait appris à conduire dans le parc de l'Élysée, avec un certain Boisnard, un très jeune type, charmant, que Georges avait aidé à faire une très belle carrière, il avait fini inspecteur de police, et grâce à ses bons conseils bonne maman avait obtenu son permis de conduire du premier coup ! Georges, lui, n'avait jamais appris, c'est elle qui était au volant de leur Traction Avant au moment de l'exode, en route vers Bordeaux.

Il devrait exister un mot spécifique pour évoquer l'étranger qui rentre au pays, ai-je pensé les premiers mois de ma réinstallation en France. L'allemand doit connaître ce mot. Un sentiment d'*unheimlich* nimbait mon quotidien. J'étais plongée dans une profonde, une insoutenable désorientation. Cet état n'était pas seulement symbolique ou métaphorique, il se traduisait par une perte permanente de repères, physiquement, une incapacité à m'orienter. Faire les courses dans mon village relevait du cauchemar. J'avais cessé de sourire aux commerçants tant je me sentais ridicule de passer et repasser en boucle devant leur porte. J'habitais à moins de trois minutes, le tout étant de savoir dans quelle direction. À Paris, en descendant de mon train régional sur un quai de la gare de Lyon, après m'être engagée dans un dédale de couloirs, j'avais le choix entre m'engouffrer dans le métro et prendre la ligne 1 jusqu'à Franklin-Roosevelt, la station du bureau de papa, changer pour la 9, qui traverse Paris d'est en ouest et relie comme une flèche à travers le cœur de la ville l'appartement de mes grands-parents maternels, dans la banlieue populaire de Montreuil, à celui de papa, rue Erlanger, les deux points fixes de mon enfance ; ou bien je pouvais sortir sur le parvis de la gare, traverser le pont d'Austerlitz vers le

Jardin des Plantes, jusqu'au terminus de la ligne 10. Sur cette trajectoire, il fallait passer devant l'institut médico-légal, la morgue où j'avais vu maman pour la dernière fois, enfin le corps de maman, son cadavre. Je connaissais ces itinéraires sur le bout des doigts. Intellectuellement, je pouvais me projeter dans la cartographie urbaine avec une précision imparable. Dans les rues de la capitale, j'étais tout sauf perdue. J'étais envahie d'un surcroît de familiarité, engloutie dans une marée visqueuse de souvenirs, naufragée sous la somme de ses palimpsestes. J'avançais sur le pont d'Austerlitz quand soudain, étourdie par ce débordement de signes, d'histoires, je ne sus plus de quel côté de la Seine je devais me rendre. Rive droite bien sûr, papa habitait rive droite depuis toujours. Mais non, la rive droite était inhabitable, du fait de ses vastes marais, pendant des siècles : c'est pourquoi Lutèce s'étendit sur les pentes de la montagne Sainte-Geneviève, rive gauche. C'est pourquoi les plus grands lycées parisiens, le Quartier latin, Saint-Germain, la Sorbonne, le Sénat étaient rive gauche. C'est pourquoi Saint Laurent. J'avais dû m'arrêter à mi-chemin au-dessus du fleuve, Notre-Dame au loin, une enfilade de ponts en perspective. D'un côté la morgue, de l'autre la gare d'Austerlitz, où avaient été conduits les Juifs de France, en commençant par les immigrés, les réfugiés politiques, lors des premières rafles du régime de Vichy. De là, ils avaient été envoyés à Drancy, à Auschwitz. C'était de cette gare qu'étaient partis les parents de la première femme de papa, la mère de Bruno. À la toute fin de la guerre, papa l'avait rencontrée par des amis de la famille, des voisins. Elle avait un an de plus que lui : ils avaient dix-sept et seize ans. Ils s'étaient fréquentés plusieurs années avant de se marier. Papa l'avait accompagnée pour attendre le retour des déportés à l'hôtel Lutetia, pendant des mois, tous les jours, jusqu'en août, jusqu'à ce que le centre ferme, et qu'ils durent se rendre à l'évidence que c'était fini, que les parents ne rentreraient plus. Ma mère dans ses moments de très grande démence racontait que son père avait été exterminé dans les chambres à gaz, à Auschwitz ; ma mère qui était née deux ans après la libération des camps... Ma mère dans sa chambre froide en face. J'étais toujours sur ce pont, ne sachant plus sur quelle rive se trouvait mon métro, ni quelle ligne j'avais imaginé emprunter, dans quelle direction me tourner. Moins affolée que sonnée, je finis par sortir mon téléphone. Pour regarder le plan. C'est-à-dire regarder sur le plan de quel côté se trouvait le Jardin des Plantes. Face à moi. Ou derrière. Mon plan virtuel rendait ma position d'autant plus incompréhensible qu'il ne m'expliquait toujours pas ce que je foutais là. Je me risquai à avancer en suivant le petit point bleu qui bougeait avec moi sur l'écran. Non, j'avançai dans le mauvais sens. Je levai les yeux. J'étais bien devant le 55 de la rue Erlanger, mais ces petits carreaux de céramique outremer à l'entrée de l'immeuble de papa ne me rappelaient rien. Comment était-il possible qu'en plus de trente-cinq ans je ne les aie jamais remarqués, ou que leur couleur ne m'ait jamais frappée comme étant la même, exactement la même, que celle des plaques émaillées des rues de Paris ? Je découvris soudain des détails qui m'avaient échappé, et qui, sous le feu de cette inquiétante familiarité, retrouvaient leur étrangeté première. C'était dingue, c'était absurde, c'était carrément préoccupant : je devais aller vérifier sur la plaque à l'angle du boulevard que j'étais effectivement à la bonne adresse. Rue Erlanger. Quelle folie. Puis je composai le code : A – c'est facile à retenir, puis l'année de naissance de papa, et le code postal de Marseille.

Les archives de Georges Huisman avaient été partiellement classées, m'a expliqué Bruno, dans des cartons étiquetés. Il faudrait les donner à une collection nationale, il y a des documents incroyables dans le tas, mais le problème c'est bien ça, le tas. La personne qui avait commencé à se charger du tas, à trier la correspondance, les bristols écornés, les photos, les carnets, était une doctorante en histoire qui préparait une thèse sur la politique culturelle de l'entre-deux-guerres, et avait décidé, au fil de ses recherches, de se concentrer sur la figure de notre grand-père. Papa m'avait souvent parlé d'elle. Béatrice Duval. Il avait évoqué une femme que j'imaginais jeune parce qu'elle était encore sur les bancs de l'université, mais comme il m'avait dit aussi qu'elle avait repris ses études sur le tard, je m'en faisais une idée floue. Il ne m'avait pas parlé de son physique non plus, ce qui était surprenant de sa part : dans ses récits, une femme était avant tout incarnée, et son potentiel de séduction primait sur toute autre qualité. Une femme était soit vieille et moche, soit jeune et fraîche. Décidément, mon père n'était pas un féministe tout à fait hors pair ! Béatrice était donc la *thésarde* qui travaillait sur l'œuvre de son père, et en particulier ses années à la direction des Beaux-Arts, rue de Valois, aujourd'hui le ministère de la Culture. Papa l'avait reçue de nombreuses fois dans son bureau derrière les Champs-Élysées, sous le portrait de Georges. Il l'avait souvent invitée à déjeuner au restaurant, puisque c'était là qu'il parlait le plus librement. Béatrice avait trouvé en lui une mine d'informations, et un conteur fabuleux. Elle l'avait consulté pendant des années, son travail s'éternisant – papa ne pouvait s'expliquer pourquoi elle mettait tant de temps à *pondre sa foutue thèse*. Elle s'était prise d'une profonde affection pour le vieil homme et pour le petit garçon qu'il avait été, me raconterait-elle plus tard.

Bruno m'a envoyé le numéro de téléphone de Béatrice, et son adresse mail, et sa thèse en fichier joint. Je l'ai lue en prenant des notes, en pleurant souvent. Son travail, bien que de nature universitaire, dégage une intimité étonnante; sa sensibilité apparaît en filigrane dans les passages des correspondances qu'elle choisit de citer, dans les conclusions qu'elle tire de certaines anecdotes, dans son interprétation des grands pans de l'histoire. J'y sens une charge affective. J'ai l'impression qu'elle aime cet homme, cet homme qu'elle fait revivre un demi-siècle après sa mort, ou peut-être s'est-elle mise à l'aimer à travers ses descendants : papa, Bruno. « Georges Huisman rue de Valois (1934-1940) », thèse d'État en histoire de l'art, a été soutenue en 2014. Béatrice était venue la remettre à mon père en mains propres, avec une belle dédicace. Papa qui, à cette date, est encore largement en état de la lire, d'y répondre, ne le fait pas. Béatrice regrettera son silence, en sera moins vexée que déçue. Lors de notre entrevue, elle me dira combien l'absence de mon père à sa soutenance l'avait meurtrie. Je m'empêche de répondre qu'il n'est pas non plus venu à l'enterrement de ma mère. Je me retiens de lui dire qu'il n'a assisté à aucun événement de ma vie où sa présence n'aurait eu d'autre but que de me signifier sa fierté ou sa solidarité.

Au téléphone, j'ai évoqué à Béatrice mon émotion à la lecture de son étude. Elle m'a répondu qu'elle serait heureuse de m'aider si elle peut. Elle a lu mes livres. Je lui propose d'aller faire une balade en forêt, un week-end, Fontainebleau est magnifique en automne, si elle est disponible, ce serait formidable. Je pourrais venir la chercher à la gare. Ce sera plus agréable que d'être enfermées à la maison, et puis il y a les enfants. Oui, elle sait ce que c'est. Elle aussi est mère. Alors oui, nous irons au bois. Elle viendra en voiture.

Béatrice sort de sa Mégane bleu nuit, immatriculée 75, une voiture fonctionnelle, familiale. Nous nous sommes donné rendez-vous à 10 heures précises devant l'office de tourisme de Barbizon, pour emprunter le circuit des fameux peintres paysagistes du XIXe siècle. Le parcours est balisé en jaune, la promenade est facile, et le site vante les chaos peints par Corot, les vieilles futaies de chênes centenaires, le bestiaire rocheux de la forêt. Il n'y a qu'elle sur le parking à l'heure dite. Ses très longs cheveux bouclés d'un blond cendré tourbillonnent et scintillent dans l'éclat du soleil matinal. Sa crinière fabuleuse l'introduit comme une bonne marraine de conte de fées. Je lui fais un signe timide de la main. Elle me sourit derrière un masque noir comme je n'en ai jamais vu porté qu'à New York, des petits plis se forment autour de ses grands yeux clairs. Bonjour Violaine, me dit-elle en me serrant la main des deux siennes. Je m'aperçois immédiatement, avant d'avoir pu détailler mon impression, que nous sommes habillées à l'identique. Je n'ai pas osé mettre les sabots bleu électrique qu'Elsa m'avait refourgués à mon arrivée en France, voyant que je n'avais pas une seule paire de chaussures adaptée à la vie de campagne. Ces sabots avaient été ultra tendance l'espace d'une saison, une copine lui en avait fait cadeau, mais elle les avait jugés immédiatement immettables. Ils étaient parfaits pour la gadoue, effectivement, bien qu'un peu criards, et je ne portais plus qu'eux. Mais je n'avais pas pu me résoudre à les mettre pour retrouver Béatrice et je constate qu'elle porte, comme moi, des bottines en cuir d'un chic clairement hors contexte sur un sentier forestier. Nos jeans délavés, à une surpiqûre près, sont identiques. Chacune un cabas à l'épaule, chacune une gabardine foncée, je croirais à une mise en scène si je ne savais que nous ne nous sommes pas donné le mot. Son port, son évidente beauté mais aussi cet air primesautier et juvénile dans ses yeux pétillants me prennent de court : comment est-il possible que papa n'ait pas d'abord vu en elle une jeune femme au charme désarmant ? J'essaie de mettre cette question à distance. Là n'est pas le sujet. Et pourtant. L'intellectuelle ne se concilie pas facilement à l'amante, j'entends une voix me rappeler. On séduit en silence à l'école de papa : on ne parle pas trop, on écoute.

Le site dit vrai, la promenade est enchanteresse. Nous marchons à un pas cadencé, côte à côte, renonçant à préserver nos chaussures, nos silhouettes gémellaires assorties jusqu'au rythme de nos pas, comme si nous avions fait mille fois cette balade ensemble. J'aimerais demander à Béatrice ce qu'elle pense de Choute, mais je me dis que ce n'est pas très sérieux de lui poser des questions sur la seule figure de ses travaux qui n'a aucune incidence historique. Choute, vous savez, c'est surtout votre père qui peut vous en parler. Marquise de naissance, elle avait épousé un duc, dont elle était bientôt devenue veuve. Elle aurait rencontré Georges à L'Arcouest, parmi cette cohorte d'intellectuels, d'artistes, de savants qui peuplaient la baie de Launay. Couple d'aristocrates très fortunés, ils donnaient beaucoup de réceptions, ils étaient connus pour leurs œuvres philanthropiques. Est-ce qu'elle était vraiment au château de Chaumont, avec Georges ? Je ne sais pas, me répond Béatrice. Elle était à Chaillot en tout cas ; il note le nom de Choute à plusieurs reprises dans son journal tenu à Chaillot. Vous savez, c'est votre grand-père Georges qui a orchestré l'édification du palais de Chaillot pour l'Exposition universelle de 1937, la rénovation de l'esplanade du Trocadéro, les musées de l'avenue d'Iéna, le palais de la Découverte. La réorganisation des musées avait été une de ses préoccupations majeures. Et dès le début des travaux de Chaillot, il était prévu qu'il y ait des abris antiaériens, des cellules de repli. Dont il a fini par faire usage à peine deux ans plus tard. Georges s'y est installé pendant toute la drôle de guerre. Vous savez c'est son ancien camarade de régiment, Jacques Carlu, un des grands architectes de sa génération qui avait travaillé aux États-Unis, il avait enseigné au MIT, entre autres, qui, à son retour en France l'année de la nomination de Georges aux Beaux-Arts, commence à s'occuper du projet Chaillot. Parallèlement, Carlu est devenu directeur de l'École des beaux-arts de Fontainebleau, où il a aussi fait venir Georges pour y enseigner l'histoire de l'art.

Vous y êtes allée, bien sûr ? C'est un lieu extraordinaire, cette *School of Fine Arts* dans l'aile Louis XV du château. L'école a conservé pas mal d'archives. Vous y retrouverez beaucoup de la présence de Georges. J'ai pensé que c'était peut-être pour ça que vous vous étiez installée ici, mais je me trompe ?

Georges était un bel homme, des grands yeux bleus, on le voit, même en noir et blanc, sur les photos de Laure Albin Guillot, dit Béatrice. Un homme vraiment charismatique. Il avait chargé la photographe de s'occuper des archives cinématographiques. C'était très avant-gardiste, il n'existait pas de cinémathèque à l'époque, le cinéma n'était pas vraiment considéré comme un art. Georges s'y intéressait énormément, même si ses sujets de prédilection étaient tout autant l'architecture et la peinture, il se passionnait pour toutes les disciplines. Il avait une foi absolue en la valeur de l'art et son potentiel politique, non seulement dans une perspective diplomatique – évidemment, on pense tout de suite à la création du Festival de Cannes, mais il faudrait aussi parler de l'exposition d'art italien en 35, de la visite des souverains anglais, du pavillon français à la New York World's Fair au printemps 39, enfin vous avez lu ma thèse, vous savez tout ça – mais il y avait aussi chez lui cette volonté populiste que votre père dirait indécrottable ! Ah qu'est-ce qu'il a pu me faire rire votre père. Quel numéro ! Georges voulait ouvrir la culture à tous. C'était ça vraiment son cheval de bataille. J'ai peut-être un peu surligné dans ma thèse la place accordée à la peinture murale, mais bon, j'assume, je crois vraiment que c'est là que s'est le mieux exprimée sa volonté de faire entrer l'art dans les écoles, dans la vie quotidienne, dans la rue.

Fernand Léger était un ami sincère de Georges, un grand ami, et d'ailleurs Georges lui a confié de très importantes commissions. (Je me souviens d'un haut-relief de Léger dans le salon de ma grand-mère, qui me faisait penser à une frise égyptienne. Papa l'a vendu, sans doute. Comme ce merveilleux collage de Braque – une colombe sur fond violet – au-dessus de la table de la cuisine dans l'appartement de mon enfance.)

Les frondaisons déposent à nos pieds des rubans d'or au milieu d'un tapis pourpre, et je pense à Apollinaire – *les feuilles qu'on foule*. Je demande à Béatrice si Georges l'a connu. Très certainement, ils évoluaient absolument dans les mêmes cercles, et au moins par l'intermédiaire de Léger – *Léger, j'aime vos couleurs légères*, avait écrit Apollinaire. C'est joli, non ? Je n'ai pas retrouvé de correspondance, mais ça ne veut rien dire. Vous savez, énormément de choses ont été perdues pendant la guerre. Les fonctionnaires avaient ordre de tout brûler avant de quitter leur bureau au moment de l'arrivée des Allemands à Paris. C'est même un miracle que tant de choses aient subsisté.

Vous avez encore vos parents ? je lui demande sans bien savoir pourquoi, pour faire la conversation, je suppose, et peut-être pour apprendre quelque chose de l'héritage de cette femme qui connaît mieux le mien que moi. Mon père est mort quand j'étais très jeune. Il était amiral, ma mère était follement amoureuse de lui, et je crois qu'elle ne s'est jamais remise de sa disparition. Elle est très âgée maintenant. Juste avant la pandémie, mes sœurs et moi avons décidé de la placer dans un EHPAD. Elle perdait la tête, elle ne s'en sortait plus toute seule. On a trouvé un bel endroit à Marseille, où vit l'une de mes sœurs. Un établissement très chic, avec une vue splendide sur la Méditerranée. Depuis, elle a complètement perdu les pédales, mais le plus étrange, c'est que je ne l'ai jamais connue aussi heureuse. Elle se fiche pas mal de ses filles ou de ses petits-enfants, quand je cherche à lui montrer des photos, je vois que par politesse elle s'efforce de ne pas me les jeter au nez, mais vraiment ça lui passe à des kilomètres. Non, ce qui la rend si gaie, c'est cette nouvelle vie complètement abracadabrante qu'elle s'est inventée. Elle m'a raconté un jour, en chuchotant, parce que c'était un secret, que mon père était revenu. Elle comprenait que ça allait me paraître fou, que j'aurais du mal à la croire, et malheureusement, je ne pourrais pas le rencontrer. C'était un peu compliqué à expliquer mais en quelques mots, la dépouille de mon père, à sa mort, aurait été exhumée parce qu'on entendait dans le cimetière du bruit venant de sa tombe. En sortant son cercueil, on se serait aperçu qu'il était vivant, enfin à peine : il ne lui restait qu'un filet de souffle de vie, il lui faudrait des dizaines et des dizaines d'années pour retrouver une enveloppe corporelle convenable. Alors pendant ce temps, il s'était mis à étudier la médecine, et comme il était brillant, évidemment il avait réussi à faire ça même à demi-mort. Et le clou, le plus incroyable de toute cette histoire, c'est qu'il était devenu le médecin chef de son étage ! Voilà la raison pour laquelle elle nc pourrait pas me laisser lui parler, parce que, entre-temps, il s'était remarié, il avait changé de nom. Elle devait se contenter d'être son amante secrète, mais cette situation lui convenait à merveille. Il pouvait être un homme très dur en famille, très sévère, alors que là, ce n'était que du miel. Béatrice me raconte cette histoire comme une anecdote cocasse, elle en rit. Cependant j'entends dans son récit combien l'amour de sa mère lui a manqué, lui manque encore. Sa mère s'était vouée tout entière à son mari, il n'y avait eu que lui et la passion qu'il lui avait inspirée. Bonne maman n'avait aimé que Georges. Elle l'avait adulé, adoré, et ses enfants, mon père et ses frères, n'avaient jamais pris dans son cœur qu'une place secondaire, subordonnée.

Tandis que Béatrice me décrit l'institution où vit sa mère aujourd'hui, je ne visualise pas du tout Marseille. Je n'imagine que la corniche, l'infiniment bleu d'une houle timide à l'horizon, et l'embarquement à bord du *Massilia*, de l'autre côté de la France. Les passagers ont pris des chaloupes, jusqu'à la coupée. Il fallait monter ses bagages tout seul, c'était un immense transatlantique, un peu comme le *Normandie*, me dit papa, mais l'analogie ne m'aide pas, alors j'imagine le *Titanic*. Mon père a dix ans. Sa mère l'a affublé d'un gilet de sauvetage. Ridicule. Un truc pas possible qui ne ressemble pas du tout à ceux qu'on a aujourd'hui, qui sont discrets ou fonctionnels, là c'est une rangée d'énormes bouées cylindriques qui obligent à garder les bras à l'horizontale. Je l'enlevais évidemment dès que j'étais hors de sa vue parce que j'avais l'air totalement crétin ! s'écrie papa.

Pourquoi ne pas être parti pour Londres plutôt que sur le *Massilia* ? Je crois qu'on ne se rend pas compte, me répond Béatrice, de la difficulté que représentait pour ces hommes le fait d'être juif. Le *Massilia* devait accoster à Alger, terre française, où devait se poursuivre la lutte. Quitter le pays, fuir en Angleterre, revenait à accorder du crédit à toutes les insultes antisémites qu'ils avaient essuyées. Les Britanniques avaient clairement proposé à Georges Mandel de l'accueillir, de Gaulle en personne avait tenté de le convaincre de le suivre à Londres, le soir du fameux discours de Pétain, *C'est le cœur serré...* Mandel lui avait répondu que c'était impossible. Il était juif, il aurait l'air d'avoir peur. Il passerait pour un couard, un fuyard, ce dont il a finalement été accusé. Il s'est retrouvé à Riom avec Blum et les autres, à ce procès inique, où le régime de Vichy a cherché à reporter la faute de la guerre sur ses opposants politiques. Mandel était aussi avec Blum à Buchenwald, dans une enceinte en surplomb du camp, où, sans être bien lotis, ils n'ont pas subi le sort des autres détenus, excepté qu'ils étaient coupés du monde, sans nouvelles de la guerre, en cellule d'isolement. Quand Mandel en est sorti, la milice est venue le chercher à la prison de la Santé où il était en convalescence. Il a été fusillé ici, à Fontainebleau, à quelques semaines de la Libération.

Je croyais que c'était Jean Zay qui avait été abattu par la milice ? Oui, aussi, dit Béatrice. Lui était dans l'Allier. Des miliciens déguisés en résistants lui ont fait croire qu'ils allaient l'aider à rejoindre le maquis. Après l'avoir abattu, ils lui ont retiré ses vêtements, et son alliance, pour qu'on ne puisse pas l'identifier. Ce n'est que deux ans plus tard que son corps a été retrouvé par des chasseurs dans une crevasse et enterré dans le cimetière communal, d'où il a dû être exhumé. Je venais de terminer ma thèse quand il a été inhumé au Panthéon, sous mes fenêtres. Soixante ans plus tard. J'ai pensé à un signe. De quoi, je ne saurais dire ! Ou si, peut-être que mon travail n'était pas vain.

La première fois que j'ai essayé de me figurer ce que pouvait représenter pour toi, papa, ta judéité, la blessure irréparable qu'avait pu laisser cette guerre dans ta chair, nous étions au cinéma sur les Champs-Élysées, cette magnifique salle qui n'existe plus, près de ton bureau qui n'est plus le tien. *Au revoir les enfants* de Louis Malle venait de sortir. J'avais l'âge de ma fille George. Tu étais assis à côté de moi, sur le strapontin le long du couloir, la place que tu préférais pour pouvoir étendre tes jambes, et te lever sans déranger personne, pour aller pisser, sauf respect ! Au moment où le petit garçon, catholique, baisse son pantalon pour montrer son sexe aux officiers allemands, je t'ai entendu étouffer un sanglot. Tu t'es mis à pleurer de façon incontrôlable, ton corps entier secoué de spasmes. Je t'ai regardé, effarée, je me suis mise à sangloter aussi, sans comprendre pourquoi, tu m'as pris la main, tu l'as tenue très fort tout au long de la séance. Toi aussi, comme le héros du film, tu t'étais mis à souffrir d'énurésie pendant cette période épouvantable. À onze ans, c'était terriblement humiliant, me dis-tu, de te retrouver toutes les nuits dans une mare de pipi.

Tu t'es toujours revendiqué athée, mais tu n'as jamais voyagé nulle part sans ce livre que tu appelles ta bible, *Le Guide du croyant israélite*, un recueil de prières écrit par ton arrière-grand-père, Lazare Wogue, dit le grand rabbin Éléazar. Tu nous as demandé de ne pas oublier de le déposer sur ta poitrine à ta mort, qu'il t'accompagne dans ton cercueil.

Quand j'annonce mon nom – à un opérateur au téléphone, à un guichet, chez le médecin, auprès d'un représentant de l'administration française, peu importe le contexte, c'est vrai partout, en toute circonstance – et que je l'épelle, pour plus de clarté, mon interlocuteur me répond invariablement : *Huismane*. J'ai dit Huis*man*, comme ma*man*. Aussi je le répète, une fois, deux fois, dix fois au cours de la conversation, avec la mystérieuse impression qu'on ne m'entend pas, voire qu'on cherche à me faire entendre que c'est moi qui me trompe. Huis*mane*, me redit-on. Enfin je sais quand même comment je m'appelle ! je t'entends t'indigner. À l'inverse de toi, je déclare forfait. J'en suis venue à penser que les gens ne peuvent pas avoir tort à ce point, ou vouloir à ce point me – *nous !* – nuire. Et je ne considère pas plus nuisible de m'appeler *Huismane* que *Huisman*. Après tout je m'en fous. Après tout je suis d'accord pour penser que ce nom ne paraît pas très français. De fait, il ne l'est pas. Notre patronyme est d'origine flamande. Le père de Georges, Hartog, avait émigré de Belgique, où la dernière syllabe de son nom ne devait certainement pas rimer avec maman. Mais Georges Huisman, lui, était né en France ; il avait grandi, comme toi, dans le seizième arrondissement de Paris. Je ne sais pas précisément ce que c'est qu'être juif, ce que ça me fait d'être juif, a écrit un autre Georges, dont le nom, à une lettre près, ou à un accent aigu près, lui aurait permis de passer pour un Breton : Perec. Être juif, poursuit-il, est une évidence, mais une évidence médiocre. Ce serait plutôt une absence, une inquiétude : une certitude inquiète derrière laquelle se profile une autre certitude, abstraite, lourde, insupportable : celle d'avoir été désigné comme juif.

À Marseille, où ta famille et toi échouerez après l'épisode du *Massilia*, le proviseur du lycée Thiers t'a convoqué un jour pour te demander : Huissemane, dis-moi, tu es bien de nationalité juive ? Ah non, monsieur le proviseur, non, je suis français. Juif n'est pas une nationalité, une religion, une confession, une culture à la limite – une race, d'aucuns diraient –, mais pas une nationalité. Bon Huissemane, ne te paie pas ma tête, tu joues sur les mots, tu es juif oui ou merde ? Si vous le dites, monsieur le proviseur, si vous le dites.

Vous vous êtes bien gardés de vous inscrire à l'UGIF, l'Union générale des israélites de France, dont la mission officielle était de représenter les familles juives auprès des pouvoirs publics, d'assister les plus démunis puisque leurs biens avaient été confisqués, et puisque, pour la plupart, ils n'avaient plus accès aux emplois pour lesquels ils étaient qualifiés. Les bureaux de l'association et les maisons d'enfants qu'elle patronnait se sont vite transformés en souricières, et les registres de personnes qui y avaient adhéré se retrouvaient particulièrement vulnérables aux rafles de la Gestapo. C'était le cas de la mère de ta première femme, qui travaillait à l'UGIF ; c'était le cas de ses frères, qui étaient gardés dans ses maisons d'enfants ; c'était le cas de ton camarade de classe à Marseille, Louis Lambert, dont le nom ne sonnait pourtant *pas du tout juif* ! Si peu juif même que Louis Lambert est le personnage éponyme d'un roman de Balzac. Ton camarade était brillant, vous vous disputiez la première place dans toutes les matières. Quand sa famille a été raflée et déportée, vous avez jugé bon de plier bagage, et de prendre le bled, du côté de Vaison-la-Romaine, où Georges était en lien avec un réseau de résistants qui pourrait vous aider à vous loger.

La thèse de Béatrice Duval se concentre sur l'œuvre de Georges à la direction générale des Beaux-Arts, mais dans une introduction biographique, elle y décrit son parcours avant la Seconde Guerre à la vice-présidence sous Paul Doumer, puis au Sénat, et après la rue de Valois, elle raconte sa destitution et ses errements pendant la guerre, et enfin son dernier poste au Conseil d'État. Georges, après la Libération, ne retrouverait pas ses fonctions, un drame qui pèserait si lourd sur son moral qu'il se serait, selon papa, traîné pendant dix ans, puis laissé mourir. Pascal Ory, dans *La Belle Illusion : culture et politique sous le signe du Front populaire*, propose un long portrait de Georges. L'édition de mon père, à la couverture à moitié déchirée, que j'ai truffée d'une centaine de post-it, porte cette dédicace : « En très candide hommage, ce livre dont son père est au fond l'un des personnages principaux. » Le poste de conseiller d'État, pourtant extrêmement prestigieux, qui avait été confié à Georges après-guerre, n'aurait su convenir à un personnage aussi ambitieux, volontaire, dynamique : « C'est bien peu pour un tel homme ! » écrit Pascal Ory. La phrase était devenue chez nous d'anthologie. Nous la répétions à tout bout de champ, riant de sa grandiloquence. Enfin, c'est bien peu pour un tel homme ! disions-nous, entre autres occasions, à l'annonce de ton élévation à la dignité de grand officier dans l'ordre national du Mérite.

Le Conseil d'État s'était distingué sous Vichy pour avoir fait passer un nombre impressionnant de lois antisémites. Certains historiens affirmaient même que l'institution avait incarné la dérive antisémite du droit sous l'Occupation, qu'elle était devenue la spécialiste du problème juif, qu'elle avait excellé en demandes exceptionnelles de dérogation au statut. À ce poste, Georges aura à cœur de faire adopter une loi visant à franciser le nom des étrangers naturalisés. Cette francisation, facultative, se bornait à une modification orthographique afin que les noms soient plus aisés à prononcer. Par la suite, des lois successives ont élargi les possibilités de modification pour que des étrangers puissent volontairement traduire leur patronyme en langue française. Se débarrasser de la trace de son altérité, inscrite dans son nom, était envisagé comme une chance : en vertu de l'égalité, elle était un recours, une protection face aux préjugés. Elle permettait de mieux s'intégrer dans une société stigmatisante, de mieux *s'assimiler*.

Pour moi qui ai construit toute ma vie d'adulte aux États-Unis, l'urgence de cette assimilation onomastique me dépassait largement. Qu'on s'évertue à m'appeler Huismane me paraissait peu de chose. Et puis, je m'étais habituée à ce que mon nom se fasse charcuter sans ménagement. À commencer par les voyelles de mon prénom, que je tentais vainement d'articuler jusqu'à ce qu'on me réponde enfin, *like a violin ?* C'est ça. En anglais, mon nom semblait une référence à la musique klezmer. À New York, j'étais juivissime. Que je n'aie jamais participé à une cérémonie religieuse ou mis les pieds dans une synagogue n'y changeait rien. Se revendiquer juive à New York c'était s'assimiler. Être héritière de l'Holocauste, un gage de prestige.

Quand j'étais au collège, *Si c'est un homme* de Primo Levi était devenu une lecture de rigueur. Quand papa insistait si lourdement pour se faire appeler Huisman-comme-maman, quand il refusait de se revendiquer juif, il ne me semblait pas seulement en porte-à-faux avec son identité, il me paraissait rechigner à se parer d'un titre honorifique plus glorieux encore que toutes les décorations dont il se vantait : le statut exceptionnel de survivant de la Shoah. Il fallait, comme moi, avoir grandi dans une reconstruction rétrospective de l'histoire pour imaginer la gloire de la victime. La culpabilité du régime de Vichy dans la déportation et l'extermination des Juifs français est apparue des décennies après les faits. Entre-temps, il y avait eu l'épuration, les procès de Nuremberg, puis, quand j'étais en âge de suivre la réinterprétation des événements, le procès de Klaus Barbie. À dix ans, mon père découvrait le statut des Juifs depuis un poste de radio dans un logement de fortune en Afrique du Nord ; au même âge, j'assistais à la chute du mur de Berlin devant un poste de télévision dans un grand appartement haussmannien que maman avait déserté, internée contre son gré. Le drame de l'enfance de mon père n'était pas tant sa judéité, c'était son *déclassement*. Le drame de mon enfance était le déclassement de ma mère : son ostracisation sociale dans le milieu où j'ai grandi non seulement du fait de son origine – prolétaire, inculte –, mais aussi de sa maladie. Maman, à l'inverse de papa, considérait sa judéité, par son père, comme une preuve d'intégration. C'était sa façon à elle d'appartenir à notre famille lettrée, sa manière de se tisser une petite place dans l'immense tapisserie de l'histoire.

Béatrice m'a conseillé d'aller voir les archives de Valmondois. C'est un travail énorme, m'a-t-elle prévenue prudemment. J'ai essayé de classer ce que j'ai pu, mais il y a des cartons qui débordent de partout, je n'ai fait qu'une infime partie, j'ai trié ce qui m'intéressait le plus. Il reste des tas de choses à inventorier, à organiser. Je ne vous promets pas que vous trouverez des lettres de Choute ! Bonne maman les aura sûrement brûlées, ai-je pensé tout haut. Elle a ri. Oui enfin beaucoup de choses ont effectivement été brûlées. Pas tellement de correspondances amoureuses en ce qui concerne mon domaine d'expertise, mais je ne suis pas contre le romanesque ! Ah si, quand j'y pense – non, pardon, je ne veux pas vous faire une fausse joie, ce n'est pas de Choute dont il s'agit ! – j'ai retrouvé une liasse de lettres que s'envoyaient Georges et sa mère Louise, entre Marseille et Paris. Je ne l'ai pas lue attentivement, mais j'ai le souvenir d'une missive déchirante. Georges était extrêmement attaché à sa mère, et qu'elle meure en pleine guerre, qu'il ne puisse même pas assister à son enterrement, lui a, je crois, terriblement coûté. À votre père, aussi. Il m'a souvent raconté combien sa grand-mère avait compté pour lui, qu'elle avait été comme sa première mère, son vrai repère affectif. Elle n'a pas été déportée, elle est morte chez elle, non ? Oui. Dans leur appartement avenue Mozart, où Georges avait grandi. Cette partie du seizième arrondissement de Paris était très peu développée à l'époque, c'était encore la campagne.

Tu m'as toujours décrit ton père comme un incorrigible don Juan qui s'était tapé toutes les petites danseuses de l'Opéra, toutes les comédiennes du Français, tu penses, le directeur des Beaux-Arts, il n'avait qu'à claquer des doigts, il avait qui il voulait ! Aux danseuses, très fortes en technique, il préférait les actrices, qui savaient si bien jouer les grands sentiments. J'ai demandé à Béatrice ce qu'elle pensait de cette version du personnage. C'est votre père l'homme à femmes ! s'écrie-t-elle spontanément. Enfin, je n'étais pas là pour voir, mais ça me paraît très improbable que Georges ait été à ce point volage. C'était au contraire un homme droit, profondément intègre, et qui en même temps n'avait jamais l'air tellement sûr de lui, jamais hautain. Mais Choute, alors ? Oui, Choute. Il est possible de tomber amoureux sans pour autant être un coureur ! Je ne dis pas qu'il n'a jamais fauté, et je dois avouer qu'historiquement on est sur un terrain glissant, et tout à fait hors de mon champ d'expertise ! Choute a existé, ça c'est certain. Son nom est cité – Choute, toujours Choute tout court – de nombreuses fois dans ses agendas de l'année 1939-1940, à Chaillot. Déjeuner avec Choute, ou juste Choute, sans horaire précis. Tout de même il est remarquable de voir combien Georges s'impliquait pour la cause des femmes, à une époque où c'était bien peu la tendance, hormis, justement, dans les cercles du Front populaire, qui étaient vraiment avant-gardistes sur ce terrain. Georges a embauché énormément de femmes dans son cabinet, Laure Albin Guillot, évidemment, mais beaucoup d'autres. Il a passé quantité de commandes à des femmes artistes, il a écrit une pièce radiophonique sur Marceline Desbordes-Valmore, dont l'œuvre à son sens avait été négligée par la postérité. On ne peut pas non plus oublier qu'il cosigne deux livres avec sa femme, votre grand-mère, les petits recueils de contes du Moyen Âge et de la Révolution française, vous les avez lus ? Certes, il ne s'agit pas d'opus magistraux. Quand bien même ce serait elle qui les aurait écrits, ce qui me paraît vraisemblable, combien d'hommes en 1930 auraient insisté pour que leur femme reçoive le crédit qui leur était dû ? Et puis, il y a sa correspondance. Il est sensible de voir les égards qu'il a pour ses collaborateurs, même subalternes. Il détestait porter le haut-de-forme. Il y a quantité de photos, dans des manifestations officielles, où on le voit tenir son chapeau sous le bras. (C'est une habitude que bonne maman lui reproche aussi dans son livre de souvenirs : il témoignait trop souvent d'un manque de respect pour le protocole qui, elle, l'offusquait beaucoup. Il ne se rend pas service ! s'insurgeait-elle.) Il n'avait pas du tout le port altier de votre père, il avait toujours la tête un peu en arrière, un peu en retrait, comme s'il essayait de se rapetisser ou de se cacher. Il avait le regard franc mais rien d'un conquérant.

Georges Huisman a publié quelques poignées d'ouvrages, que Béatrice Duval recense dans sa bibliographie. Notamment une monographie du peintre flamand Memlinc ; un traité sur l'aéronautique pendant la Première Guerre mondiale à partir de ses observations ; un essai illustré sur les monuments de Paris ; une biographie de Manon Roland, figure protoféministe de la Révolution française. Je me suis plongée dans les livres de Georges comme dans des cartes marines, avec des outils de navigation pour me frayer une voie vers lui, par-delà les récits de papa. À sa mort, bonne maman avait compilé les discours qui avaient été prononcés à son enterrement : *Georges Huisman, par quelques-uns de ses amis* existe en multiples exemplaires dans les rayonnages des bibliothèques de notre grande famille si cultivée ; il y en a même un carton entier dans le grenier de Valmondois. Les plus distingués des vieux camarades de Georges, des écrivains, des artistes, des musiciens, des hauts fonctionnaires, y rendent un hommage ému à leur compagnon de route. Le Prix Nobel de la paix, rapporteur de la Déclaration des droits de l'homme après-guerre, René Cassin ; Roland Dorgelès ; Georges Duhamel ; Darius

Milhaud. De toutes les œuvres de Georges Huisman, celle qui restera sans doute, disent-ils à l'unanimité, est son magnifique cantique dédié à la capitale : *Pour comprendre les monuments de Paris*.

Pierre Laval a tenté de se suicider en avalant une capsule de cyanure dans sa cellule de prison. On lui a fait un lavage d'estomac pour qu'il soit bien vivant au moment de le fusiller, quelques heures plus tard. Georges n'a pas retrouvé son poste, ni son logement. Il a retrouvé les siens, et une partie de ses biens, parce qu'il s'était chargé lui-même de les mettre en lieu sûr, avec les collections nationales. Il a emménagé dans un petit bout de rue à quatre minutes à pied de l'avenue Mozart où il avait grandi. La rue de la Muette, où il s'était installé, deviendrait dix ans plus tard la rue Marietta-Martin, du nom d'une écrivaine et résistante française, emprisonnée en Allemagne, morte pour la patrie. Georges n'était pas un héros de cette trempe. Il n'aurait pas sa rue, son monument, sa place en centre-ville, par manque de bravoure ou simplement par hasard.

Toi, papa, tu avais à peine trente ans quand ton père a disparu. Tu as mené tes combats d'adulte à l'abri de son regard, de son jugement, sans pouvoir l'interroger sur les choix que tu faisais, les voies que tu empruntais. J'avais à peine trente ans quand maman est morte; je n'avais pas d'enfants, j'avais l'impression de commencer tout juste à m'émanciper du mutisme de l'enfance. À ce moment-là, tu avais déjà quatre enfants, tu avais publié deux livres, tu t'apprêtais à lancer tes écoles, tu avais fait des tas de choses, tout si vite. Tu n'étais qu'au tiers de ta vie. Tu avais devant toi soixante ans pour reconstruire la figure paternelle. Et après la disparition de bonne maman, personne n'était plus là pour contredire ta version des faits.

J'ai revu Béatrice au cimetière de Valmondois, à l'enterrement de mon père, à l'hiver 2021. Nous étions à nouveau, ou toujours, confinés, pour cause de pandémie. Nous étions peu nombreux. La famille immédiate, enfants et petits-enfants seuls, avait été conviée ; et ceux qui tenaient absolument à en être. Mes deux plus proches amies, celles qui m'avaient accompagnée à Dakar jeter les cendres de ma mère au large de la pointe des Almadies, comme maman nous l'avait demandé, à ma sœur et moi. Elles viendraient se tenir au bout du cimetière. Elles viendraient quoi qu'il en soit. Papa aurait voulu des funérailles en grande pompe. Il aurait apprécié un cortège de la Garde républicaine. Même la reine d'Angleterre, cette année-là, avait dû enterrer son mari dans la plus stricte intimité. Il y eut deux figurants en uniforme de sous-lieutenant qu'un ami d'Elsa haut placé au ministère de l'Intérieur avait diligentés. La performance tenait de l'installation artistique, ou du théâtre de l'absurde, ça détendait l'ambiance. Mes filles étaient là ; Tom était là. George a éclaté en sanglots en m'entendant prononcer les premiers mots de mon discours. Mon papa chéri. Mon allocution n'était pas sans pathos. J'étais la dernière à parler. J'étais encore et toujours la petite dernière. Sans compter le chien, évidemment. Sur ce lopin de terre qui domine la forêt de L'Isle-Adam, sur la partie la plus haute de la colline qui s'élève en amphithéâtre au-dessus du vallon, papa reposerait dorénavant sous une plaque de granit anthracite gravée du nom des Huisman. Avec ses grands-parents, sa mère, son père, ses frères, ses fils. En contrebas, un mausolée autrement plus imposant honorait un défunt autrement plus célèbre : Louis-Nicolas Bescherelle. Le gardien du temps grammatical pour tous les élèves de langue française. Le lieu qui accueillait la dépouille des miens était l'asile posthume du parrain des conjugaisons.

Alors, ça avance votre travail ? m'a demandé Béatrice, après m'avoir témoigné sa tristesse et serré une main des deux siennes. Non, pas du tout. Je patauge, enfin je ne sais pas, je suis paumée. Ah, je suis désolée. C'est beaucoup tout ça. Il y a tellement de choses. Et puis la mort de votre père. Appelez-moi. Revoyons-nous bientôt. Nous pourrions aller visiter Chaumont ensemble ? Oui, ce serait formidable. Elle portait un bonnet en grosse laine tricoté main. Le look artisanal était revenu à la mode, aussi n'aurais-je pas parié qu'elle l'avait véritablement fabriqué. Le bas de son visage était toujours recouvert de son masque noir, ce jour-là de circonstance. J'étais la seule à m'être fait chic pour l'occasion. À l'exception des militaires, soit. J'avais mis ma plus belle robe de deuil, une robe midi en voile de crêpe georgette, j'avais ciré mes bottines en cuir. Une phrase de Proust m'était revenue en mémoire, une déclaration d'une misogynie digne des pires tirades de papa : « Dans la vie de la plupart des femmes, tout, même le plus grand chagrin, aboutit à une question d'essayage. » Nous n'étions plus à une contradiction près. Ce jour-là, je ne me serais pas offusquée d'être jugée pour ma coquetterie. Me pomponner une dernière fois pour papa m'importait plus que tout. Il faisait un froid glacial, comme à l'enterrement de Georges, aux dires des témoins. Nous étions devant la même tombe. Le même caveau. Armés des mêmes roses blanches. Papa portait un costume élégant lui aussi. Sur sa poitrine reposait son livre de prières, *Le Guide du croyant israélite*. Il me restait encore à retourner à la maison de Valmondois. Nous avions prévu des petits sandwichs de chez Carette pour le raout familial. Il me restait encore à explorer le grenier. Je redoutais d'y trouver une vieille folle enfermée.

II

« Jeudi 16 mai 1940 – La présidence du Conseil à 14 heures nous conseille de brûler nos archives comme si les Allemands allaient être à Paris dans les deux heures. Nous demeurons tous à Chaillot, les voitures avec le plein, les bagages faits, attendant un ordre qui ne vient pas. »

Dans son classement des archives de Valmondois, Béatrice Duval a inventorié le journal tenu par Georges du 2 mai au 17 juin 1940 sous le titre « Agenda 1940 ». Je sais qu'il se trouve quelque part dans l'un des cartons étiquetés, mais je ne le repère pas, et je ne le cherche pas plus que ça : je n'ose pas bordéliser l'ordre de la spécialiste. Je me contente de fouiller dans un des tas en friche. Il y en a, comme promis, des tonnes, de tas. Je ne sais pas ce que je cherche, alors je pioche au hasard. Un bristol de Léon Blum, qui remercie Georges avec effusion de son message de condoléances après la mort de sa femme. Une lettre de Fernand Léger, écrite aux crayons de couleur, truffée de calembours, ornée d'une frise turquoise. La note d'un déjeuner pour deux au Barbu, table 11, arrosé d'une demi-bouteille de pouilly, une Vichy, un café-calva. Le menu du réveillon de Noël 1943, le dernier avant la victoire, dit la petite feuille de papier quadrillé, pliée en deux, rédigée à la main : choucroute alsacienne, champagne, café (du vrai ! souligné deux fois), pommes de Valmondois, pain (mauvais, ou normal). Une carte de visite de Pierre Laval, ministre des Affaires étrangères, assurant de ses meilleurs sentiments. Une carte de visite de Georges, secrétaire général honoraire de la présidence de la République, directeur du cabinet du président du Sénat, au palais du Luxembourg. Du papier à en-tête du Conseil d'État. Une photo de Georges encadrée dans un passe-partout en carton jauni. On le voit assis derrière un vaste bureau ; il porte la moustache, un nœud papillon (son incontournable nœud pap, sur tous ses portraits), un costume trois-pièces à rayures. Les cheveux plaqués en arrière, le front large, un grand nez très droit (le mien ?), des lèvres charnues, les joues pleines. Du noir et blanc surgit le bleu perçant de ses yeux. Dans sa main droite, un stylo plume, une cigarette dans la gauche, les avant-bras posés sur une pile impressionnante de papiers. Il ne porte pas d'alliance mais il est déjà marié à cette époque. À l'arrière-plan, dans un miroir au-dessus d'une cheminée, la silhouette d'une femme forme une ombre au fond de la pièce. La photo a été punaisée au mur à diverses reprises, comme l'indiquent les trous aux quatre coins du carton que papa a signé de son prénom au crayon à papier. J'imagine que c'est aussi lui qui a écrit *dirécteur* en cursives, puis en majuscules, à l'encre violette. Et c'est sans doute le même auteur qui a dessiné au feutre rouge une rosette sur le revers du veston.

Après ce semblant de réception pas tellement digne de papa, ces funérailles mesquines, j'ai laissé tout le monde partir, y compris Tom et les filles. J'ai tenté en vain d'aider Bruno et sa femme à nettoyer les vestiges du buffet : T'inquiète, on s'en occupe, va donc au grenier. Je n'étais pas retournée à Valmondois depuis le mariage de leur deuxième fille. Ça faisait bien vingt ans. La maison n'avait pas changé, seulement rapetissé, comme tous les lieux du passé. J'ai retrouvé le son des pas qui claquent sur les carreaux de ciment de l'entrée. Le piano à queue dans le séjour, la grande table en merisier dans la salle à manger, les portes-fenêtres donnant sur la petite terrasse en béton surplombant le jardin étaient conformes à mon souvenir. Il n'y a qu'un malheureux cerisier au bout de la propriété, mais je n'ai jamais assisté à une représentation de *La Cerisaie* de Tchekhov sans me figurer notre maison de Valmondois. Dans la chambre de bonne maman, là où elle s'était installée après la mort de son mari, rien n'a bougé, jusqu'au parfum des meubles et du linge de maison, qui ont conservé la senteur de sa poudre de riz mêlée à l'eau de lavande. Le lit simple, la penderie XVIIIe, la commode assortie, jusqu'à la robe de chambre en éponge rose pâle accrochée à une patère, donnent l'impression d'entrer dans une pièce de musée.

J'aimerais trouver des traces de Choute dans ces cartons. La présence de cette femme dans la vie de mon grand-père accapare mes pensées. Sans doute parce que Choute pouvait se substituer à ma mère dans cette histoire : avec un titre de noblesse, une éducation exemplaire, des manières d'aristocrate, mais la même insolence, la même vertigineuse splendeur. Choute incarnerait ici l'amour fusion, l'amour sans lequel la vie me semble moins valoir la peine d'être vécue. Sa place dans la trame des événements ou dans le cœur de mon aïeul était invérifiable. Je n'en étais que plus attachée à elle. Béatrice m'avait détrompée de l'idée de déballer une liasse de correspondance amoureuse du fond d'un carton. Choute apparaissait discrètement et laconiquement dans les pages de l'agenda de Georges à Chaillot, c'était tout. Quand j'imaginais Choute, je voyais une Bethsabée de peintre flamand. Une blonde au teint opalin, petits seins, larges hanches, chevilles de grive, peau de pétale d'églantine. Je sais, ce n'est pas l'heure des romans à l'eau de rose. C'est la guerre, bordel ! Alors passons cette galerie du Louvre : nous n'aurons pas loin à aller pour trouver un massacre des Innocents.

Le site du palais de Chaillot était encore un siècle et demi plus tôt une colline en friche, en pleine campagne. Un premier palais dit du Trocadéro s'y était installé sur la place du même nom : une énorme guimauve multicolore rehaussée de minarets que tout Paris exécrait depuis son inauguration lors de l'Exposition universelle de 1878. Ces expositions dites « universelles », temples de l'accumulation, hauts lieux du spectacle de l'innovation, servaient également de prétexte à la construction de monuments, tantôt éphémères (le fameux Trocadéro), tantôt pérennes (la tour Eiffel), de manière aussi aléatoire que l'urbanisme l'est parfois. Quant au palais de Chaillot, il est construit, ou plutôt déconstruit, pour l'Exposition internationale des arts et des techniques dans la vie moderne de 1937. C'est le premier projet que supervise Georges, à qui l'on avait beaucoup reproché de privilégier son ami, ancien camarade de régiment, ancien employeur à la *School of Fine Arts* de Fontainebleau. Cette année 1937 est charnière. Le musée de l'Homme de Paul Rivet ouvre aussi ses portes à Chaillot, où travaille Michel Leiris. Et puis cette Exposition internationale donne lieu à l'inauguration du palais de la Découverte, qui conjugue science et art, sous l'égide de Jean Perrin ; et à la version parisienne de l'île aux musées berlinoise, avec les nouveaux bâtiments du palais de Tokyo, avenue d'Iéna, où migre une partie des collections nationales d'art moderne qui ne tiennent plus sur les murs du petit musée du Luxembourg. La politique du Front populaire a été déterminante en ce qui concerne les musées. Il y a les « Chefs-d'œuvre de l'art français » au Palais national des arts, dont Georges signe la préface du catalogue, avec Jean Zay et Léon Blum : le triumvirat. Et puis, l'exposition Van Gogh qui inaugure Tokyo, avec sa salle de chefs-d'œuvre et sa salle documentaire. L'idée est de répondre aux publics initié et non initié, de se faire l'écho, en pratique, des préoccupations sociales du Front populaire. Pascal Ory la considère comme la première exposition artistique moderne, le prototype de toutes les expositions blockbusters des musées nationaux à venir.

Le projet du nouveau palais de Chaillot consistait à épurer le bâtiment existant plutôt que de tout refaire. Les architectes désignés par un jury d'experts se contenteraient de décapiter les colonnes, d'aplanir les façades boursouflées, de réduire la modénature tout en conservant le gigantisme du bâtiment. Peu de monuments parisiens figurent à ce point le style entre-deux-guerres dans ce qu'il a de plus daté : un classicisme calcifié, rehaussé d'aphorismes pompeusement poétiques signés en lettres d'or de la plume de Paul Valéry.

Cette Exposition internationale de 1937, centrale dans la carrière de Georges, s'étoilait de Chaillot jusqu'au Champ-de-Mars de l'autre côté de la Seine, le long de l'avenue d'Iéna, en oblique vers l'Arc de triomphe, les Champs-Élysées. Le pavillon du IIIe Reich, surmonté de l'aigle nazi, et celui de l'URSS, orné d'une colossale sculpture de *L'Ouvrier et la Kolkhozienne*, flanquaient la tour Eiffel.

Parmi les quelque cinquante nations représentées, dans le pavillon espagnol Pablo Picasso dévoilerait *Guernica*, achevée à Paris les jours précédant la manifestation.

À l'apogée de sa carrière, mon père avait fait photographier depuis un hélicoptère des rangées d'élèves de ses écoles d'attachés de presse disposées afin de former l'acronyme de l'établissement – EFAP – sur l'esplanade du Trocadéro, devant le palais de Chaillot. Quand je visualise cet immense parvis agrémenté en contrebas de jets d'eau pour célébrer la paix dans le monde, c'est cette image-là qui me vient à l'esprit. Pas *Guernica*, pas l'aigle nazi. C'est papa et sa démesure, son panache, son capitalisme farouche et sa folie des grandeurs. C'était *bien après* l'après-guerre. Ce n'était pas les années 30, mais les Trente Glorieuses.

Retrouver Georges sous ces pierres relève de l'archéologie. Quand Georges s'installe à Chaillot en 1940, il est aussi dans l'axe de l'École militaire, où Dreyfus fut solennellement dégradé pour haute trahison, et où lui, Georges, fut affecté au Grand Quartier général, service aéronautique aux armées, en 1914. Dans son abri en béton sous le parvis des Droits-de-l'Homme, place du Trocadéro, le temps est plissé comme la tranche d'un livre aux pages non découpées.

« Si sa valeur esthétique est nulle, sa virtuosité technique est indiscutable », écrit Georges de la tour Eiffel dans *Pour comprendre les monuments de Paris*. Pour ceux de sa génération, l'édifice parisien par excellence est encore une odieuse colonne de tôle boulonnée, et pourtant déjà indéboulonnable. Georges est né un mois et un jour après son inauguration, le 31 mars 1889. Son père, Hartog, juif d'origine hollandaise, a grandi en Belgique; sa mère, Louise, juive alsacienne, est issue d'une famille de patriotes qui, après la défaite contre la Prusse, a abandonné sa petite mercerie de Mulhouse pour rester français.

Hartog est illettré. Représentant de commerce, il vend, selon la saison, vin, engrais, chanvre ou coton. Louise, l'aînée de trois filles, a dû interrompre ses études après avoir brillamment passé son brevet pour aider son père veuf. Son enfant devra réaliser son ambition avortée, c'est-à-dire devenir un intellectuel, s'assimiler par la réussite scolaire. Quand naît Georges, Louise jure qu'il sera fils unique – ils n'auront jamais les moyens d'élever plus d'un enfant – et qu'il sera agrégé, le summum de l'éducation française. Il faudra évidemment qu'il grandisse à Paris.

Louise, devenue préceptrice, se fait engager chez un banquier de Passy, M. Hirsch, disons M. Hirsch, dans un magnifique hôtel particulier de l'avenue Mozart. Les Huisman s'installent dans un modeste deux-pièces, gaz à tous les étages, au 54 bis, quatrième, porte gauche. Je suppose qu'ils parlent yiddish à la maison. Qu'ils dînent en famille. Je sais qu'Hartog parle français avec un accent, trace de son exil. Qu'il l'écrit si mal qu'il doit demander à ses clients de remplir leurs propres bons de commande, qu'il signe le certificat de naissance de son fils d'une croix. Louise enseigne les matières de l'école élémentaire aux enfants Hirsch en même temps qu'à son propre garçon. Conforme à l'archétype de la mère juive, Louise est héroïque, intraitable, follement affectueuse, convaincue de la prééminence de sa progéniture, prête à tout pour que le monde reconnaisse les vertus et le génie de son fils chéri.

Sur l'antisémitisme français du début du XXe siècle, Léon Blum a écrit : « Il était né dans les cercles restreints de la société parisienne, cercles mondains ou cercles professionnels ; sa cause directe avait été l'intrusion des Juifs enrichis, ou la pénétration, jugée trop rapide, des Juifs studieux. » Or le Juif n'en était pas moins un « corps étranger », « un corps impossible à assimiler ». Le Juif, par l'effet d'une tautologie imparable, était encore un Juif ; la race juive étant imperméable à certains concepts moraux, il fallait par ce syllogisme se méfier des Juifs, qui ne sauraient, par essence, être *vraiment* français.

Nous étions si peu juifs dans la famille que j'étais surprise, à la lecture des mémoires de ma grand-mère, d'apprendre qu'elle et Georges s'étaient mariés à la synagogue. J'étais tombée des nues quand j'avais découvert que son grand-père, Lazare Wogue, avait été grand rabbin de Paris, professeur de théologie et d'hébreu au séminaire israélite de France. Moi qui jusqu'à l'âge de dix-sept ans ignorais ce qu'était le shabbat ! J'étais si peu loquace sur mes origines que mes deux amies venues à l'enterrement de mon père, et qui avaient connu la maison de Valmondois du temps où nous y fêtions nos anniversaires sous forme de goûters champêtres, s'étaient ébahies en découvrant au milieu des photos que Bruno avait posées sur le manteau de la cheminée, les fausses cartes d'identité de mon père et de sa mère pendant la guerre. Regardez, dit Bruno en nous montrant la signature de notre grand-mère commune : Marcelle Georges Huisman, née Wogue et rebaptisée Alice Cécile Henriquet, pour les besoins de son nouvel état civil, s'était trompée et avait signé *M. G. Henriquet.* La photo est prise de profil. Parmi les détails du signalement, la forme du nez : dos / base / dimension. Le sien est rectiligne, de taille moyenne. Il y a aussi une carte d'identité de Georges, en partie enfouie sous d'autres documents, dont sa carte de maire de Valmondois; une photo de lui au milieu du village, heureux comme un pape, escorté par des militaires en uniforme, et cette fiche d'identité non datée, non signée, sur laquelle il apparaît émacié. Nez busqué, dit la fiche. Et là c'est ton père? demandent mes copines à propos d'une carte d'identité au nom de Denis Antoine Henriquet, se penchant de côté pour chasser les reflets sur la vitre. Bah oui. Henriquet? Oui, son nom d'emprunt pendant la guerre. Dingue! Mais vous n'avez jamais entendu mon père vous raconter l'histoire du *Massilia*? C'est quand même incroyable d'imaginer ton père en enfant caché – *ton père*, c'est fou! Mon père était, plus que quiconque, un parangon de francité, la quintessence du chic parisien. Le message latent et presque subliminal qui opposait la judéité à la francité demeurait. Mon père était juif, les filles, vous savez? Quand même, c'est fou! C'est fou, oui. Parce que je me sens si loin de cette persécution. Je ne sais pas si je peux la comprendre, dans ma chair, vraiment la comprendre, à la fois incrédule face à la discrimination dont étaient victimes les Juifs, et intimement concernée. Je pense par exemple à un article publié dans le quotidien satirique *Le Charivari*, après la nomination de Georges à l'Élysée : « Ce pauvre type aurait fait la joie de Drumont, qui connaissait bien les gens de cette race, toujours prêts à écraser l'Aryen quand on a la faiblesse de leur concéder un titre ou une autorité quelconque. Ajoutons, pour être complet, que ce Huisman est un talmudiste fanatique, qui a pour les chrétiens les sentiments du Sémite pour le roumi. » Huisman, c'est aussi mon nom. Et je me sens douloureusement, invraisemblablement calomniée.

Georges ne se destinait pas à une carrière politique. Il a passé l'agrégation, comme le souhaitait sa mère; il a préféré à toute autre école d'élite l'École des chartes, institution qui avait pour mission à sa création de renouveler l'étude des « archives entassées » (si seulement Georges pouvait venir à mon secours dans ce grenier !). Troisième prix de thèse pour une étude intitulée « La Juridiction de la municipalité parisienne de saint Louis à Charles VII ». Il devint donc archiviste paléographe – une chienlit absolue ! s'écrie papa. Georges s'imaginait faire carrière dans l'enseignement, devenir à ses heures écrivain, journaliste. Il s'imaginait construire une œuvre d'érudit. Commettre çà et là quelques articles pour avoir ses entrées dans les salles de spectacle, les ateliers d'artistes, les galeries, les musées. Et c'est d'ailleurs ainsi que débute sa vie d'adulte.

Appelé à faire son service militaire alors qu'il n'est encore qu'un étudiant sans le sou – moins de cinquante kilos, ne mangeant pas à sa faim –, la tête perpétuellement dans les livres, il commence par être renvoyé chez lui pour raison de santé. Cette réforme temporaire l'humilie cruellement : un homme, quand bien même il se revendique intellectuel, se doit d'être costaud, viril, vaillant. Il se remplume chez sa mère, avant de retourner fièrement sous les drapeaux. « Je le verrai toujours », racontera son camarade de régiment Pierre Nathan, fils de l'éditeur Fernand Nathan, avec qui Georges signera son premier contrat, « portant son fusil de façon cocasse, le front haut, la tête en arrière, le menton en avant, l'air martial et débonnaire à la fois ». Il se donne du mal, mais de toute évidence, son service militaire ne sera pas son plus grand moment de gloire. Il aura cependant l'occasion d'y forger des amitiés qui dureront toute sa vie : Fernand Nathan, et puis, Béatrice l'a déjà dit, l'architecte Jacques Carlu.

Quand l'Allemagne déclare la guerre à la France le 3 août 1914, Georges répond à la mobilisation générale comme il se doit. Il rejoint l'aéronautique, cette nouvelle arme qui fascine sa génération semble presque encore relever de la magie. Ses débuts dans les airs cependant se soldent sur un échec encore plus cuisant qu'aux premiers jours des exercices au pas cadencé. Il s'écrase lamentablement lors de sa première escadrille, détruit le biplan qui lui a été confié, manque de peu de se tuer, et de tuer son copilote. On lui décerne la croix de guerre pour sa témérité, mais on le renvoie à la base, relégué dans des bureaux où l'on se contentera d'admirer son talent à rédiger des rapports. En langue des poilus, il est un « embusqué » : le modèle de l'homme méprisé par les vrais braves. Il est le sans-couilles, le cocu.

Qu'on soit poilu ou sans-couilles, pourtant, la guerre tisserait des liens indéfectibles entre les gars. Là encore, Georges rencontre un ami qui l'accompagnera jusqu'à la fin de ses jours, Roland Dorgelès, l'auteur des *Croix de bois*. Dorgelès sortirait Georges de la prison de l'Évêché à Marseille en 1942, à quelques semaines des premières rafles. Sur la tombe de son cher vieux, au cimetière de Valmondois, sur ce ton romanesque qui enjolive si bien le réel, il se souviendrait que Georges l'avait sauvé le premier :

> Il y a quelque quarante ans, un jeune sous-lieutenant de l'aéronautique du GQG, récemment revenu d'escadrille, où il était entré comme volontaire et avait reçu la croix de guerre, dressait une liste de combattants de toutes armes appelés à être versés comme élèves-pilotes dans l'aviation. Il remarqua le nom d'un caporal d'infanterie dont il avait lu les contes dans de petits journaux et spontanément le désigna. Ce jeune lieutenant, c'était Georges Huisman ; le fantassin qu'il arrachait à la boue des tranchées, c'était moi.

De leur côté, les femmes avaient ébauché une forme d'émancipation en partie imposée par les circonstances. Elles s'étaient mises à travailler, à porter les cheveux courts, des jupes à mi-mollet, au besoin les vêtements de leur mari, pour celles qui avaient repris leur poste à l'usine, des combinaisons pantalons pour les munitionnettes. Elles étaient infirmières, ouvrières. Elles ne pouvaient pas se payer le luxe d'attendre sagement à la maison, comme l'espéraient maris, fiancés, prétendants. Elles n'avaient pas de permissions, elles. Or les anciens combattants, dans leurs témoignages, accusent presque à l'unanimité les femmes d'avoir fait la bringue pendant qu'eux se faisaient casser la gueule. Pour toute récompense, ils avaient été dupés, joués, diminués par des putains qui avaient profité de leur absence pour les remplacer et jouir d'une indépendance inimaginable. La souffrance des hommes est profonde, pénétrante, mais elle porte en elle une violence terrible, miroir de la sauvagerie à laquelle les soldats sont exposés. Tous ne s'appellent pas Guillaume Apollinaire. « Quatre jours mon amour pas de lettre de toi / Le jour n'existe plus le soleil s'est noyé / La caserne est changée en maison de l'effroi / Et je suis triste ainsi qu'un cheval convoyé. » Georges est plus poète que combattant ; je ne doute pas qu'il se serait rangé du côté d'Apollinaire.

Dans « Souvenirs », dix-sept feuillets volants réunis sous une couverture de cahier d'écolier, vraisemblablement l'esquisse d'un projet de mémoires rédigée pendant la Seconde Guerre mondiale, à Marseille ou à Vaison-la-Romaine, Georges évoque son service militaire : « Les casemates, la beauté du paysage / La ligne bleue des Vosges. » Georges est l'esthète sincère que mon père n'était pas.

Il tire un livre de son expérience au front, à partir de ses notes sur le fonctionnement (et les dysfonctionnements) d'une base aéronautique entre 1914 et 1917. Ce sera *Dans les coulisses de l'aviation (Pourquoi n'avons-nous pas toujours gardé la maîtrise des airs)*, un texte extrêmement détaillé sur les questions matérielles, stratégiques et balistiques de la nouvelle technique du combat aérien. Publié en 1921, c'est le traité d'un homme qui s'intéresse au commandement, qui a le goût de l'organisation, des idées précises sur son bon déroulement, un homme à la vision géopolitique sûre. Au retour de la guerre, on lui donne la Légion d'honneur pour sa bravoure au combat, mais il estime qu'il ne la mérite pas. (La rengaine de papa : Argh, mais quel con !) Il épouse Marcelle Wogue l'année qui précède la parution de son livre, en 1920. Elle vient d'une famille incomparablement plus chic, fortunée, assimilée. Elle est un excellent parti pour celui qui, à ce moment-là, n'est qu'un simple professeur de lycée.

De sa rencontre avec Georges, de onze ans son aîné, bonne maman écrit dans ses mémoires : « Une voix de violoncelle, beaucoup d'esprit, aucune morgue – bref, la timide petite jeune fille que je suis est éblouie. Georges Huisman va-t-il s'aliéner sa précieuse liberté, sauter le pas, se marier ? Sa mère le lui conseille fortement. La fille d'un professeur agrégé, ancien normalien, c'est tout ce qu'elle souhaite pour son fils. Et un beau jour il se décide, et m'annonce tout de go que nous allons nous marier. Il ne me demande même pas mon avis tant il est sûr de son fait. » Quelques pages plus bas, Marcelle raconte leur mariage, un mariage religieux, imposé par les deux familles, condition à laquelle Georges se soumet de mauvaise grâce tout en ricanant devant le discours inepte du cousin rabbin. « La pauvre épouse souffre d'un abominable rhume de cerveau. La fête est réussie mais elle n'en profite guère, occupée à tremper mouchoir sur mouchoir. Il vient beaucoup de parents, des amies aussi que Georges Huisman trouve fort à son goût. »

Papa se plaignait souvent que sa mère n'ait jamais su s'apprêter, se farder, que l'idée même de plaire lui ait été parfaitement étrangère. Quoi qu'en dise Béatrice Duval, il semble à peu près certain que Georges ne couchait pas dans la baignoire quand il trouvait une jolie fille dans son lit, selon l'expression dont papa raffolait. Ses propres livres le laissent entendre. Les témoignages de ses proches le confirment. Son fils le répète sur tous les tons. Et même sa propre épouse le confesse sans équivoque : « Fin 1917 – 11 novembre 1918, Georges Huisman s'adonne passionnément à ses devoirs militaires – mais il est à Paris, le beau lieutenant aux yeux bleus a beaucoup de succès et – pourquoi le cacher ? Il en jouit. » Les jeunes mariés passent leur nuit de noces à l'hôtel Lutetia. Un quart de siècle avant le retour des déportés. Trois quarts de siècle plus tard, mon expérience de dépucelage dans une chambre d'hôtel avec un homme plus âgé, plutôt prévenant, plutôt soucieux de ne pas me brutaliser, me permet d'imaginer de loin, brumeusement, l'expérience de ma grand-mère. Mais c'est Georges que nous suivons ici. Et Georges, je me le figure encore plus confusément dans cette scène d'amour ratée. Je le devine tour à tour agacé, plein de sollicitude, impudique, fâché, contrit. Je devine leurs habits de noces, ces vêtements d'une seule nuit, consciencieusement pliés et posés sur le dossier d'un fauteuil. Depuis le petit square en face, avec son joli carrousel, ses palmiers et ses pins si étonnants en plein Paris, avec son monument en marbre à l'effigie de la fondatrice du Bon Marché, je perçois une fenêtre d'angle où la lumière clignote au passage des époux qui se lèvent, se recouchent, puis éteignent pour de bon. Tant pis si c'était lamentable. Marcelle a d'autres qualités.

J'alterne entre la thèse de Béatrice, le livre de ma grand-mère et les souvenirs de papa pour reconstituer le destin de Georges. D'après les documents existants, il est possible d'établir un compte-rendu circonstancié des relations qui, de services rendus en pistons, de compétences reconnues en coups du hasard, conduisent Georges à son poste à l'Élysée. Sa femme, Marcelle, semble y être pour beaucoup. Certes aidée par les cercles d'influence de sa famille, mais surtout du fait de l'ambition qu'elle a pour son mari. Il ne va pas croupir dans un lycée de province – sa carrière a commencé à Douai, dans son Nord natal, – ni même au nettement plus réputé lycée Janson-de-Sailly, dans le seizième arrondissement, où il avait achevé sa scolarité avec les enfants Hirsch, ni encore à la prestigieuse École alsacienne le long du jardin du Luxembourg. Ainsi, après sa mère, c'est sa femme qui décide qu'il sera un grand de ce monde. De son propre aveu, Georges se serait contenté d'une vie plus modeste, loin de l'exécutif. Mais il aime l'action, il a des idéaux politiques très affirmés, il aime le monde, les relations, les voyages, les grands projets, et il aime faire plaisir aux femmes, semble-t-il.

J'entends craquer le vieil escalier en bois. Je passe la tête par le trou d'accès au grenier, au-dessus de l'échelle de la trappe. Ça va ? Tu n'es pas morte de froid ? Il est bientôt 8 heures, me dit Bruno. Nous sommes en février, les combles de la maison ne sont pas chauffés. Il doit faire nuit depuis un long moment – je suis montée en début d'après-midi, je n'ai pas vu le ciel changer de couleur. On peut te déposer à Paris ? On va rentrer tranquillement. Tu reviens quand tu veux, tu sais, tout ça ne bouge pas. Personne n'a touché à ces cartons depuis le dernier passage de Béatrice. Je crois que ce serait pas mal que tu retrouves ton mari, tes enfants, que tu manges un truc. Hein ? Comment ? Je m'aperçois que Bruno a hérité du tic de papa, qui consiste à prétendre ne pas avoir entendu une réponse qui n'a pas été faite : Comment ? me demandait papa, quand je restais silencieuse après une phrase qui réclamait mon approbation. Oui, oui, tu as raison, dis-je à mon grand frère. J'ai trouvé une lettre incroyable de Fernand Léger. Je te la descends. Elle est magnifique ! Elle mériterait d'être encadrée. Il y a encore des trésors là-dedans, rétorque Bruno. Il faut vraiment qu'on s'en occupe. J'imagine que par *on* il me désigne implicitement. Je sais que je n'aurai pas le courage de revenir. Est-ce que je peux avoir encore une dizaine de minutes ? J'aimerais prendre quelques photos. Oui, bien sûr, je ne te presse pas. On ferme les volets. J'ai laissé la lumière dans l'escalier. N'oublie pas d'éteindre derrière toi. Le seul interrupteur qui fonctionne est à l'étage.

Je prends des photos du tas, de la lettre de Léger, et des pages d'un carnet de voyage, celui d'un départ à New York en transatlantique, sa seule visite aux États-Unis, vers la fin de sa vie. À son arrivée au port de Manhattan, il est accueilli par l'agent littéraire dont je ferai la connaissance plusieurs décennies plus tard. Je n'essaie pas de déchiffrer ses pattes de mouche, je m'assure que les photos soient nettes, je ferme le cahier, je remets les papiers en bordel dans le carton, que je m'apprête à empiler sur un autre. Mais je suis prise d'un remords, si c'était justement celui où se cachent les lettres de Choute ? Même fatras inextricable : des invitations à des vernissages, un formulaire de demande de carte d'ancien combattant de la Résistance, une quittance de loyer de l'hôtel particulier de fonction à la manufacture des Gobelins, où il a installé sa famille en 1938. La concierge a préservé leurs biens, a veillé qu'ils ne soient pas spoliés pendant la guerre, a soutenu Béatrice Duval dans sa thèse d'après le témoignage de mon père. Puis je tombe sur une enveloppe kraft, une très vieille enveloppe brune, large comme ma main, épaisse comme un bloc-notes, intitulée « Papa ». Mon cœur s'arrête de battre. C'est l'écriture de mon père. Dans mon immense confusion, quelques heures après avoir baisé son front glacé dans son cercueil, je crois le retrouver là, caché dans une enveloppe. Mon père et le secret de son père. Mon père sous forme d'origami au fond d'un carton. Papa ? Je chuchote perchée dans ce grenier endeuillé, au milieu de ces moutons de poussière. Papa ? Mais non, non, ce n'est pas l'écriture de mon père ; c'est celle de son père, Georges.

« Marcel Proust qui a fait de son héros, Swann, un élève de l'École du Louvre et un biographe de Vermeer, a fixé la fonction de l'œuvre d'art en des termes si précis qu'il nous plaît de les inscrire au seuil de cette publication (il s'agit de l'*Histoire générale de l'art* publiée sous la direction de Georges Huisman en 1939) : "Une cathédrale, disait Proust, n'est pas seulement une beauté à sentir, si même elle n'est plus pour nous un enseignement à suivre, c'est du moins encore un livre à comprendre." » Georges, élève de l'École des chartes et biographe de Memlinc, est tellement proustien que c'en est presque invraisemblable.

Choute paraît pour la première fois dans la vie de Georges à l'une de ses promenades-conférences pour l'Université des Annales, peu de temps avant l'Élysée. Il organise alors des visites d'ateliers d'artistes, de galeries et autres lieux insolites. Lui et Robert Mallet-Stevens (mondialement connu pour sa petite chaise en métal laqué noir, l'architecture et le décor de la villa Noailles) donnent en binôme une série de conférences qu'ils intitulent les « Instantanés modernes ». Le samedi 25 janvier 1930, Georges officie seul à deux reprises le même après-midi à la maison La Roche, conçue et construite par Le Corbusier et Pierre Jeanneret dans le quartier d'Auteuil. Il y fait la part belle à son ami Corbu dont il regretterait de ne pas avoir pu soutenir le projet pour le musée d'Art moderne du palais de Tokyo quelques années plus tard : ses plans étaient d'une originalité incontestable, et sans doute la postérité les aurait préférés à ceux de Dondel et Aubert. Mais Le Corbusier était suisse. De même que Picasso était espagnol. Il était inconcevable de confier un projet national, de passer une commande officielle d'une telle envergure à un étranger. « Remarquez comme on trouve les cinq points d'une architecture nouvelle », dit-il, aussi précis et pointu dans son analyse des travaux de ses contemporains que de la Renaissance, « à savoir la façade libre, le plan libre, les fenêtres en longueur, le toit-jardin et les pilotis ». Selon le souhait du commanditaire de la villa, un banquier et collectionneur, une partie de la maison était divisée en galerie pour présenter sa collection : Braque, Léger, Lipchitz. « Mais quand vous regarderez, dans les différentes pièces de cet hôtel, tant d'œuvres qui surprennent vos conceptions habituelles », entonne Georges pour ses auditrices, un cercle de jeunes filles, au nombre de cinquante-deux à la séance de 14 heures et de quarante-sept à celle de 16 heures, « dites-vous bien que, depuis ses débuts, l'art a toujours été révolutionnaire ». L'emphase de ses propos, prononcés sur le ton dégagé de l'érudit qui peut répondre du tac au tac à n'importe quelle question, lui vaut des regards béats d'admiration. Celui de Choute transperce la forêt de chignons et de bouclettes. Elle a dix-neuf ans, une frange à la Louise Brooks coupée dans une épaisse chevelure blond vénitien, des cils roux comme des feuilles de saule sous lesquels scintille l'eau d'un lac italien. Ses yeux sont d'un vert déconcertant : un vert mordoré qui tire vers le jaune, une couleur dont le nom lui échappe, lui qui est pourtant incollable en nuanciers. Devant un lavabo de Juan Gris, il déclare : « Il faut éprouver une sympathique admiration à l'égard de ceux qui s'adonnent à de telles disciplines. Car enfin, cette peinture intellectuelle exige, pour être goûtée et pour être aimée, autant d'attention que d'intelligence. » À qui s'adresse-t-il ? Son nom à elle apparaît deux fois dans le registre. Elle a laissé ses camarades se ruer sur le conférencier pour le remercier. Les a regardées sortir et s'est inscrite à la deuxième séance : Choute de Troguindy. Elle s'appelle Choute, oui. Et si ça ne vous plaît pas, soyons clair, elle vous emmerde.

Lui a déjà quarante et un an et se sent affreusement gêné d'être séduit par une si jeune femme. Il est intimidé par l'érotisme de cette peau de pêche, le décolleté chaste de ce col marin sur une poitrine parfaitement ronde, parfaitement haute, parfaitement ferme, ces charmantes petites mains qui gardent encore, dans la pulpe des doigts, les marques de l'enfance. Il n'aurait pas osé s'autoriser à la désirer – il en est absolument certain, l'occasion s'est déjà présentée cent fois ! – si elle ne l'avait pas cherché du regard avec tant d'impudence, avec des yeux plus parlants qu'un aveu. Difficile de ne pas remarquer qu'elle est restée à la deuxième séance. Il s'efforce de ne pas se répéter, ou de ne pas reprendre ses formules toutes faites, mais elle a l'air tellement ailleurs, tellement songeuse, est-ce qu'elle l'écoute ? Si lui-même était moins effarouché – il a conscience du ridicule de sa situation – il ferait comme d'habitude avec ce genre d'insolentes, il la mettrait en difficulté en lui demandant de commenter ses dernières remarques, ou en lui proposant de donner son avis sur une toile particulièrement suggestive. Il se contente de l'ignorer. Le même attroupement se forme autour de lui à l'issue de la conférence : rires étouffés derrière un mouchoir, bruissements de robes, talons qui piétinent, pépiements d'oiseaux. Elle a disparu. Évaporée comme une sylphide entre les marronniers qui bordent l'avenue. Il aurait pu courir après elle à travers le bois de Boulogne, la chasser toute la nuit, cependant il rentre penaud chez lui rue La-Fontaine, passe voir ses parents en chemin, à pied. Sa mère remarque évidemment son trouble. Enfin, les caresses de maman. Louise le câline toujours autant malgré sa moustache grisonnante. Comment ai-je fait pour fabriquer un garçon aussi beau !

Après leur mariage, Georges et Marcelle se sont installés dans un modeste appartement au 8 rue La-Fontaine. La première adresse que mon père évoque dans l'enregistrement de nos entretiens. C'est là qu'il est né, après ses deux frères, à la suite un accouchement non sans douleur, à la maison, accompagné d'une sage-femme chargée de remplir, au seul robinet à l'évier de la cuisine, les bassines d'eau. Marcelle dans ses mémoires se désole de ce manque de confort : outre l'unique arrivée d'eau courante et l'absence de salle de bains, il n'y a pas non plus l'électricité. Ils s'éclairent avec des lampes à gaz, ce qui panique la jeune mère qui redoute que le berceau de l'enfant prenne feu. Georges, lui, est ravi d'être à quelques pâtés de maisons de chez Louise et Hartog. C'est dans ce premier logis que mon père dit se souvenir d'avoir inventé une ritournelle pour sa mère. Et peut-être, inspiré par les photos de lui dans des robes unisexes, le visage encadré de ses larges boucles brunes, il raconte avoir accepté de jouer les filles pour faire plaisir à maman. Elle avait regretté de voir naître encore un garçon, un troisième garçon. Georges aussi aurait aimé une fille, une petite princesse dont il aurait pu croquer les joues rondes. Marcelle était une maman inquiète. Elle venait d'un milieu grand bourgeois où l'on ne pouponnait pas, où les enfants étaient cédés à des nourrices, qui avaient pour recommandation expresse de ne surtout pas trop les tripoter. De faire attention aux microbes ! Et surtout d'éviter qu'ils s'attachent. Huit décennies plus tard, papa répétait encore le nom de sa bonne d'enfants : Cécile Ratteau, comme un râteau. Bonne maman la sermonnait pour qu'elle se montre la plus froide possible, qu'elle garde ses distances. Le fait est qu'elle était glaçante. Mon père retenait de son enfance une mère accaparée par les fonctions mondaines que lui imposait la position de son mari, des nuits interminables pendant lesquelles il l'attendait vainement au fond de son lit, et cette gouvernante, Mme Ratteau, aimable comme une porte de prison ! Papa avait donc inventé une ritournelle pour sa mère, qu'elle devait lui répéter mot pour mot, sans quoi il refusait de s'endormir. Il s'agissait de faire promettre à sa maman son amour inaliénable et inconditionnel, de lui faire jurer que, si somptueuses et fascinantes que fussent les soirées où elle était forcée de se rendre, elle ne penserait qu'à son petit chéri. Cette pauvre Cécile Ratteau, les parents l'ont retrouvée pendue à une poutre dans sa chambre sous les combles ! Mon père m'a rappelé ce drame à l'annonce de la mort de ma mère, et si j'ai trouvé ce jour-là son récit horriblement déplacé, il m'a aussi donné à réfléchir quant à la nature du lien maternel dans cette famille.

La course à l'Élysée change les idées de Georges qui, depuis cet « Instantané moderne », passe chaque jour de longues heures à fixer le vide, à admirer secrètement la silhouette impalpable d'une jeune fille en bleu marine. Depuis des semaines il s'abrutit de travail ; il est devenu étrangement irritable, se retrouve soudain dévasté de tristesse ou au contraire tout joyeux. Il a beau se reprocher l'absurdité de cette tocade, il est dépassé. Dans cette enfilade de salons de l'Élysée où il ne trouve jamais ni tout à fait ses aises ni sa place, où sa femme le supplie de s'habiller convenablement quand il quitte leurs appartements, c'est encore à la mystérieuse blonde aux yeux de Côme qu'il pense. S'il avait été Cocteau, il en aurait fait un film ou une pièce de théâtre. Mais il est historien. Chartiste. La rigueur même. Il travaille à partir de documents d'archives, pas de fantasmes fleur bleue.

L'extraordinaire faste de l'Élysée est sans doute l'élément biographique le plus captivant de cette aventure familiale, ou celui qui me paraît le plus vivant dans les mémoires de ma grand-mère. Papa a deux ans ; ses frères, sept et dix ans. Les appartements de fonction de l'Élysée comptent dix-sept pièces, des domestiques en livrée dans presque chacune d'elles, des jardins à la française (*of course*) à perte de vue, un bassin avec des cygnes. Mon père se croit un petit prince dans ce palais parisien aux grilles infranchissables. Le lieu deviendra son paradis perdu, dont il se retrouve chassé par la mort soudaine et insensée de Paul Doumer, assassiné devant l'hôtel de Rothschild à l'Association des écrivains combattants où le chef de l'État inaugure le salon littéraire annuel. Georges aurait dû l'accompagner, mais son président lui avait demandé de le représenter ailleurs ce jour-là. Doumer était excédé par l'escadron de gardes du corps qui le suivait partout. Il considérait que c'était gaspiller les précieux deniers de l'État. Il avait fait renvoyer ces sentinelles inutiles. Résultat, il s'est fait assassiner en pleine rue, par un fou, armé d'un pistolet ! s'écrie papa. Georges avait accouru à son chevet, trop tard ; le mal était fait. À près d'un siècle de distance, je découvre sur mon ordinateur portable la voix de baryton de mon aïeul dans un hommage radiophonique à Paul Doumer conservé dans les archives de l'INA. Malgré le grésillement de l'enregistrement, son timbre est si proche de celui de papa que je pourrais les confondre. Georges décrit sur un ton élégiaque, d'une grandiloquence surannée, l'agonie de son président. « À une nuit hantée par ses râles déchirants succédait la triste délivrance, tandis que l'aube se levait sur Paris au mois de mai, un Paris endeuillé, d'une splendeur à vous nouer la gorge, un jour de printemps éblouissant dans des avenues désertes surplombées de marronniers en fleur, de lilas. » Le lyrisme de Georges est désarmant.

Quand il retrouve Choute dans les Côtes-du-Nord, trois ans et demi après leur première rencontre, il est très loin de l'avoir oubliée. Elle lui est alors présentée sous le nom de Choute de Montmoreau, dans le salon de leurs amis communs, les Seignobos. Elle est au bras de son époux. Marquise par son père, un aristocrate qui avait fait fructifier sa fortune grâce à de bons placements et des gains mirobolants aux courses hippiques, elle était devenue duchesse. Ses parents, que d'aucuns disaient dangereusement laxistes, l'avaient encouragée à poursuivre des études, à s'émanciper, à travailler si elle le souhaitait; ils l'imaginaient peut-être devenir artiste car douée pour le piano, le chant, le dessin. La petite avait un air espiègle qui empêchait de connaître le plan malicieux qu'elle fomentait. Son père et sa mère lui avaient tous deux recommandé de ne pas se marier trop tôt, de prendre son temps. La noblesse était un ordre parfaitement dépassé dont la valeur n'avait plus cours, disaient-ils aussi. L'argent était plus utile, mais eux n'étaient pas vénaux, et elle en aurait suffisamment pour s'assurer une existence confortable. Elle épousa le premier duc venu. Si son père prétendait se foutre des titres, il était tout de même vexé que sa fille se soit choisi un noble un cran plus haut de lui. Elle n'était pas amoureuse et s'imaginait plus libre en s'attachant à un homme qui lui était indifférent, plutôt qu'à un père qu'elle aimait éperdument. Sa sexualité, elle la réservait aux filles de son âge. Son mari pouvait bien lui casser le pot, aurait dit Albertine, à ça aussi, elle était indifférente. Dans ce salon rustique et imposant, la salle d'honneur d'une magnifique bâtisse en vieilles pierres bretonnes, aux volets bordeaux, juste au-dessus de la plage de Launay, où une immense cheminée brûlait toujours comme pour témoigner de la chaleur de l'accueil, elle était apparue avec ses cheveux dorés en cascade jusqu'aux épaules, ses yeux vert d'eau inaltérés. Au mur, une toile de Maurice Denis, *Saint Georges et le dragon*, donnait à voir de jour comme de nuit les rochers roses contre l'océan outremer de l'île de Bréhat. Entre les aplats de couleurs, un tout petit chevalier sur un magnifique cheval blanc s'élance vers une sorte d'oiseau préhistorique. À droite, une princesse de profil les mains jointes en prière ressemble à une icône de vitrail. Georges persuadera Charles Seignobos de lui céder pour une somme dérisoire ce tableau qu'il destine au musée du Luxembourg. La peine qu'aura son propriétaire à s'en séparer sera un argument supplémentairc pour le convaincre de l'importance du don. Pour la postérité, pour le patrimoine français. Georges s'incline pour saluer Choute avec une galanterie détachée, mais dans sa poitrine son cœur bat si fort qu'il croit entendre le galop de ce grand cheval blanc et sentir son poing se serrer autour de cette lance, avec en ligne de mire la victoire ou la mort.

Charles Seignobos, éminent professeur de quatre-vingts ans passés, surnommé « capitaine » sur ces côtes où il aime plus que tout naviguer – Jean Zay raconte depuis la prison de Riom que dans cette maison aux volets pourpres, le soir on dansait « la polka ou la valse, au milieu des rires, tandis que le “capitaine” tenait le piano » –, est un dreyfusard de la première heure qui partage avec Georges les idéaux du Front populaire, les ambitions intellectuelles et humanistes de cette petite clique de Sorbonne-Plage. Charles est, comme Georges, un historien qui s'interroge, qui avoue ne détenir aucune vérité absolue, et ne faire que raisonner sur des documents « où se rencontrent pêle-mêle des faits de toute nature ». L'école méthodique, dont il est l'une des figures de proue, prônait le doute : « Tout ce qui n'est pas prouvé doit rester provisoirement douteux. » Après la Première Guerre mondiale, on lui avait reproché d'être vieux jeu, de promouvoir une vision sclérosée des événements sans recul et sans souffle. Or, c'est justement pour l'humilité de l'homme que Georges a le plus d'admiration.

On doit à Seignobos d'avoir attiré là toute cette colonie de grands scientifiques, Paul Langevin, les Curie, les Perrin – la bande de L'Arcouest. Ils étaient toujours fourrés les uns chez les autres, ni haies ni clôtures ne séparaient les propriétés et les jardins de ceux qui possédaient des maisons ; ceux qui n'en avaient pas étaient invités à être là chez eux. La plupart des journées se passaient à voguer sur le voilier du capitaine, *L'Églantine*, baptisé d'après la fleur qui symbolisait alors la révolution, le droit des travailleurs, le socialisme. Tous militaient à la Ligue des droits de l'homme. Tous se retrouvaient avec leurs bambins en costume marin sur la plage, où les plus jeunes enfants se désolaient de ne pouvoir faire tenir leurs châteaux de sable mouillé à marée basse et hurlaient pour saluer le passage des crabes. Il fallait s'assurer que les bébés n'avalent pas les galets. C'étaient les femmes qui s'en occupaient avec l'aide de gamines du coin embauchées pour l'occasion. C'étaient les femmes bien entendu qui se chargeaient des repas comme de toutes les tâches domestiques. Hormis Marguerite – ah madame la romancière, s'écriaient ses camarades, vous on ne vous demande rien ! –, Camille Marbo de son nom de plume, qui n'avait pas d'enfants et se contentait de passer à table avec les hommes. Hormis Choute, il va sans dire.

En 1933, Georges travaillait activement à son *Histoire générale de l'art* pour Aristide Quillet, un immense projet encyclopédique à travers les formes d'art du monde entier, une espèce de prototype d'avant-guerre de la collection « L'Univers des Formes » d'André Malraux. (Dans l'ensemble, Georges rue de Valois ne ressemblera à personne autant qu'au Malraux ministre des Affaires culturelles.) En 1933, toujours, le projet d'une cinémathèque nationale avait été lancé (le lieu devrait conjuguer sauvegarde, stockage et valorisation d'un patrimoine cinématographique déjà considérable dans un centre qui tiendrait à la fois du conservatoire, du musée et de la salle de spectacle, un type de lieu jusqu'alors inédit, avec une salle de projection prévue pour deux mille personnes et qui serait au cinéma ce que l'opéra est à la musique). Le taux de chômage culminait en France à 15 % (aux États-Unis, avec la chute du dollar, il atteignait 37,6 %). Fernand Léger prononçait sa célèbre conférence, « Le mur, l'architecte et le peintre », sur le thème de l'art mural, un sujet cher à Georges. En janvier 1933, Hitler était nommé chancelier de l'Allemagne, en mars, Violette Nozière tentait une première fois d'assassiner ses parents, et le 25 juillet, Georges, en vacances sur les côtes bretonnes, trois ans avant d'y faire construire une maison pour sa famille, retrouvait donc Choute.

Je pourrais toujours m'excuser en expliquant que j'avais manqué de temps, que dans la précipitation je l'avais prise par mégarde. Si je n'avais pas été aussi bouleversée, j'aurais surtout pensé que personne ne s'apercevrait qu'une enveloppe brune ignorée depuis soixante-dix ans avait disparu du grenier. J'ai empoché quelques photos qui existaient en plusieurs exemplaires. J'ai ramassé au hasard des lettres de mon père adressées à sa mère – sans me préoccuper des dates ou de leur intérêt. Je ne savais pas encore ce que j'en ferais.

En plus de l'immense portrait en pied de Georges, papa m'avait offert une autre toile accrochée autrefois au-dessus de son bureau : Georges y était représenté rue de Valois trônant derrière son bureau de ministre, et donnait l'impression, lorsque mon père était installé au sien, d'une mise en abyme. Et aussi une photo de Laure Albin Guillot, dans un cadre en écaille en partie disloqué et aux bords effrités. Une photo en noir et blanc sur fond ocre qui rendait sa couleur indéterminée, ni sépia ni grisaille, sur laquelle mon père m'avait écrit un petit mot doux. J'avais trouvé insolite qu'il dénature cette photographie, mais le geste m'avait néanmoins émue : papa se moquait bien de gribouiller sur le portrait de son père un message d'amour à sa fille. Il avait ce charme bouleversant de ne jamais retenir ses élans d'affection. Je l'avais embrassé avec ma véhémence habituelle pour le remercier de ce magnifique cadeau. La photo n'était pas grande. Papa m'avait encouragée à l'emporter comme ça, dans ma valise, entre des piles de vêtements. Ça fait très réfugié juif ! lui avais-je dit en riant. Ce ne fut qu'une fois rentrée à New York que je compris que le mot ne m'était pas adressé. Il était de Georges. Je ne connaissais pas d'autre homme que mon père pour appeler son enfant *mon petit chéri adoré*, et signer *ton papa qui t'aime*. Mais Georges de toute évidence avait été le premier à le faire. La photo datait de mai 1935 et l'écriture était absolument identique à celle de mon père, qui au moment où il avait accroché ce cadre dans sa chambre venait de fêter son sixième anniversaire.

Entre 1934 et 1940, Laure Albin Guillot photographie Louise et Hartog dans son studio parisien du seizième arrondissement, boulevard de Beauséjour, à cinq minutes à pied de chez eux. Elle est chef du service des archives photographiques de la direction générale des Beaux-Arts. Elle avait réalisé le portrait officiel du nouveau directeur, qui n'est pas celui que m'offre mon père, nettement plus romantique. Le mien est un gros plan de trois quarts. Ses yeux turquoise regardent dans le vague, un sourire roublard perle à ses lèvres ; il porte son inénarrable nœud papillon à pois, une cigarette au bout des doigts. Laure Albin Guillot avait photographié toute la famille : papa, ses frères, sa mère, les grands-parents. Ce qui est peu courant, note Béatrice Duval. Ces portraits sont reproduits en médaillon dans l'arbre généalogique en annexe de sa thèse. Les originaux doivent donc être quelque part dans les cartons de Valmondois. Celui de mon père est au mur du salon, rue Erlanger, ce petit garçon de six ans, le visage encadré de larges boucles brunes ; il tient dans la main une boule qui m'évoque le tableau de Chardin que je croyais au Louvre, mais que j'ai vu au Metropolitan Museum, *Les Bulles de savon*.

L'année de l'inauguration de Chaillot pour l'Exposition internationale de 1937, Laure Albin Guillot signe également un livre avec Henri Verne, directeur des musées nationaux, sur l'électrification du musée, qui, innovation phénoménale, ouvre ses portes au public en soirée : *Le Louvre la nuit*. Y figurent des images en noir et blanc des galeries des Antiquités, la *Victoire de Samothrace*, entre autres, éclairées à la façon d'une scène de théâtre. Dans ce décor empreint d'un onirisme fabuleux, le lecteur a l'impression de traverser les âges de la création comme un folioscope qui raconterait l'histoire du musée sous la forme d'une statue qui prend vie. Il s'agit alors de la première « nocturne » de l'histoire du musée parisien.

Pour comprendre l'œuvre de Georges à la direction des Beaux-Arts, il faut lire la conférence de politique culturelle qu'il prononce salle Pleyel, le 19 avril 1937, et que Béatrice Duval reproduit intégralement dans sa thèse. « Nouveaux rapports de l'art et l'État », c'est la clé de voûte de sa cathédrale, affirme-t-elle.

Quelques jours plus tôt, le 13 avril, son plus jeune fils a eu huit ans. Il n'a pas beaucoup vu son père ces derniers temps. Le soir de son anniversaire, il supplie son papa de lui lire le discours auquel il travaille depuis des semaines. L'enfant lui a demandé avec tant d'insistance, tant d'émotion, que le directeur débordé choisit de renoncer à un énième vernissage pour accéder à son souhait; et puis c'est un bon entraînement. Ils habitent au deuxième étage du 102 rue d'Assas, où ce jeune garçon habitera de nouveau quelque vingt ans plus tard, quatre étages plus haut, avec ses quatre enfants. Pour loger sa famille, mon père avait tenté sa chance, de porte en porte, et était retombé sur la concierge qui se souvenait très bien de ses boucles brunes, de ses grands yeux noirs et de sa si bonne éducation. L'appartement est une location – un logement temporaire entre le Sénat et l'hôtel particulier de la manufacture des Gobelins qui se libère l'année suivante, et où ils emménageront. En lisant son discours à son fils, Georges corrige au passage quelques fautes de frappe de sa dactylographe. Il faut dire qu'elle n'est pas terriblement expérimentée : elle travaille depuis peu au bureau de la rue de Valois. Il y a tant à faire, une personne de plus n'est pas de trop. Elle a un prénom curieux et un titre de duchesse. Elle est veuve depuis peu. Elle tient à travailler. Elle n'a pas d'enfants et n'en souhaite pas. Elle a vingt-six ans.

Salle Pleyel, ce sont les yeux de Choute qu'il rencontre quand il lève la tête de son pupitre et de sa quinzaine de feuillets. Comment n'a-t-il pas péri sous la foudre de ce regard ? Cette femme est insupportable de beauté. Peu importent les actrices et leurs pâmoisons de tragédiennes, les danseuses du corps de ballet, leurs cuisses fermes et leur façon inimitable de secouer leur chevelure en défaisant leur chignon. Il n'a que faire des curiosités galantes ou sensuelles des demoiselles de *Paris sex-appeal*. Il a Choute et ses seins de madone et ses fesses bombées au-dessus de ses jarretelles qu'elle se fait une joie de garder quand il la trousse vite fait sur son bureau en acajou, son sous-main en maroquin de cuir en guise de literie, entre les piles de paperasse, l'encrier, le téléphone hors d'âge.

La conférence est dingue. Dingue d'exaltation, d'emballement. Dire qu'il est investi peine à représenter à quel point il est soulevé par son projet. Il y croit comme on a la foi, comme on devient prosélyte. Il commence par des récriminations contre ses prédécesseurs. Penser que l'État ait refusé d'acheter certaines des plus belles toiles de Cézanne ! Il cite à ce titre une lettre de Gauguin au bureau des Beaux-Arts, « supprimant toute indication de personnes », dans laquelle l'artiste décrit l'incompréhension avec laquelle son travail y fut reçu. « L'État n'acheta donc jamais rien à Gauguin et il n'acheta pas davantage à Claude Monet, ni à Daumier, ni à Corot, ni à Cézanne, ni à Degas, ni à Sisley, ni à Pissarro, ni à Carrière, ni à Manet, ni à Van Gogh, ni à Toulouse-Lautrec. M. Pierre Renoir, fils aîné du grand peintre, jugea en 1923 que les musées nationaux montraient si peu d'empressement à accepter *Les Baigneuses* que ses frères et lui voulaient leur offrir qu'il renonça publiquement à son projet de donation. »

Admettons qu'il n'accuse personne... Les intéressés, j'imagine, se seront reconnus. Georges n'a pas dû se faire que des amis.

L'État mécène, pour faire son métier, devrait avoir trois budgets :

- *celui de la charité,*
- *celui de la nouveauté,*
- *et celui de la beauté.*

Se payer le luxe d'avoir un budget consacré à la culture, au sein d'un régime démocratique, engage selon lui : à soutenir financièrement les artistes dans le besoin par le biais de commandes ; à embellir les espaces publics ; à enrichir et rendre accessibles les collections nationales.

« Jadis, le roi de France soutenait les audacieux et les révolutionnaires contre les attardés et les égarés et c'est à cette politique esthétique que nous devons en particulier les châteaux de la Loire, le Louvre, Versailles, Poussin et Le Brun. » (Je sais bien que les hommes de cette génération ne reculaient pas devant l'emphase, mais quand même. Il s'agit d'un discours réfléchi, officiel. Le fanatisme qui y transparaît me semble manifester une nature un chouia excessive.)

« Il est donc indispensable que l'État achète ou commande avec ferveur et avec passion. »

Voilà. Disons *ferveur et passion*.

Son programme promet de refonder le rôle de l'artiste dans la société, la place faite à l'art dans l'espace public – les rues, les monuments, les collections nationales –, et enfin de développer l'enseignement de l'art ou le goût esthétique. Quel intérêt de soutenir la culture si le peuple n'y entend rien, ne s'y intéresse pas, et surtout n'a pas le loisir d'y participer ? Ces mots prononcés, alors que Léon Blum et le Front populaire viennent de mettre en œuvre un immense projet de réformes, s'inscrivent dans une volonté d'égalité des savoirs et du temps libre – du temps libéré de l'esclavage du travail –, un désir d'harmonie nationale fondée sur la fierté d'un patrimoine commun et la joie collective que prendraient les Français, les ouvriers comme les bourgeois, à le célébrer.

À quoi bon les loisirs et la limitation des heures de travail, si l'État n'en profite point pour préparer les générations nouvelles à profiter d'une culture que la richesse artistique de la France et que le talent de ses créateurs peuvent leur distribuer avec tant de magnificence ?

L'esprit du socialisme d'avant-guerre tient dans ce sentiment d'une cohésion patriotique qui a uni les hommes sous le drapeau pendant la guerre de 14. Georges, croix de guerre, Juif agnostique, adorateur du Beau, croit à la Patrie comme idéal esthétique, pour son héritage culturel, pour ses trésors de raffinement, y compris ceux bâtis sur des inégalités sociales criantes. Pour comprendre l'homme de la IIIe République, il faut s'imaginer un pays qui n'a pas encore été divisé par la collaboration, par Vichy ; un pays où l'éducation pour tous est encore une idée neuve ; où le rayonnement de la langue française, à travers ses conquêtes coloniales, glorifie le pays sans controverse. Il faut s'imaginer un homme qui adhère absolument à la verticalité du pouvoir, à la verticalité de l'enseignement, un homme, pur produit de la méritocratie française, qui croit au progrès comme la résultante d'un savoir acquis en lisant, en étudiant. Un homme dont le goût esthétique tel qu'il s'incarne dans les énormes ensembles architecturaux érigés sous son mandat paraît aujourd'hui irrévocablement démodé. Un homme qui souscrit à la citation chérie de papa selon laquelle « le bon goût, c'est mon goût ».

Son discours, prononcé un mois avant l'inauguration de l'Exposition universelle, illustre l'ambition d'excellence culturelle de son parti politique : un Front populaire avec à sa tête Léon Blum, lui-même poète, élu un an plus tôt, en 1936 ; Jean Zay, le plus jeune ministre de l'histoire, brillantissime trentenaire, qui œuvra à la révision du statut de la création intellectuelle et artistique en France et transforma pour la postérité la notion du droit d'auteur; Jean Perrin, Prix Nobel, chargé de la recherche scientifique au sein du gouvernement.

« J'étais républicain, socialiste, antimilitariste, pacifiste, comme on a la foi, comme on respire. Le contraire me paraissait incompréhensible », écrira Georges en 1940 sur son état d'esprit d'avant 1914.

À son arrivée aux Beaux-Arts, Georges avait choqué l'ancienne garde en se rendant fréquemment dans les écoles spécialisées, aux expositions de jeunes inconnus, en se déplaçant en personne dans leurs ateliers, en organisant dans les salons de la rue de Valois des concerts de musique contemporaine aussi inédits qu'insolites. Créer de l'emploi était l'un des maîtres mots de sa politique, endiguer le chômage, soutenir la création de manière pragmatique, sur le terrain. Léon Blum avait lui-même défini un art « débarrassé du mercantilisme ». À mesure que le fascisme et les nationalismes gagnaient l'Europe entière, qu'une nouvelle guerre menaçait le monde, les patriotes du Front populaire défendaient le besoin de création, ce luxe de la vie collective, la fête sociale. L'art et la joie pour éviter la guerre. Noble irénisme.

Contrairement à ce que disait papa sur l'inflexibilité de son père, il me semble que Georges met beaucoup d'eau dans son vin. Je pense par exemple à l'immense fronton de scène qu'il commande à Évariste Jonchère, un hommage à Apollon et aux arts du théâtre, pour le palais de Chaillot – une œuvre dont je peine à imaginer qu'il l'ait sélectionnée avec sincérité, par pure admiration. Avant d'arriver à l'Élysée, avant le Sénat, avant les Beaux-Arts, il s'était intéressé à des artistes nettement plus novateurs que ceux qu'il achète pour le compte des musées nationaux, ou à qui il passe commande. Plus de dix ans avant l'inauguration du musée de l'Homme, Georges avait consacré un article à l'histoire de l'art africain où il jugeait indispensable d'étudier ses productions avec autant de sérieux et de considération que « si elles appartenaient à l'art égyptien de l'Antiquité ou au début de l'art roman ». En 1930, il avait été à l'initiative d'une exposition de l'œuvre d'un artiste soudanais alors inconnu des publics européens, Kalifala Sidibé. Dorgelès et Le Corbusier avaient participé au catalogue. Michel Leiris avait rédigé une critique dans une revue d'art où il avait souligné : « Vaniteuse et naïve, la race blanche s'imagine être seule au monde, et s'arroge le privilège de l'intelligence et de la civilisation. Il semblerait que plus les hommes ont la peau sombre, plus ils sont méprisés. » La France est encore loin de décoloniser ses musées comme l'indique le choix des artistes achetés sur les crédits de l'État pendant la durée du mandat de Georges. Sans doute ne peut-il pas se battre sur tous les fronts. Il place ses priorités ailleurs, en essayant de faire des choix qui sauront plaire au plus grand nombre.

Parmi les acquisitions de l'État sur lesquelles Georges était sûr de ne pas se tromper, il y avait le château de Chaumont-sur-Loire, la fastueuse demeure de la princesse de Broglie, dont elle fut expropriée pour cause d'utilité publique. Une indemnité fut votée sur un fonds spécial de la Caisse des monuments historiques, dont Georges supervise le fonctionnement. C'est ainsi que la princesse octogénaire lui remit officiellement les clés le 1er août 1938. À lui et Choute, qui s'y connaît en châteaux pour avoir passé son enfance dans le sien en Bretagne, à la Roche-Jagu, sur l'estuaire du Trieux, entre Pontrieux et l'archipel de Bréhat. C'est de là qu'elle était arrivée à cette soirée chez les Seignobos, pour s'encanailler chez les gueux, dirait Georges pour la taquiner, une fois leur amour consommé, quand il aurait recouvré son sens de l'humour. De ce premier séjour arcouestien où elle avait fait son apparition au bras de son mari, ils reparlaient souvent pour le plaisir de se remémorer leurs conversations maladroites, les frôlements de leurs corps. Choute avait sans doute moins peur que lui, un comble pour ce grand bonhomme qui n'en était pas à sa première aventure – ne me prends pas pour une idiote, à d'autres ! s'écrie-t-elle. De cette balade en mer avec le capitaine, un après-midi où le grain s'était levé soudain, ils se souvenaient qu'elle avait basculé contre lui, les volants plissés de sa robe blanche soulevés par le vent, si bien qu'elle s'était retrouvée à demi nue dans ses bras. La fraîcheur de l'iode, les vagues qui les éclaboussaient n'étaient pas parvenues à estomper le parfum entêtant de sa chevelure. Elle portait Mitsouko de Guerlain, un mélange de fleurs, d'épices, une note de pêche inédite – un philtre olfactif. Il avait fallu que le capitaine, qui avait pourtant d'autres priorités au milieu de la tempête, crie à Georges de secourir cette pauvre jeune femme. Georges était resté immobile, terrassé comme ce dragon pourfendu d'une lance.

Choute lui avait écrit à l'annonce de sa nomination rue de Valois. Six longs mois s'étaient écoulés au cours desquels, lui assurerait-elle plus tard, elle avait gardé le silence en espérant qu'il le briserait. Elle venait à peine de se marier ! Elle avait tout de même quelque scrupule à tromper si vite son mari. Mais il le méritait après tout. Ce qu'il pouvait être rasoir ! Georges avait répondu à sa carte en lui proposant d'aller visiter avec lui quelques ateliers. Elle aimait énormément la création contemporaine, lui avait-elle déclaré devant la toile de Maurice Denis. À son avis, les nabis plus que les cubistes avaient remis en question les deux dimensions de la toile. Évidemment le tableau représente des choses, mais l'effet, la sensation de ses couleurs, prime sur ce qu'elles figurent. Et on le voit tellement bien dans le *Saint Georges* : c'est l'abstraction qui se débat avec la représentation comme Jacob luttant avec l'ange ! La comparaison touchait l'historien de l'art en plein cœur. Il lui avait cité Delacroix, les textes de Baudelaire sur le peintre, puis sans transition les églises gothiques. Les œuvres les plus modernes avaient déjà été préfigurées dans les vitraux traversés de soleil. Ce mysticisme symbolique, cette sensation de transcendance qui se passe de personnages, de paysages. Une suite confuse et désordonnée de sentiments s'était emparée de lui, il ne la regardait plus que furtivement, les joues brûlées par une eau de Cologne abrasive, le cœur fouetté par un invisible tyran. Cette admiration mutuelle, cette connivence intellectuelle, se mêlait d'un désir irraisonné, bestial. Il aurait voulu la faire taire et l'écouter toujours. Il aurait voulu que leur conversation dure toute la nuit, toute une vie. Pourquoi cette scène de l'*Énéide* avait-elle accompagné son insomnie ? C'était à cause de ce mot, *conversation*. Énée retrouve Didon au royaume des ombres, mais elle refuse toute conversation – *voltum sermone movetur* : freiner les mouvements de parole, tenir sa langue, la tourner dans sa bouche, sa bouche... Didon lui jette un regard plus dur que le silex. Le silex. Il aurait voulu la plaquer contre un mur, lui couper violemment la parole. Il avait répondu à ses compliments d'une voix pondérée : il pensait confier la commande d'œuvres murales pour le lycée de son enfance, Janson-de-Sailly, à deux jeunes récipiendaires du prix Blumenthal, son conseil lui serait précieux. Il avait aimé ce qu'elle avait dit de la jeune garde artistique. Ils pourraient passer voir les dernières œuvres d'Odette des Garets. Se souvenait-elle que les Seignobos possédaient de cette artiste une nature morte très inspirée de Cézanne ? Le mois suivant se préparait le Salon des femmes artistes modernes. On y trouvait des travaux tout à fait remarquables, d'une très grande vitalité. J'y ai découvert Suzanne Valadon, artiste plutôt que modèle, et quelle merveilleuse surprise ! Les peintres de cette nouvelle génération occupaient des ateliers derrière le parc Montsouris, au sud de Montparnasse. Cet exode dans Paris faisait partie de la condition de l'artiste : dès qu'en nombre ils se mettaient à occuper un quartier, la mode s'en emparait, les prix flambaient, ils n'avaient plus qu'à s'installer ailleurs, recommencer. L'État aurait aussi dû geler leurs loyers, proposer des ateliers-logements abordables. Sinon ils finiraient tous par fuir la capitale. Au-delà de la rue d'Alésia, où iraient-ils ? Montrouge ? Malakoff ? On ne crée pas de la même façon lorsqu'on est entouré de monuments du patrimoine de l'humanité. On ne peut concevoir la même œuvre dans l'ombre portée d'une chapelle pur XVIIe.

Il l'avait appelée depuis son téléphone en bakélite posé sur son bureau Empire ; la voix pleine de sang-froid, de maîtrise, il l'avait inondée de paroles. S'ils avaient le temps, ils pourraient aussi passer voir la maison-atelier de Georges Braque, commandée à Auguste Perret. Un merveilleux exemple de l'usage du béton et des briques. La sobriété même, avec ces grandes verrières...

Choute et son mari étaient aussi mécènes. Comme un homme qui cherche à formuler des excuses ou des explications pour un autre, Georges justifiait pour lui-même l'aspect professionnel de ce rendez-vous. Il n'avait absolument pas le temps de passer un après-midi entier à visiter des ateliers, à flâner dans Paris comme un poète du siècle dernier. De la rue de Valois, à l'angle du jardin du Palais-Royal, ils iraient jusqu'au boulevard Arago à pied – une petite heure à peine. En ce mois de février, les hauts troncs des marronniers dénudés dans ces doubles rangées de part et d'autre du boulevard lui rappellent les colonnes marmoréennes de la cathédrale de Cordoue qu'il avait visitée pendant son voyage de noces. Passer par la cour carrée du Louvre, emprunter le pont des Arts. Ou faire un léger détour pour s'arrêter à la Sainte-Chapelle. Cette Sainte-Chapelle qui semble tenir par un miracle d'équilibre : seuls des contreforts d'une légèreté inouïe soutiennent les travées aux voûtes d'ogive, toutes les habituelles parois de pierre remplacées par des parois vitrées multicolores, peintes avec une finesse d'exécution, une intelligence narrative, une hardiesse inconcevable. Tout n'y est que grâce, lumière, légèreté ! Ils avaient longuement débattu du vitrail de Judith – la baie numéro 8. La verrière se lit de bas en haut. Sans hésitation, c'est Judith dans sa coiffe médiévale décapitant Holopherne, là juste au milieu, au huitième rang, le plus beau médaillon du registre. Ce rose de la couche du tyran, ce rose incarnadin de l'anémone. On voit bien la reconstitution historique, les personnages bibliques en habits contemporains de Saint Louis, on est au théâtre, n'est-ce pas ! Vous voyez comme on retrouve ce rose dans le toit de l'édifice où repose notre héroïne tout en haut à gauche. Le peuple « PLEURE LA MORT » de Judith, dit le bandeau en lettres blanches sur fond bleu roi. L'usage de la langue vernaculaire ; l'usage de l'ellipse narrative ; l'usage de la mise en abyme ; l'usage de la synecdoque : la glose de Georges surpasse tous les commentaires de tous les guides de tous les monuments de Paris. Regardez par terre, à l'époque de son édification, le sol était blanc comme l'albâtre. Le fidèle trouvait ici à ses pieds, dans le chatoiement des vitraux traversés de lumière, la Jérusalem céleste, la cité sainte descendue droit du ciel.

À contre-jour, on ne voit que l'étain qui scelle chaque morceau de verre. En plein soleil, on est ébloui. Il faut un rayon oblique pour que les images apparaissent distinctement. Mais alors que passe un nuage, l'histoire s'empreint de catastrophe. Comme si chaque interruption du jour préfigurait l'Apocalypse.

Le temps s'était couvert après sa longue tirade. Il s'était soudain inquiété d'ennuyer la jeune femme. Elle s'était dirigée en silence vers la baie opposée. Sous le Livre de Job au-dessus du vitrail de Judith, Georges s'était projeté entre la Juive et le général assyrien. Il y lisait moins une représentation de sa propre judéité que la beauté ensorcelante de Choute. Se destinait-il à une mort monstrueuse en tombant si follement amoureux ? Holopherne décapité surgissait tel un mirage. Il la voyait de dos, sa chevelure blonde diaprée par l'éclat du verre peint, sa robe comme le jaspe, tachetée, pourpre, avec un ruban. Son chapeau ôté dans la main gauche, il s'était massé la nuque de l'autre main, avait tenté de retrouver un peu d'aisance en tirant sur son col, avait essayé de détendre le nœud papillon pressé contre sa gorge. Choute s'était retournée brusquement comme le soleil avait reparu. Il crut défaillir. La violence de son désir lui tranchait la gorge. Le sabre d'or des yeux de Choute. Il détourna le regard vers la baie. Un médaillon montrait Judith au bain. Sa Bethsabée.

Pontifier étant le seul moyen qu'il connaisse pour se donner une contenance, Georges emboîta le pas de Choute devant la Conciergerie et ânonna : Paris ne devint une capitale qu'avec Clovis, en 508. Il avait écrit sur ces rues un guide prisé des initiés comme des novices, maintes fois réédité. Enfin sous les empereurs carolingiens, trois siècles plus tard, Paris est passée de la petite cité gallo-romaine à une grande ville très peuplée, très commerçante, qui resplendit de gloire et d'opulence. Il faudrait aller au musée de Cluny voir les reliques de son incarnation antique. Le souffle de l'érudition lui redonnait des forces, il s'emballait. Trop peu de cette histoire demeure visible pour le contemporain, dit-il. « Sous le coup des vandales, anciens ou modernes, presque tous les monuments parisiens antérieurs au XIIe siècle ont complètement disparu », écrit-il dans *Pour comprendre les monuments de Paris*.

Sous le coup des vandales ! Partout dans les textes de Georges, je retrouve des indices de sa ferveur, telle une colère sourde. La somme de ses travaux en atteste, on a affaire à un homme passionné, mû par l'accomplissement de ses projets. Cependant, discrètement, se glissent çà et là dans ses phrases des notes étrangement stridentes. En filigrane on entend la voix d'un homme un peu trop exalté qui ne cadre pas avec la fonction.

Georges avait été élu maire du petit village de Valmondois en 1932. Marcelle et lui avaient acheté la belle demeure bourgeoise du ru du verger aux premiers jours de leur mariage. Une moitié de maison, en réalité, le rachat de l'autre partie, au prix de nombreuses tracasseries, prendrait plus de dix ans. Louise avait toujours rêvé de bêcher un potager, soigner des rosiers, cueillir des fleurs qu'elle aurait semées. Georges tient beaucoup à ce poste de maire, en plus de ses fonctions aux Beaux-Arts. Il se fait conduire à Valmondois en voiture, par un chauffeur du ministère, ou s'y rend en train. Par la fenêtre de la petite micheline qui s'éloigne de Paris depuis la gare du Nord, il voit s'étirer ces nouveaux modèles d'urbanisme hors les murs de la capitale – ni tout à fait la ville, ni vraiment la campagne : la banlieue.

Choute habite quant à elle un hôtel particulier rue Jacob, à un bon quart d'heure de la rue d'Assas, où elle le quitte devant la porte cochère qu'il pousse d'un air contrit pour retrouver sa famille, à équidistance de la rue de Valois à l'opposé. Choute n'a que faire des récriminations pathétiques de son mari, qui passe le plus clair de son temps dans ses terres en Charente. Ce n'est que par convenance qu'il se plaint de ses absences, se justifie-t-elle auprès de Georges quand ce dernier insiste pour qu'elle fasse un minimum bonne figure. Et tu ne te trouves pas culotté de jouer les parangons de vertu ? Le duc meurt d'une chute de cheval, à peine deux ans après leur mariage. Choute s'en fout. Elle ne porte le deuil qu'un mois, ses parents indignés ne parviennent pas plus que Georges à lui faire entendre raison. Une veuve doit se vêtir de crêpe un an. Bonne maman nous reprochait souvent, à Elsa et moi, adolescentes, de nous habiller en noir : c'était malséant pour des jeunes filles qui n'avaient pas perdu leurs parents. Nous portions aussi des baskets qu'elle jugeait inadaptées à la ville. Les baskets se portaient sur un terrain de tennis ! Nous n'étions pas non plus coiffées comme il aurait fallu. Nous n'étions ni percées ni tatouées, néanmoins, nous étions des filles des années 90, qui, au regard d'une quasi-centenaire, démontraient à elles seules combien le monde allait à vau-l'eau.

En 1937, à vingt-six ans, Choute est veuve, à la tête d'une fortune colossale, libre comme l'air et éperdument éprise d'un vieux commis de l'État, marié, père de trois enfants, qui travaille sans relâche. Pourquoi s'aliéner à ce type impossible, qui n'a jamais le temps de rien, gémit-elle. Et qui, pour ne rien arranger, l'enchaîne de sa jalousie morbide ! La rue Jacob est devenue pour Georges un deuxième chez-soi. Un troisième, ou quatrième, après la rue de Valois, la rue d'Assas, Valmondois. Il y débarque à toute heure pour s'assurer qu'elle l'attend, pour surveiller ses visites. Il arrache aux semaines des dizaines d'heures qu'il n'a pas. Une Gitane oscillant perpétuellement entre ses lèvres et ses phalanges, il brûle des pages entières de son agenda du bout de sa cigarette incandescente. C'est sans elle qu'il se consume. Avec elle il peut tout, tout ce que tu voudras mon ange exquis, lui susurre-t-il en s'abreuvant de sa chevelure, la tête plongée dans l'échancrure de son corsage, un chapelet de baisers égrené le long de sa jambe, la cambrure de son pied au creux de sa main. Il aurait aimé son commandement plus despotique pour lui prouver combien il aime lui obéir. N'a-t-il pas décroché la lune pour elle ? Pour elle, n'a-t-il pas fait scintiller dans la nuit du Louvre la *Vénus de Milo* : Regarde, mon adorée chérie mignonne, comme elle est belle, comme elle te ressemble !

Ma grand-mère évoque dans ses mémoires une chatte abandonnée errant dans le jardin de Valmondois, pour laquelle Georges se serait pris d'affection et qu'il aurait baptisée Vergère, parce qu'elle se plaisait à se cacher dans les branches des pommiers au fond de la propriété, à côté de la petite cabane qu'enfant je passais des heures à décorer de bouts de tissu, de coussins volés au salon, et de mes poupées.

À l'Opéra Garnier, quand Georges emmène Choute voir *Médée* de Darius Milhaud ou *Giselle* de Serge Lifar, avec Yvette Chauviré, suffocante de grâce sous ses voiles blafards, c'est depuis une loge attitrée du gouvernement que les amants se donnent en spectacle. La loge de monsieur le directeur des Beaux-Arts est un des privilèges incontestables de la fonction. De même que la table qui l'attend, en face, au Café de la Paix. Là on l'entend marmonner son courroux sous son inlassable moustache en pénétrant dans ces monuments du second Empire : ces *vandales* qui ont défiguré Paris ! Haussmann – le pire ! Ce qu'on a appelé les *embellissements* de Paris n'est qu'un système général d'armement contre l'émeute. L'Attila de la ligne droite ! Georges utiliserait ces vastes avenues à des fins non moins politiques pour recevoir les souverains anglais en 1938, citant implicitement le commentaire de Théophile Gautier : « La civilisation se taille de larges avenues dans le noir dédale des ruelles... des habitations dignes de l'homme dans lesquelles la santé descend avec l'air et la pensée sereine avec la lumière du soleil. » Georges accueillit la première visite à l'étranger du roi George VI. Il avait eu à peine deux mois pour préparer cet événement majeur qui devait sceller l'entente des deux nations de part et d'autre de la Manche. À peine huit semaines pour organiser galas, visites de musée, concerts, fêtes ; prévoir le parcours des souverains dans cette capitale qu'il connaît mieux que quiconque ; sélectionner les artistes à mettre en avant comme les fleurs à offrir à la reine. Agencer les rues de Paris. Une centaine de collaborateurs avaient participé à l'élaboration du projet, mais c'est à lui que le ministre exprime sa « gratitude personnelle » dans une lettre datée du 29 juillet 1938. Les souverains eux-mêmes ont demandé à ce que soient vivement remerciés les responsables de cet accueil mirifique. « Les décorations de Paris, les différents spectacles, et en particulier le gala de l'Opéra, le déjeuner de la galerie des Glaces et l'admirable après-midi de Versailles sont tous votre œuvre. » Or son « cher directeur » sait combien ces solennités servent la cause de l'amitié franco-britannique. Oui, sans doute. Et il n'était pas peu fier de voir se tenir auprès de lui la femme vers laquelle tous les regards convergeaient à la garden-party de Bagatelle, détrônant les vingt plus belles danseuses du corps de ballet sur la scène du petit lac, détrônant les monarques.

Le projet élaboré par Georges (archivé dans une version dactylographiée, tapé sur une machine dont j'imagine le claquement des touches sous les doigts énergiques de Choute) décrit l'entrée des souverains de la porte Dauphine au palais d'Orsay, en quatre mouvements, comme quatre grands actes, chacun destiné à démontrer la puissance et la poésie de la France. À leur arrivée à la gare du bois de

Boulogne, les souverains seraient accueillis par un chœur d'enfants, et un lâcher de pigeons qui accompagnerait leur cortège du bois jusqu'à la place de l'Étoile. De l'Étoile, ils descendraient les Champs-Élysées pavoisés aux couleurs des deux pays et flanqués d'une foule en liesse ; au rond-point des Champs-Élysées, des colonnes de figurantes symboliseraient dans leurs poses ravissantes l'élégance parisienne, au milieu d'un décor de jets d'eau, de topiaires, de lys et de glaïeuls. La place de la Concorde serait réservée à l'armée et au salut des différentes villes de France sur la terrasse des Tuileries. Puis, franchissant le pont de la Concorde, le cortège atteindrait le quai d'Orsay, réservé à la résidence royale et aux invités de Leurs Majestés. En plus du texte, croquis, dessins et plans avaient été soumis au président du Conseil : « D'accord sur le projet comme sur le lyrisme de la description. » (Petite idée du style.)

Quelques mois après l'annexion de l'Autriche par Hitler, la France n'avait lésiné sur rien pour accueillir George VI en grande pompe. Un budget exceptionnel avait été voté en deux fois par les deux Assemblées. Au total 24 millions de francs de l'époque dépensés à 90 % *pour décorer les rues de Paris*. Les 10 % restants avaient financé réceptions, spectacles, éditions (programmes, menus, invitations) et films de propagande – ce que nous appelons aujourd'hui la communication. Tous s'étaient félicités du résultat, comme l'indique la note du ministre à son directeur. « La dépense consacrée est-elle appréciée comme un effort de paix ? Se justifie-t-elle face à l'effort de guerre nazi ? L'importance de la somme interroge mais les documents consultés ne contenaient pas la réponse des contemporains. » (Béatrice dans sa thèse.)

J'ai trouvé dans une boutique de livres d'occasion un fascicule intitulé *La Visite en France des souverains britanniques*. Sur l'image de couverture, un zeppelin flotte au-dessus de la place de la Concorde. L'hôtel de Crillon et son jumeau, chefs-d'œuvre de Gabriel, l'architecte de Louis XV, encadrent, avec leurs colonnes romaines, l'église de la Madeleine dans le fond, et au premier plan, l'obélisque du temple d'Amon de Louxor, offert au roi de France par l'Égypte un siècle plus tôt, et consacré monument historique l'année précédente, faisant de ce trophée de l'Antiquité égyptienne le monument de Paris le plus ancien. Hors champ, à gauche des colonnes de soldats sur le pont imitant l'architecture d'inspiration romaine, le palais de l'Élysée. À droite des Tuileries, par-delà les tilleuls et les marronniers, le Louvre. Dans l'angle caché de la Madeleine, le restaurant Lucas Carton, dont la salle lambrissée a fait de lui aussi un monument historique. En feuilletant ce petit recueil d'images, sur une photo de la reine visitant l'exposition de peinture anglaise au musée du Louvre, je suis tombée sur Georges. Georges et sa moustache et son nœud papillon et ses cheveux plaqués en arrière. Georges de profil, ses souliers vernis, à l'écart des autres personnages agglutinés autour de Sa Majesté avec son immense capeline blanche. Georges, plongé dans la contemplation d'un tableau. Sur cette photo du *New York Times*, où il n'apparaît qu'en arrière-plan, je l'ai reconnu à sa pose : identique, précisément identique, à celle de son portrait au milieu de mon salon.

Dans son journal de mai 1940, Georges écrit : « Deux heures au Louvre. Indispensable de profiter de la guerre pour transformer le dispositif des salles. Je voudrais que la Galerie du bord de l'eau devienne le panorama de chefs-d'œuvre dans l'ordre chronologique, mais sans classement par pays. La peinture de chaque pays viendrait dans d'autres salles. Très important. » Voilà sa plus grande préoccupation.

Quand Georges achète le château de Chaumont, ce n'est pas simplement pour épater sa maîtresse. La raison officielle participe d'un projet de mise en sûreté des trésors du patrimoine. Si l'art ne peut pas arrêter la guerre, qu'au moins il soit protégé de la folie des hommes. Les châteaux de la Loire avaient été désignés comme dépôts et centres de triage. C'est aussi dans ces châteaux de la Loire, et donc à Chaumont, qu'une partie de l'administration se replierait au moment de l'invasion allemande.

Tous les matins, pendant des mois, Georges avait réuni ses collaborateurs de la rue de Valois pour mettre au point le plan d'évacuation en détail, minutieusement. Georges en livre le récit en 1949, dans un article pour la revue d'un ami, un conservateur belge avec qui il s'était chargé en 1940 de la mise à l'abri du polyptyque de *L'Agneau mystique* des frères Van Eyck en France. Volé par les nazis avec la complicité de Pierre Laval en 1942, le retable avait été récupéré avec le concours des Alliés dans la mine de sel d'Altaussee, en Autriche.

« Il fallait tout prévoir : l'ordre de priorité des œuvres d'art à décrocher, à emballer, le nombre des collaborateurs indispensables à l'exécution des tâches manuelles, le total des camions nécessaires, le chiffre des litres d'essence pour chaque parcours, aller et retour, jusqu'aux bottes de paille à préparer pour le couchage des gardiens et aux vivres exigés pour la nourriture du personnel dans les châteaux isolés où on arriverait en pleine nuit. »

En juillet 1938, alors que la reine d'Angleterre en était encore à inaugurer les chrysanthèmes, le Conseil d'État avait fait passer une loi sur l'organisation générale de la nation en temps de guerre, qui comprenait un alinéa sur la mise au point d'un dispositif d'évacuation pour les œuvres d'art. Dès 1935, Georges avait eu l'idée de placer un représentant de son administration auprès du Grand Quartier général en cas de conflit. Georges, lui-même ancien lieutenant du GQG, avait convaincu l'autorité militaire de prendre pour émissaire un certain René Planchenault, chartiste comme lui, qui rejoindrait le GQG en septembre 1939.

« Il était indispensable de minuter non seulement la durée des parcours automobiles, mais les délais nécessaires pour décrocher, pour emballer et pour charger. Les conservateurs du Louvre et leurs collaborateurs scientifiques avaient accompli de sang-froid une tâche qu'il leur faudrait peut-être recommencer demain sous des bombes aériennes, dans un Paris secoué par l'angoisse et la terreur. Tandis qu'on reproche trop souvent aux administrations publiques de se laisser surprendre, nous avions devancé l'événement et nous marquions un point d'avance sur lui. »

Ou presque. *Le Radeau de la Méduse* de Géricault était dressé sur la remorque d'un camion, fixé à l'aide de courroies, encadré d'un échafaud si précaire qu'il se balançait au vent. Malgré l'étendue des préparatifs, personne n'avait pensé que la hauteur du chargement, cahotant sur les routes de campagne à 8 kilomètres-heure, serait encore menacée par le danger des lignes électriques, que le moindre tournant un peu raide lui serait fatal. Au niveau de Versailles, en direction de Chambord, le châssis du Géricault trancha le trolley des tramways de Seine-et-Oise, déclenchant, dans un feu d'artifice d'étincelles, un court-circuit général.

« Il fallut s'arrêter et attendre, pour reprendre le départ, le concours d'équipes télégraphiques et d'équipes d'électriciens spécialisés. Ici, elles soulevaient les fils ; là, elles étaient contraintes de les couper pour les rétablir aussitôt », raconte Pierre Schommer, secrétaire administratif de la Réunion des musées nationaux. Cet homme austère selon ses collègues, rompu aux pratiques muséologiques et aux problèmes de transport et de sécurité des œuvres, avait participé au sauvetage de près de deux mille caisses de « trésors espagnols » transférés à Genève en 1939. Ses qualifications certaines et son engagement l'avaient fait désigner comme garde du dépôt de Chambord. Il y passa toute la guerre. Il rédigea ses mémoires vingt ans plus tard, en 1965, à partir des carnets qu'il avait tenus.

Voilà des hommes et des femmes transformés en escadron dans les couloirs du Louvre, chronométrant le temps que prennent l'enveloppement et la mise en caisse de la *Victoire de Samothrace*. Il faut s'imaginer la dépose des vitraux de la Sainte-Chapelle, de la cathédrale de Chartres, de Reims – au total 50 000 mètres carrés de verre peint –, démontés un à un, sur la base de relevés à l'échelle permettant la numérotation de chaque élément de vitrail avant emballage et évacuation, suivie par des opérations d'obstruction des fenêtres avec des planches de bois, des couvertures matelassées pour entourer l'ornementation des embrasures. S'imaginer un total de 5 201 caisses – 238 voyages de camions ou de wagons de marchandises – transportées à destination de onze châteaux de la Loire.

Pendant ce temps, Cannes se préparait à accueillir le plus grand festival du film encore jamais inauguré. Le succès de la visite des souverains anglais, au regard du pacte d'amitié avec l'Empire britannique et de la liesse collective au sein des populations françaises, avait encouragé le gouvernement à privilégier ce type de manifestations : on se précipitait sur l'occasion.

Georges n'ayant pas laissé de témoignage sur la création du festival, c'est grâce au récit de Philippe Erlanger qu'on connaît les coulisses de son organisation. « Nous lancions un véritable défi au destin, écrit Erlanger dans *La France sans étoile*. Au mois d'août, dédaignant les menaces de guerre, Cannes inaugura la grande parade. » Les plus célèbres stars d'Hollywood avaient traversé l'océan sur un transatlantique loué spécialement par la Metro-Goldwyn-Mayer. Les autorités locales avaient eu le plus grand mal à convaincre les Américains que vraiment, non, il était impossible et de trop mauvais goût d'édifier sur la plage une reproduction grandeur nature de la cathédrale de Notre-Dame en l'honneur de leur film tiré du roman de Victor Hugo. Tyrone Power, Gary Cooper, Norma Shearer, George Raft étaient parmi les invités de marque. Les programmes annonçaient *Le Magicien d'Oz*, des inédits de Walt Disney et le chef-d'œuvre de Frank Capra, *Monsieur Smith au Sénat*.

Avant qu'il existe un palais des Festivals, le casino de Cannes avait été réquisitionné pour accueillir les festivités. Une salle de projection de mille places avec tout l'équipement moderne avait été installée face à la mer. Le Festival international du film était proclamé ouvert en lettres de néon au fronton du casino municipal, au bout de la jetée devant les îles de Lérins. L'annonce de l'événement, réfléchie dans l'onde, se brouillait au passage des petits canots de plaisance. On voyait voltiger des lucioles au-dessus des vagues, qui aussitôt disparaissaient sous l'écume.

Louis Lumière, père du cinéma, avait accepté la présidence d'honneur de ce premier festival. Ce n'est ni le 22 ni le 29 août, date à laquelle le festival est ajourné, qu'il arrive à Cannes, mais le 6 août 1939. Il existe une photo de son arrivée en gare de Cannes, telle une citation du train entrant à La Ciotat, à quelques stations de là. « C'est pour moi un grand honneur et, plus encore, une grande joie, de pouvoir être associé à une apothéose du cinéma dans le cadre de la Côte d'Azur qui vit mes premiers travaux », déclare Louis Lumière dans son allocution radiophonique, à peine descendu sur le quai. Heureux présage que cette coïncidence ! ose-t-il lancer.

Le Festival de Cannes, on l'a dit, mon père l'a dit, Erlanger l'a dit, avait été créé en réaction à l'emprise culturelle du nazisme sur l'Europe qui s'était manifestée au moment de l'édition 1938 de la Mostra de Venise. Depuis que Béatrice Duval avait soutenu sa thèse, un autre historien s'était emparé du sujet, un spécialiste de « la place de Jean Zay dans le tournant de la démocratisation et de crise nationale des années 1930 », selon sa notice biographique. *Cannes 1939, le festival qui n'a pas eu lieu* d'Olivier Loubes m'apprit ainsi avec certitude la date d'arrivée de Louis Lumière. J'y lus aussi, décrit avec le plus grand sérieux, la pose de la plaque de Georges Huisman au palais Croisette. Puis celle de Jean Zay. Plus une analyse des mémoires de Philippe Erlanger. L'historien tranchait : il s'agissait d'un projet collaboratif auquel pas mal de monde avait participé de concert. Y compris René Jeanne, un journaliste de cinéma, délégué de la France à Venise en 1938 ; y compris Tony Ricou, jeune secrétaire général du comité d'organisation du festival, que son engagement dans la Résistance et son assassinat par les nazis, à trente-deux ans, ne condamna pas moins à l'oubli ; y compris Harold Smith, délégué américain ; y compris Henry Gendre, le patron du Grand Hôtel à Cannes, lui aussi résistant, arrêté par la Gestapo en 1943. Et il fallait pouvoir compter sur des hommes de bonne volonté, car le festival fut organisé en neuf semaines et demie.

« Cannes est bien le fruit d'une réponse des démocraties libérales de marché aux dictatures autarciques, le fruit d'une guerre froide antifasciste », explique l'historien, après avoir longuement décrit l'implication des partenaires anglais et américains dans l'élaboration de la manifestation, à la suite du tournant fasciste de Venise. Harold Smith avait été le premier à démissionner de la Mostra à l'annonce du prix accordé au film de Leni Riefenstahl sur les jeux Olympiques, dont Joseph Goebbels avait informé le Führer en personne. « Le succès de nos films à Venise le réjouit beaucoup », avait écrit Goebbels dans son journal tenu à Venise, cité par Loubes.

Projet à la fois commercial, politique et artistique, Cannes réunit tous les enjeux majeurs de l'administration des Beaux-Arts. Voyant les studios hollywoodiens tourner le dos à l'Italie, laquelle amorce sa carrière de grande puissance cinématographique mondiale – la création de Cinecittà date de 1937 –, la France reconnaît qu'elle a fort à gagner dans la distribution des fims à succès venus des États-Unis. Le cinéma est devenu parlant, le cinéma est depuis quelques années en couleurs, les majors américaines enchaînent les superproductions, et très loin derrière, néanmoins en deuxième position, la France possède une industrie robuste, d'envergure internationale. Outre les intérêts financiers, les enjeux politiques des films en tant qu'outils de propagande sont de taille. La prééminence américaine au sein de l'industrie cinématographique à l'aube de la Seconde Guerre mondiale est aussi évidente qu'en matière d'aéronautique lors de la première. Déjà en 1920, dans son traité sur l'aviation, Georges déplorait que le pays ne sût pas mieux coopérer avec les Américains. Il travaille étroitement avec Harold Smith, qui représente en France l'association Motion Picture Producers and Distributors of America. Smith parle français, un français approximatif, bancal, mais toujours plus utile que l'anglais inexistant de Georges. Heureusement, Choute est là pour leur servir d'interprète. Choute élevée par une nurse anglaise; Choute et ses anglicismes à la Odette.

Le festival sur la *French Riviera* est une manière de sceller l'entente franco-américaine avec des galas de la plus haute élégance, des soirées fastueuses sur des plages sublimes surplombées de pins où les palaces rivalisent de splendeur. Le Grand Hôtel, avant même le Carlton, devient un des moteurs de la création du festival. La saison touristique s'achève à la fin de l'été; une manifestation cinématographique prisée des grands de ce monde, une immense *beach party* composée de stars et de personnalités politiques, serait un moyen de la prolonger utilement. Différentes villes avaient été envisagées pour servir de siège au futur Festival international du film, mais il fallait avant tout que le lieu plaise aux Américains. Et les hôteliers cannois, Henry Gendre en particulier, se révélèront des lobbyistes hors pair. Georges rapporte dans une note à son ministre, Jean Zay, en voyage aux États-Unis pour la New York World's

Fair de mai 1939 : « Cannes possède une installation hôtelière à peu près unique ; elle offre l'avantage précieux d'être une escale transatlantique et le festival qui s'y déroulerait serait assuré d'ores et déjà d'un public d'élite. » La réputation de la *French Riviera* n'était plus à faire. Elle avait de nombreux atouts, y compris d'un point de vue touristique, pour tenir tête à Venise.

« Nous savons gré au cinéma d'être devenu la plus importante des distractions offertes aux hommes soucieux et harassés de notre époque », écrit Jean Zay dans l'hebdomadaire *Marianne* qui annonce l'événement. « Nous savons qu'il constitue pour chaque pays un moyen de se faire mieux connaître, de se défendre par le spectacle de ses idées ou de son labeur. » Loin de la « propagande », concept qu'il abhorre, Zay voit dans le cinéma un outil de connaissance, que la France utilise abondamment à travers une série de courts métrages sur ses immenses découvertes scientifiques, son histoire culturelle, la puissance de son armée, et enfin à travers un documentaire au titre parlant : *La France est un empire*. Oui, la France est une superpuissance autant que le Royaume-Uni et ses colonies, autant que l'Amérique et ses westerns. La France est le pays d'Europe le mieux à même de combattre l'ennemi fasciste, dit en lettres lumineuses ce festival, reporté le 29 août 1939 pour cause de guerre mondiale, dans laquelle la France impériale ne se distingua ni pour la grandeur de ses armées, ni pour la fierté de ses sujets, ni pour la justesse de sa cause.

Si j'avais encore des doutes sur le rôle de Georges dans la création de l'événement, j'en tenais la preuve la plus irréfutable avec le règlement intérieur de ce tout premier festival qui n'eut pas lieu. Les noms de trois personnalités sont cités en préambule : Louis Lumière, président d'honneur; Jean Zay, président tout court; Georges Huisman, président du comité d'organisation. Ha ! On rigole moins maintenant, Erlanger ! La satisfaction que je ressentis en découvrant cette distribution m'apporta un réconfort aussi sincère que surprenant. Papa avait raison, même s'il racontait tout n'importe comment, dans un désordre incompréhensible, en confondant les dates, en mélangeant les priorités. Papa n'affabulait pas. Papa se souvenait de tout. La programmation, présentée par pays, est particulièrement impressionnante chez les alliés américains : neufs films – plus encore que la France qui, outre *La Loi du Nord*, avec Michèle Morgan, et un film de Julien Duvivier parmi ses moins célèbres, propose une majorité de films documentaires –, entendre « éducatifs ». Et puis je remarque en étudiant de plus près la liste complète des courts métrages obscurs un portrait filmé : *Memling, le peintre de la Vierge*. Georges avait publié une monographie du peintre flamand, auquel il était particulièrement attaché pour ce lien ténu avec ses origines belges. Il s'agissait d'un artiste « ardemment chrétien », à l'imagerie toute pieuse. Ses portraits de femmes, vierges ou madones, étaient presque interchangeables. Georges, dans son analyse de Memlinc, n'hésitait pas à émettre des réserves quant à son talent : un exécutant exemplaire qui n'avait pourtant rien inventé. Pas de couleurs extraordinaires, pas de mysticisme exaltant, pas de thèmes novateurs. Face aux génies de son temps – Van Eyck en particulier –, Memlinc, selon Georges, était un peintre profondément *compétent*. « La mesure, la gentillesse et une constante habileté de main, telles sont les qualités essentielles de Memlinc. » Comme Georges il a eu trois garçons, et j'y lis un étrange autoportrait en creux, prémonitoire aussi puisque Georges n'est pas encore père quand il publie cet ouvrage. J'y lis un personnage auquel Georges lui-même s'identifie. Georges, cette cheville ouvrière, qui n'a rien inventé.

Cet été 1939, durant les semaines qui précèdent le premier festival, Georges est dans sa maison de Bretagne, avec les siens, c'est-à-dire sa famille et ses camarades. Il y est photographié pour *Match*, qui consacre au hameau de L'Arcouest un reportage et rebaptise leur colonie « Fort-la-Science » ou « Sorbonne-Plage ». Sans doute Georges n'a-t-il que peu de temps à consacrer à ses fils, malgré l'air délassé qu'il prend dans une chaise longue, pantalon retroussé, les pieds nus surélevés, *feet up* comme on dit dans la langue qu'il ne parle pas pour évoquer la pose du repos. Ses dizaines de courriers quotidiens adressés à Philippe Erlanger, René Planchenault, René Huyghe, Jean Zay et d'autres encore témoignent d'une intense activité en ce dernier été avant la guerre. « Mon cher ami, écrit-il à Tony Ricou. Les choses me paraissent maintenant bien parties mais les divinités infernales nous laisseront-elles travailler en paix ? Veillez bien sur les comptes rendus de Venise pour que les films présentés là-bas ne reparaissent jamais à Cannes. Et tenez-moi au courant en l'absence d'Erlanger des vicissitudes du Festival. Je passerai, pour le budget, la journée de jeudi à Paris. » Ce ton collégial avec lequel il s'adresse à son collaborateur de plus de vingt ans son cadet m'évoque encore son affabilité, sa candeur. Georges méprise le protocole; il ne le respecte qu'à regret, par contrainte. La famille a investi le logement de fonction de la manufacture des Gobelins à Paris, mais dans ces Côtes-du-Nord, elle se contente d'un humble logis construit trois ans plus tôt par un ami architecte paysagiste amateur, avec ce jardin en espalier si rare pour la région où se chevauchent devant l'océan outremer pins, hortensias, rosiers et lauriers blancs. Ils sont ici chez eux, propriétaires d'un minuscule coin de terre ni touristique, ni chic, ni fastueux, ni vraiment confortable, mais simplement magnifique. Du temps où j'ai connu cette maison, la baignoire sabot n'avait pas changé, pas plus que le grand bac en ciment dans la cuisine qui tenait lieu d'évier. Il fallait pomper l'eau à la main. L'installation électrique était plus vétuste encore qu'à Valmondois. Papa avait fini par s'acheter une maison de l'autre côté de la baie, en face de celle de ma vieille mère, disait-il encore longtemps après sa mort pour décrire son emplacement géographique, parce que sa femme avait passé de nombreuses années à se plaindre que cette baraque n'était pas vivable; qu'il pleuve sans cesse, encore passons, mais se doucher tout l'été dans un bidet, il y avait des limites. Papa jugeait qu'un petit coup d'eau et une grande giclée d'eau de Cologne étaient bien suffisants. (Je me demande si papa était vraiment un cas isolé ou si éviter les douches était un phénomène commun à plus d'un Juif après l'Holocauste.) Mon père ne pouvait s'imaginer en villégiature nulle part ailleurs que sur ces côtes bretonnes. Il n'y avait que là qu'il était chez lui – vraiment chez lui, paisiblement chez lui. Plus encore qu'à Paris après tout, parce que son enfance, la vie d'avant la catastrophe, l'intime conviction de son identité, s'étaient cristallisées en cet été de 1939, loin de la capitale.

La famille est encore à L'Arcouest quand Georges part pour Cannes, début août. Avant son retour précipité, il a convaincu sa femme de s'installer avec les enfants à Rennes, où l'une de ses connaissances leur prête une somptueuse propriété. Les garçons pourront y poursuivre leur scolarité. Trois premiers de la classe, il va sans dire. L'aîné a dix-huit ans. Il a déjà passé son bac deux ans plus tôt – mention très bien, il va sans dire. Il prépare le concours de l'École polytechnique. Tous savent le latin et le grec. L'un a appris la trompette, l'autre le violon et le dernier le violoncelle, ainsi que le montrent les photos de *Match*. Apparemment ils pratiquent leur instrument même pendant les vacances d'été. Tous sont capables de réciter les plus longues tirades du *Cid*, un bon morceau des *Antiquités de Rome* de du Bellay, sans bégayer. Georges chérit ses enfants : sa plus grande fierté, dit-il, se croyant absolument sincère.

Georges emprunte la petite micheline de Paimpol à Guingamp, où Choute vient le chercher dans une voiture prêtée par le parc automobile du ministère. Choute, comme Marcelle, conduit, contrairement à lui. Ils transforment ce voyage des plus sérieux en une virée romantique, font escale dans un petit hôtel près du Mans, pour revoir la cathédrale, avant de monter à bord du Train bleu direction Cannes.

Choute vit l'épopée de Georges dans leur chambre du Grand Hôtel, premier palace de la Croisette, remarquable pour son éclectisme, son style rococo. Derrière un portail ouvragé, derrière une mini-savane de palmiers, deux étages au-dessus de l'impressionnant hall d'entrée, à gauche en sortant de l'ascenseur tapissé de velours vert bouteille, Choute sur son balcon admire cette imaginaire Notre-Dame de carton-pâte qui ne fut pas érigée sur la plage. À force d'être une toute jeune femme, elle fêtera bientôt ses trente ans. Nimbée de ce charisme qui signe la célébrité, elle n'a pourtant pas le physique du moment. Moins voluptueuse que les égéries de son époque, les lèvres moins ourlées, la peau trop diaphane pour supporter les couleurs dont elle se peinturlure les joues et les paupières, son élégance triomphe pourtant de ce genre légèrement putassier qu'elle se donne. Elle aimerait paraître plus à la page que ne le permettent sa silhouette filiforme et son visage opalin : au naturel, sa figure a quatre siècles de retard sur son temps. La mode est au drapé près du corps ; elle porte la fameuse robe sirène du grand couturier du style, le New-Yorkais Charles James, dans un velours violet profond, régalien. Choute ondule devant la Méditerranée. Georges a eu cinquante ans en mai. Sa maîtresse l'a couvert de cadeaux parfaitement excessifs, dont un étui à cigarettes Boucheron en or 18 carats, gravé de son chiffre. Mon amour adoré chérie mignonne, décidément, tu es insensée ! s'était-il écrié, admirant le damier jaune et rose sur l'une des faces, le bouton pressoir serti d'un rubis cabochon. Il l'avait embrassée fiévreusement pour dissumuler son embarras, attribuant la rougeur de ses tempes au désir qu'elle lui inspirait. Georges a peu de goût pour l'apparat, pour l'étalage de la richesse. Il avait refusé, jeune marié, qu'un ami de la famille de son épouse les invite à dîner à La Tour d'Argent. Mais le quotidien n'est qu'accoutumance. Même le luxe s'enseigne. Depuis qu'il est en poste rue de Valois, il a pris ses aises dans les salons aux tentures de soie du Grand Véfour, auquel il préfère la gastronomie de Lucas Carton, le monument Art déco face à l'église de la Madeleine. Il avait choisi M. Carton pour le banquet des souverains anglais. Lucas Carton était aussi le restaurant favori de mon père, si bien que je pouvais convoquer simultanément le bâtiment, la ferronnerie de la devanture, le goût de la salade de homard et du carré d'agneau, et le regard atterré de papa le soir où je l'avais rejoint à dix-sept ans, au bras d'un garçon de dix ans mon aîné, un comédien dont j'étais follement amoureuse, et qui, pour honorer ces présentations officielles, avait revêtu une chemise hawaïenne. Choute ne veut résolument pas d'enfant, ou elle s'en convainc pour son amant. Elle sait que lui demander un enfant se solderait par une rupture. Or elle veut bien d'un amour secret, pas d'un enfant caché. Les années 30 avaient vu l'introduction en masse des préservatifs en latex, une technique de fabrication brevetée outre-Manche. Mon père les appelait des *capotes anglaises*, une expression que je prenais pour une facétie.

Le 22 août 1939, au Palm Beach de la Pointe Croisette, le couvert est mis pour mille personnes à mille francs la place. La soirée sert de répétition générale à l'inauguration officielle du festival prévue une semaine plus tard : le Bal des petits lits blancs, un gala caritatif pour venir en aide aux jeunes tuberculeux. Les hommes ont enfilé leur costume blanc, leur nœud papillon noir, leurs mocassins vernis. Choute est resplendissante dans sa robe bustier saumon, rehaussée d'une cape vert émeraude, un taffetas de soie froissé dont la maison Schiaparelli avait l'exclusivité, une étoffe qui révélerait toutes ses qualités quand, après le tour de chant de Fernandel, après la langouste flambée à la tequila mexicaine, le caviar de la manufacture Prunier – Prunier, inventeur du bar à huîtres parisien ! s'écrie papa avenue Victor-Hugo –, un orage spectaculaire, un véritable déluge s'était abattu sur les convives. Choute avait alors tendu sa cape à bout de bras en auvent pour protéger Georges, le pauvre Charles Boyer et la misérable princesse de Maeterlinck, terrifiée et grelottante. Tous tentaient désespérément d'échapper à la foudre, la tête rentrée dans la poitrine et le dos courbé sous les torrents de pluie qui déferlaient sur eux. Les dégâts furent tels qu'il ne fallut pas moins de six jours à toute l'équipe de l'hôtel pour tout réparer. De moins superstitieux que Georges y avaient tout de même vu un mauvais présage. Le lendemain matin, le pacte germano-soviétique était signé. Les affiches de Jean-Gabriel Domergue qui avaient annoncé le festival par un dessin de Choute de dos dans sa robe rose orangé au bras d'un homme élégant à qui un binocle apportait une touche de sérieux disparurent en une journée sous l'ordre de mobilisation générale placardée à travers la ville : on ne voyait plus que deux étendards croisés.

Dès le lendemain, le 2 septembre 1939, serait rappelé sous les drapeaux tout Français mobilisable, « sous peine d'être puni avec toute la rigueur des lois ». Par un décret effectif immédiatement, le président de la République imposait la mobilisation de toutes les armées (terre, mer, air) et réquisitionnait animaux, voitures, moyens d'attelage, aéronefs, véhicules automobiles, navires, embarcations, engins de manutention, ou enfin tout ce qui pourrait suppléer à l'insuffisance des moyens ordinaires pour l'approvisionnement des armées.

Jean Zay prend-il alors conscience de la démesure des moyens employés pour ce qu'il appelait « un rassemblement pacifique », cet « îlot paisible de septembre » ? Il démissionne de ses fonctions ministérielles, sans y être contraint par la loi, pour « partager le sort de cette jeunesse française pour laquelle j'ai travaillé de mon mieux au gouvernement ». Il est engagé en qualité de sous-lieutenant, adjoint au colonel commandant le train de la 4e armée.

Le 19 juin 1940, il quittera son unité, avec l'aval de son supérieur, pour rejoindre Bordeaux où les parlementaires étaient convoqués, avant d'embarquer à bord du *Massilia*.

Pendant ces huit mois de « drôle de guerre », selon l'expression de l'ami Dorgelès, la direction des Beaux-Arts se replie dans les abris antiaériens du palais de Chaillot d'où Georges supervise les convois de chefs-d'œuvre tandis que plusieurs centaines de ses collaborateurs installent des bureaux temporaires au château de Chaumont. Sous un nouveau ministre de tutelle, il tente de poursuivre l'œuvre collective du Front populaire, celle qu'il s'est fait un devoir personnel d'accomplir : soutenir les artistes, défendre l'Art et l'Humanisme, dans cet entremêlement d'une esthétique et d'une morale. Un mois après le report du Festival de Cannes, une rumeur court selon laquelle le cinéma pourrait quitter le département des Beaux-Arts pour être rattaché à l'information. Si Georges a su tirer parti des enjeux politiques et commerciaux du septième art, c'est l'art qui lui importe. Le cinéma est un art jeune, neuf, mais bel et bien un art ! Le 9 octobre, il compose en hâte une note à son nouveau ministre. Il est hors de question de perdre le contrôle du cinéma, lui écrit-il. « Si, aujourd'hui, on enlevait à votre département ministériel le cinéma, demain, on en retrancherait tous les problèmes se rapportant aux bibliothèques et à la littérature sous prétexte qu'ils constituent des éléments importants d'information. » Plus que jamais en ces heures graves, ajoute-t-il, le ministère de l'Éducation nationale et des Beaux-Arts doit apparaître comme « le grand rassemblement des forces spirituelles du pays ». Il n'y avait vraiment qu'avec Jean Zay, avec Léon Blum, que Georges avait pu sentir une adéquation parfaite entre ses idéaux et son travail, qu'il avait pu se rendre utile – au sens d'une utilité publique, qui sert l'intérêt général. Deux ans plus tôt, devant l'Assemblée, Jean Zay avait dit du cinéma que le ministère qui lui était plus naturellement désigné ne pouvait être que le sien : c'est le seul, avait-il souligné, qui puisse « centraliser tout ce qui est la vie intellectuelle française, et le seul qui ait des contacts constants avec le monde des artistes ». Et l'homme en contact constant avec les artistes, c'était Georges. Georges qui s'était démené pour obtenir la nationalité française à Bruno Walter, avant son exil aux États-Unis. Lui qui avait voulu adoucir le sort des artistes mobilisés en créant « un cinéma aux armées ». Dans une lettre, l'acteur Jean-Louis Barrault, au service postal du chemin de fer que cite Béatrice Duval, lui crie sa reconnaissance. « Nous souffrons tellement de ne pouvoir nous voir, ne serait-ce que de temps en temps », écrit ce dernier au responsable des Beaux-Arts sur sa séparation avec Madeleine Renaud. Le commis de l'État, administrateur hors pair, ne fait pas semblant de s'apitoyer sur le sort des amants déchirés. Il croit sincèrement à cette sensibilité qui rend l'artiste plus vulnérable qu'un autre aux troubles de l'âme, aux débordements affectifs. Peut-être s'agit-il d'une vision romantique, sentimentaliste, tout ce qu'on voudra. Qu'importe. Moi aussi, sa petite-fille, je crois que la vie ne vaut d'être vécue qu'armée de fleurs bleues.

Il n'a jamais fait aussi froid en France qu'en cet hiver 39-40. En janvier, le chauffage de l'Opéra Garnier, en réfection depuis des lustres, au point que c'en était un sketch, digne d'une pièce de Courteline que Georges affectionne tant, cède pour de bon. Georges continue ses allers-retours à Valmondois où Choute lui sert de chauffeur. Il se rend à Rennes aussi souvent que possible. À Paris on se tient au chaud dans les salles de spectacle, à la Michodière où l'on rit de plus belle, au cinéma ; Prunier, le Grand Véfour, Lucas Carton ne désemplissent pas. On attend. Choute s'accoutume à vivre au fond d'une cellule de repli dans les entrailles de Chaillot. Et Choute prend des habitudes de femme aimée, plus sereine que leur relation ne l'a jamais permis. Georges se sent enfin libéré de l'angoisse obsessionnelle de sa jalousie maladive, cette angoisse presque aussi oppressante que l'étau qui se resserre aux frontières de la France. Enfin ils vivent ensemble. Il ne se préoccupe plus de savoir où elle passe ses nuits. Depuis deux ans déjà elle travaille pour lui. Il aime la savoir là, juste là. Ne bouge pas. Ne te secoue pas comme ça, ma chérie, tu sais que je ne pourrais pas me retenir. Chut, mon amour, ne crie pas si fort, pas si fort. Il plonge la langue au fond de sa gorge pour la faire taire, une main dans ses cheveux, ses mèches dorées par le vent, par le large. Regarde-moi. Je veux voir tes yeux. Ouvre-les, ouvre-les grands. Il a fini par trancher : ses yeux ont la couleur du lichen qui pousse sur l'écorce des arbres en forêt, qui prend vie sur les pierres humides des statues.

Le 10 mai, les forces du IIIe Reich percent Sedan. La ligne Maginot, « la ligne Charlot », écrit Albert Cohen, est franchie d'une enjambée confiante. Le Luxembourg, les Pays-Bas, la Belgique et la France sont envahis de concert.

C'est encore Erlanger qui décrit le mieux le départ vers Chaumont : « Le 8 juin, un vent de panique souffla sur la colline de Chaillot. L'illustre pianiste Alfred Cortot, d'une manière un peu surprenante qui allait s'expliquer bientôt, avait insisté pour recevoir un poste à l'administration des Beaux-Arts. »

Alfred Cortot et sa femme Suzanne étaient des intimes de Georges. Leur traîtrise serait d'autant plus cruelle qu'il les croyait des amis sincères. Papa citait souvent Cortot parmi les plus grandes déceptions humaines de son père, parmi ceux dont la bassesse et la sournoiserie l'avaient le plus accablé. Cortot, qui était indiscutablement un immense pianiste, avait enregistré l'ensemble des *Préludes* de Chopin, la musique des cours de danse, des ronds de jambe à la barre, des adages qu'enseignait maman, en tant que professeur de danse classique. Maman les passait en permanence, même en dehors des cours, et ce vieil enregistrement grésillant était, pour une raison inexpliquée, son préféré. Ainsi la musique d'Alfred Cortot avait été la bande originale de mon enfance dans l'appartement où je vivais avec maman, où papa passait tous les soirs avant de rentrer chez lui, rue Erlanger. Cortot avait conseillé à Georges de fuir Paris où restaient seulement les services qui avaient paru jusque-là pouvoir participer à l'effort de guerre. Mieux valait rejoindre les équipes repliées depuis septembre au château de Chaumont.

À ce moment-là, le gouverneur militaire de Paris ordonne le minage des ponts, ordre qui ne sera pas exécuté, faute d'explosifs en quantité suffisante. Georges aurait tant aimé voir le pont Alexandre-III enfin détruit ! Que la guerre ait au moins ça de bon.

« La soirée amène une détente », raconte Erlanger. Tous se retrouvent chez Prunier, où le directeur informe les derniers collaborateurs encore sur place que les nouvelles sont meilleures, que le gouvernement ne songe plus à quitter la capitale. On fête ça au champagne. On ne réfléchit que d'heure en heure ; au loin on ne voit que du brouillard. « Hélas ! le lendemain de bon matin, un coup de téléphone de Huisman m'enjoint de rallier Chaillot au plus vite. Nous partirons pour Chaumont au début de l'après-midi. »

Le pont de Chaumont-sur-Loire, fortement endommagé lors de l'offensive prussienne de 1870, avait été transformé en 1932 avec l'utilisation d'un nouveau procédé de béton armé. Il pouvait supporter jusqu'à 400 tonnes ; il aurait duré deux cents ans si l'armée française ne l'avait fait sauter en juin 1940, à défaut des abominables statues devant les Invalides.

Le 10 juin, Erlanger déjeune dans une auberge de campagne avec Huisman et les Cortot. Le vin de pays leur a rendu un semblant d'optimisme, lorsque le poste de radio posé sur la table leur apprend la déclaration de guerre de l'Italie. « Huisman fulmine et dit, je ne sais pas pourquoi, qu'il va réclamer un revolver. » Je ne sais pas non plus pourquoi, mais je sais que mon père possédait un revolver, ou un pistolet à barillet, autrement appelé colt. Ma mère racontait que ma sœur l'avait pointé sur moi un jour, perchée sur l'escabeau de la bibliothèque de papa, où elle l'avait trouvé au-dessus d'une étagère de livres. Il était chargé. Il était toujours chargé. Je ne garde aucun souvenir de cette anecdote, mais je garde en mémoire une autre scène : maman assise dans la cuisine de l'appartement de l'enfance, avenue de Friedland, et mon père pointant sur elle son arme, la menaçant. De quoi ? J'ai cherché sur internet à quoi pouvait ressembler cet objet. J'en ai trouvé de toutes tailles sur un site de chasse et pêche. Les munitions sont placées dans une chambre cylindrique tournante, d'où le nom *revolver*. Il est sans doute heureux que Georges n'ait pas possédé d'arme, vu ce que ses camarades de régiment racontaient au sujet de sa maladresse.

Dans un autre récit de l'exode, Schommer raconte qu'il s'arrête à Chaumont avant son installation à Chambord. Sur la route, il voit des soldats débandés, des camions militaires tanguer au milieu des civils dans un cortège qui roule au pas. « Huisman me reçut seul, dans l'ancienne chambre de la princesse de Broglie, dont il faisait son bureau et son séjour. Visiblement sa toilette, elle, n'était pas faite, et qu'importait ce détail ! »

La date précise de l'arrivée de Georges à Chaumont diffère selon les récits, mais il s'agit d'un jour du début du mois de juin, fleuri le long des berges de la Seine de coquelicots, d'iris sauvages. Le professeur d'histoire-géographie s'était lancé dans une exégèse des fleuves de France dans la voiture qui les menait, lui et Choute, au château. La belle lui avait pressé la main, avait cligné des yeux avec cette expression complice dont il était seul à connaître le sens. Je sais que tu sais tant de choses, lui murmuraient ses paupières lilas sous une épaisse frange rousse. Elle s'étati recoupé les cheveux. C'était plus simple pour les peigner. Il retrouvait derrière ses pommettes anguleuses le visage poupin de la jeune fille de la maison La Roche. Les clochers en ardoise de la cathédrale de Blois scintillaient avec l'éclat cristallin d'un carillon. Pauvre Rouvière, s'était désolé Georges. Il avait énormément soutenu le jeune architecte qui avait repris les travaux de l'étonnante basilique de la Trinité, tout en béton armé. Le sort avait voulu qu'il meure à peine le gros œuvre achevé, une dizaine de jours après la déclaration de guerre, à trente-ans. De loin, on aurait dit une usine plutôt qu'un lieu de culte. Les grèves du Front populaire lui revenaient en mémoire. Nous avons bien fait, dit Georges sans préambule. Si si, nous avons fait ce qu'il fallait.

Dans l'extraordinaire parc du château, les parterres de pivoines embaumaient l'air morbide. Choute, les mains sur les hanches, regardait le chauffeur descendre son énorme malle du coffre, à l'avant de la voiture. Il faudrait deux hommes forts pour la monter à l'autre bout du château, à travers un dédale de couloirs et une enfilade de pièces occupées par les employés du ministère. Chaumont avait été le premier château de la Loire à s'équiper du confort moderne, y compris l'eau courante et l'électricité. Georges pourrait, d'une pression du doigt sur un interrupteur, lire et écrire à toute heure. Le directeur et la duchesse s'installèrent dans la plus belle chambre, celle de la maîtresse des lieux, dans l'aile ouest, des fenêtres à chaque mur donnant sur la Loire, entre deux tours en encorbellement. La princesse avait vendu la plupart des meubles avant de quitter le château, à la criée, devant le pont-levis. L'État avait racheté quelques pièces, des meubles d'intérêt historique, des tableaux. Dont celui, face au lit, de saint Jérôme, le traducteur, une main posée sur son livre, l'autre levée en signe d'avertissement. Choute alla prendre un bain pour se décrasser du voyage dans la salle d'eau qui jouxtait sa chambre. Confort moderne si l'on veut. D'une modernité déjà hors d'âge. Des sanitaires au couvercle en bois travaillé, elle n'avait pas vu ça depuis son enfance à la Roche-Jagu.

Le tintamarre que font ces hordes de fonctionnaires est assourdissant. Cette foule follement affairée résonne entre les dalles de marbre et les parois de pierre. Dans le couloir qui longe l'aile de la princesse, les vitraux en losange jaune pâle et bleu ciel imitent les teintes alternées des iris sauvages le long de la route. Il avait fait un soleil radieux le jour du voyage. Depuis le temps s'est gâté, mais le bleu des vitraux ôte au ciel ses nuages.

Schommer arrive dans la chambre de la princesse à l'heure où le jour tombant dessine au sol deux longs trapèzes de lumière, le cadre de la fenêtre étiré en travers de la pièce. Georges, assis à son bureau face au flanc est du château, les yeux plissés derrière les volutes de fumée de sa cigarette, un début de barbe grise au menton, crie à Vergère de descendre de là, tandis qu'elle s'amuse d'une patte leste à bordéliser un peu plus sa pile de papiers en désordre. Parfaitement débraillé, il griffonne furieusement des notes illisibles. L'ombre portée des croisillons de la fenêtre, éclairés par la rousseur du quasi-crépuscule, signe son dos. Schommer tressaille en le trouvant de profil : au-dessus de lui, il voit la potence. « Ses nerfs à vif s'étaient trouvés de nouveau irrités par une petite démonstration aérienne en face de Chaumont. Il restait à l'état de transe, mais fort clairvoyant quant à la situation militaire : il la jugeait désespérée; mais très au fait de la conjoncture politique, il redoutait l'effondrement du régime auquel il était attaché et des institutions qu'il avait servies; plus que d'être enfoui sous leurs décombres il appréhendait, comme juif, de tomber aux mains des Allemands, les horreurs du camp de concentration. »

C'est un « homme de valeur, qui avait été courageux en quatorze » que décrit Schommer. Aussi s'étonne-t-il que Georges ait peur, qu'il ne s'en cache pas. Qu'il ne se montre pas plus pondéré, qu'il ne joue pas davantage les durs. Schommer s'étonne que cet ancien poilu – il ne savait sans doute pas qu'en réalité il avait été embusqué, ce qu'on appelait *embusqué*, j'entends me répéter papa – panique. Huisman, sur un ton messianique, proclamait la chute de Paris; il entendait déjà les chenilles des blindés sur les levées de la Loire : « Et alors, il faut f... le camp, mon vieux. Emportez ce que vous avez, la RAF vous fournira les transports... Oui, la RAF. C'est un ordre, Loc-Dieu n'est pas assez loin. Dites-le à Jaujard : il faudrait tout transporter en Afrique du Nord. Vous m'entendez, mon vieux Schommer, la RAF, la RAF! » Pourquoi ne pas avoir rejoint Londres, s'il savait déjà que la Royal Air Force était la seule issue?

Marcelle a conduit de Rennes à Chaumont la voiture familiale, une Citroën Traction Avant, avec les trois enfants. Ce 14 juin 1940, Paris vient d'être déclarée ville ouverte. Georges fuit précipitamment, laissant dernière lui des centaines de collaborateurs qui ne savent pas de quoi demain sera fait, dont notre fameux Erlanger. Ce dernier dresse le même portrait du directeur soudain terrifié, d'une brusquerie farouche, et décrit l'ambiance délétère dans ce château reculé où les fonctionnaires partagent depuis des mois une promiscuité aussi peu désirée qu'intranquille. « Je force la porte de Huisman qui boucle sa valise. Ce n'est pas l'homme auprès duquel je travaille depuis plusieurs années, c'est un étranger au regard vide qui me répond d'une voix éteinte : Eh bien, partez à pied. »

Erlanger n'en revient pas. Son directeur affable, si plein d'égards, le rabroue comme un malpropre. Il se tourne vers Cortot qui attend, une main sur le chambranle de la porte, l'œil vitreux, impassible et lointain. Erlanger comprend qu'il est laissé pour compte. Pour un peu on lui marcherait dessus pour déguerpir plus vite ! L'instant d'après les familles Huisman et Cortot montent en voiture, abandonnant à leur sort plusieurs centaines d'employés qui se précipitent devant l'ancien pont-levis en les huant.

Alfred Cortot, qui n'a pourtant plus la vigueur d'un jeune homme du haut de ses soixante-deux ans, donne un coup de main au directeur pour hisser la malle de la belle Choute dans le coffre. Georges manque de mots tendres pour son petit chéri ce jour-là. Mais enfin, vous le faites exprès ? Qu'est-ce que tous ces bagages inutiles ! J'avais dit l'essentiel. Dégagez-moi ce foutoir immédiatement. Marcelle convainc son plus jeune fils d'obtempérer. Cérémonieusement, avec la solennité d'une scène filmée au ralenti dans la mémoire, le garçon dépose à terre sa précieuse valise de Dinky Toys, ces soldats de plomb gardés sous son lit des mois durant, pensant que, s'il fallait fuir à la hâte, ce serait la seule chose à ne surtout pas oublier. Dans le bruit du moteur et des roues sur les graviers de l'allée, l'enfant voit la poussière recouvrir le cuir brun de sa malette de jouets, tandis que la révolte explose. « Contre qui ? Contre le gouvernement, contre les traîtres de la cinquième colonne, contre les lâches, surtout contre les juifs. Huisman est juif. Ce sont encore une fois tous les juifs qui viennent de fuir après avoir attiré le malheur : ces juifs qui occupaient tous les postes importants, particulièrement aux Beaux-Arts », accuse Erlanger.

Au lendemain de la Nuit de cristal, le gouvernement avait dû trouver à occuper le mandataire d'Hitler, Joachim von Ribbentrop, de passage à Paris pour la signature d'un accord qui se révélerait aussi fumeux que les autres. On avait jugé que les galeries du Louvre, bien éclairées, seraient un lieu propice pour assurer sa sécurité. Ainsi, raconte Pierre Schommer, le plénipotentiaire du Reich, précédé de vingt mille fantômes juifs, arriva dans un musée où il n'y avait pas un Aryen pour le recevoir : « Le ministre de l'Éducation nationale, Jean Zay, était juif. Le directeur de son cabinet, Marcel Abraham, était juif. Le directeur général des Beaux-Arts, Georges Huisman, était juif. Le directeur général honoraire, Paul Léon, était juif. Le président du Conseil des Musées nationaux l'était non moins... » À l'inverse, à Chaumont, en juin 1940, sur plus de quatre cents fonctionnaires, il restait deux juifs : Georges Huisman et Philippe Erlanger.

Cet exode de Chaumont n'est pas un tournant, c'est une rupture définitive avec le monde d'avant. Le garçon de onze ans, serré entre ses deux frères sur la banquette arrière, le sait déjà intuitivement. C'est à cet endroit que se fracture son destin, au milieu des odeurs de cigarettes de son père et du parfum Guerlain d'une duchesse, passant les doigts sur le pelage de Vergère que ses miaulements criards rendaient étrangement abrasif.

À Bordeaux, une maison leur est prêtée par l'ancien camarade chartiste, dont Georges fait profiter les Cortot, qu'il héberge avec sa famille. Marcelle pleure, crie, tempête. Trop c'est trop. Elle ne passera pas une minute de plus avec cette gourgandine, cette traînée – duchesse ou non ! Maquillée comme une voiture volée, putassière comme pas permis. Avec cette singularité de l'aristocratie qui consiste à s'autoriser la plus grande vulgarité, à se doter des surnoms les plus ridicules, à se sentir si irrévocablement au-dessus des convenances, au-dessus de l'inquiétude bourgeoise de paraître érudit, distingué ou comme il faut. Choute ressent pour la première fois en six ans – six ans de fusion, de crises, de réconciliations, de secrets, d'habitude, d'ennui, de doutes et de retours de flamme – la précarité de sa situation. Elle n'est rien pour Georges qu'il puisse prouver devant l'état civil, qu'il puisse expliquer à sa famille. Qu'imagine-t-il en l'emmenant à Bordeaux ? Que sa femme acceptera son concubinage ? Que les enfants s'accommoderont d'un père polygame ? Que Choute supportera d'être l'invitée de Marcelle ? Il est probable qu'il ne pense pas. Il a besoin de Choute auprès de lui. Il a besoin de sauver sa famille. Il est déjà suffisamment inquiet pour ses parents qu'il a laissés seuls à Paris. Choute lui a promis que son majordome irait les voir, leur apporter de quoi, tout ce qu'il leur faudra, tous les jours si nécessaire. De Chaillot il pouvait leur rendre visite à pied, en empruntant l'avenue Paul-Doumer, l'ancienne avenue de la Muette, renommée pour le premier anniversaire de l'assassinat du président. Qu'adviendra-t-il de sa vieille mère ? De son père, si sa mère venait à disparaître ?

Le 16 juin, en pleine débâcle, Paul Reynaud démissionne ; huit à dix millions de personnes ont fui en désordre sur les routes ; les services publics, les pompiers, la police, les écoles comme les hôpitaux sont dans un état de désorganisation totale, les approvisionnements en armes, vivres, médicaments, essence, bois, papier ne sont plus assurés ; à Bordeaux, des dizaines de milliers de réfugiés tentent de comprendre de quoi demain sera fait.

Marcelle exige que Choute débarrasse le plancher sur-le-champ, dans la nuit même, le 16 ou le 17, au milieu d'un capharnaüm insensé. Aucun d'eux n'a encore jamais vécu une chose pareille. Ils ont traversé la guerre de 14, ils ont entendu de la bouche de leurs parents d'innombrables récits sur l'invasion prussienne. Mais là, là, c'est encore autre chose. Ils sont juifs. Tous les hôtels de la ville sont pleins à craquer. Impossible de trouver la moindre chambre. Impossible d'appeler qui que ce soit en pleine nuit. Georges, ravagé par l'angoisse, est contraint d'écouter sa femme. Il prend Choute par le bras, elle son chat dans les siens. Emportés au milieu d'une bousculade étourdissante, parant au plus pressé, Georges cherche à s'éloigner au plus vite de la cohue, à mettre Choute en sûreté. Il pense à l'ensemble d'habitations que Le Corbusier et Jeanneret avaient construit en périphérie de Bordeaux – l'utopie urbaine de Frugès.

Georges avait signé un article pour le journal *La Lumière* louant les qualités esthétiques et le potentiel démocratique des Quartiers Modernes Frugès, l'année de leur inauguration, treize ans plus tôt. Les bâtiments avaient été conçus comme une œuvre d'art à part entière, tout en polychromie, des formes dépareillées en six modèles différents à partir d'un module standard, tout en proposant des logements ouvriers fonctionnels. L'une des habitations avait subi un dégât des eaux quelques années auparavant, Georges s'était alors chargé de trouver le budget pour sa rénovation. Corbu et lui, qui avaient été en froid après l'histoire du musée d'Art moderne – Corbu était célèbre pour son mauvais caractère, non, Corbu était connu pour être un énorme connard –, avaient su passer outre, leur admiration mutuelle et leur goût commun pour le cinéma, Eisenstein en particulier, les avaient réconciliés. La maison de type Quinconce était restée vide pour servir de maison témoin à des fins éducatives. Le mobilier, dessiné par les architectes eux-mêmes, harmonieusement accordé aux angles des murs, aux couleurs des surfaces extérieures comme intérieures, donnait l'impression de pénétrer un tableau en trois dimensions dont la perspective fuyante aurait trouvé à se matérialiser dans l'espace. Choute, affalée dans ce fauteuil en toile inspiré d'Eileen Gray, semble avoir enjambé le cadre de son portrait au Louvre pour se retrouver là, incarnation tangible d'une Vierge de Memlinc dans un décor moderniste. Georges se retient de tomber en s'adossant à un mur – cette douleur dans la poitrine, cette douleur. Ils ont beaucoup marché. Près de deux heures à pied, au milieu d'une foule titubante. Choute, mon amour, je t'en supplie ! Georges soudain sanglote, s'effondre à terre, les genoux repliés contre sa poitrine, roulé en boule sur lui-même. Elle l'avait déjà vu la larme à l'œil à l'Opéra, devant *La Traviata*, ou au concert en écoutant cette *Septième* de Beethov qui pour lui dépasse les plus sublimes créations humaines, mais jamais pleurer comme ça, à chaudes larmes, comme un enfant. Le visage enfoui dans ses bras croisés, il hoquette de détresse. Mon amour, je t'en supplie, je t'en supplie. Là, là, dit-elle en lui caressant les cheveux. Je t'en conjure, Choute, ne m'abandonne pas.

Le 18 juin, à 14 heures, le président de la Chambre convoque deux députés pour leur annoncer que le gouvernement s'achemine vers un départ pour l'Afrique du Nord.

Le président de la République, les présidents des deux Chambres, tous ceux qui représentent le pouvoir exécutif ont le devoir de se soustraire à l'ennemi. La majorité est acquise. « L'accord est total, il n'appelle aucune réserve de la part du chef du Gouvernement. » Seul Pétain et trois ministres resteront à Bordeaux pour attendre les Allemands. Dans la nuit du 18 au 19 juin, Bordeaux est bombardée. Il faut de toute urgence constituer un gouvernement en Afrique du Nord, au cas où l'Allemagne ferait prisonnier le président français, au cas où les conditions de l'armistice, qui n'est toujours pas signé, seraient encore moins favorables à la France. Le 20, l'amiral Darlan rédige la note suivante : « Le Gouvernement, d'accord avec les présidents des Chambres, a décidé, hier 19 juin, que les Parlementaires embarqueraient sur le *Massilia* aujourd'hui 20. La rivière ayant été minée à Pauillac, le *Massilia* n'a pu remonter à Bordeaux comme prévu, et est resté au Verdon. C'est donc au Verdon que doivent se rendre les Parlementaires par des voitures que le gouvernement devra leur procurer. » Le Verdon étant à 100 kilomètres de Bordeaux, un car et deux camions sont mis à la disposition des partants. À Bordeaux la désorganisation est telle que peu de parlementaires ont été contactés. Seuls vingt-sept députés prennent place dans le car le 20 juin à 17 heures. Georges et les siens montent docilement à bord ; Georges, pauvre dragon pourfendu.

Choute, dans sa maison moderniste, avec son chat et sa malle, est l'héroïne d'un film qu'Eisenstein n'a pas tourné. Choute exilée de sa rue Jacob, de sa loge de Chaillot, de la chambre de la princesse de Broglie au château de Chaumont. La silhouette de Choute à contre-jour devant une fenêtre horizontale, ses cheveux blonds scintillant sous la lumière artificielle. Il lui a dit qu'il reviendrait la chercher, ou qu'elle viendrait le rejoindre à Alger, enfin qu'ils trouveraient une solution sur place. Qui abandonne qui, au juste ? lui avait-elle demandé une fois passé sa crise de larmes. Georges, tu es malhonnête, c'est à toi-même que tu mens. Il n'appartient qu'à toi de divorcer. Nous pourrions nous marier, tu porterais mon nom s'il le fallait, je te cacherais ! J'adopterais tes enfants si les lois antisémites arrivaient jusqu'en France. Et Marcelle, alors, n'ose pas rétorquer Georges. Et comment croire cette femme si fantasque, cette enfant gâtée qui à trente ans est encore une gosse ! Mon amour, ma Choute, ma chérie, mon ange adoré. Je t'en supplie. Attends à Bordeaux que la situation se stabilise, et je reviendrai te chercher. Je vais trouver une solution. Je vais demander à Barthe de s'occuper de toi. Barthe est un homme de confiance. Barthe a un domaine viticole en Gironde, il te protégera. Mon amour je t'en supplie, à genoux, les mains jointes, je te jure sur tout ce que j'ai de plus précieux sur cette terre, sur la tête de mes enfants, de mes parents, nous trouverons une solution. Sois patiente. Mon amour, je t'en supplie. Allez, viens. Viens. Lui fait-il un enfant cette nuit-là à Bordeaux, à la veille de son inimaginable débâcle ?

Édouard Barthe, député de l'Hérault, questeur à la Chambre des députés, est chargé d'organiser le passage. Lui-même a humblement demandé à ne pas quitter la France pour rester au chevet de sa femme souffrante, et de ses vignes. Il livre un rare témoignage dans un pamphlet publié en 1945, intitulé *La ténébreuse affaire du « Massilia »*, où il clame son indignation face à la fourberie du maréchal Pétain, à son cynisme, et à la perversion de son gouvernement. « Lorsque le car emportant les victimes du *Massilia* eut démarré, j'appris, écrit-il, par la lecture d'une affiche placardée dans les couloirs, qu'une réunion des députés restés à Bordeaux aurait lieu à 18 heures à la mairie. »

Parmi les parlementaires qui embarquent à bord du *Massilia*, la plupart sont de gauche et violemment opposés à un armistice qui renierait l'alliance avec l'Angleterre. Stratégiquement, l'idée du départ en Afrique du Nord se justifie par le fait que l'armée allemande n'a aucune expérience de débarquement. Vraisemblablement, elle n'aurait pas pu la conquérir, même confrontée à une force moindre. La France aurait aussi le soutien des flottes alliées, et évidemment des troupes coloniales. Parmi les restants, le plus véhément partisan d'un accord avec l'Allemagne à n'importe quel prix s'appelle Pierre Laval.

Barthe rejoint Laval à 21 h 30 au restaurant du Faisan-Doré, pour assister à un rendez-vous fixé avec Pétain à 22 heures. Barthe est allé chercher Choute à Fargès pour la ramener en centre-ville, dans un hôtel cossu où la réceptionniste fait semblant de ne pas remarquer qu'elle tient dans les bras un chat qui miaule à l'agonie. De là, il la conduira chez lui, dans son domaine. Reçus par le Maréchal dans son bureau de travail, Laval et Barthe trouvent Pétain accompagné de l'abbé Poliman, en costume de commandant d'infanterie. Ce dernier arrive du front, où il a assisté avec effarement à la débandade des troupes. Le Maréchal, lui semble très dispo, serein. Laval s'insurge contre l'idée de quitter Bordeaux. Ne vous tracassez pas, l'interrompt le

Maréchal. Il a justement fait retarder le départ du président de la République.

L'armistice signé le 22 juin à Rethondes entérine une France occupée aux trois cinquièmes par les armées allemandes, sur un territoire découpé en de multiples zones dont une dite « libre » ou non occupée, installée à Vichy, sous l'égide du maréchal Pétain. Laval devient vice-président du Conseil le 23 juin. Le 10 juillet 1940, Laval fait voter au Parlement les pleins pouvoirs au maréchal Pétain, en vue de préparer une nouvelle Constitution : 596 voix contre 80. Léon Blum est parmi la minorité d'opposants. « Cette Constitution devra garantir les droits du Travail, de la Famille et de la Patrie. » Un coup d'État.

Le *Massilia* compte cinq cent six passagers, dont environ deux cents familles juives qui ont fui l'arrivée des Allemands. Les civils n'y font pas particulièrement bon ménage avec les parlementaires, perçus comme la cause du désastre. Cette hostilité est le cadet de leurs soucis. Ce majestueux bâtiment de 176 mètres de long – la largeur de la Seine sous le pont Neuf – avec trois hautes cheminées représente, en juin 1940, pour tous ceux qui s'opposent à l'armistice, le dernier espoir. Dans *Liberté, liberté chérie*, Pierre Mendès France écrit : « Cette traversée du *Massilia* qui devait me mener en prison et devant les tribunaux me paraît sur le moment une chance providentielle et inespérée. »

Alors que les passagers commencent à embarquer, sur le quai, une femme hystérique, échevelée, hurlante, attrape Marcelle par la manche devant ses enfants effarés : Ne montez pas ! Ce bateau est un piège. Ne montez pas madame !

Faites demi-tour, il est encore temps ! Bonne maman retient dans ses mémoires la même scène. Mendès France raconte lui aussi avoir vu et entendu cette pythie. C'est à cet instant qu'ils retrouvent dans la foule les Perrin. Ils ignoraient qu'ils étaient également à Bordeaux. Qu'eux aussi partaient pour Alger.

S'installent à bord du *Massilia* de nombreuses relations de Georges, toutes en famille : le compositeur de musique Jacques Ibert, directeur de l'Académie de France à Rome ; Jean Perrin, donc, camarade de L'Arcouest, collègue au sein du gouvernement Blum ; Julien Cain, administrateur général de la Bibliothèque nationale ; la célèbre actrice Béatrice Bretty, sociétaire de la Comédie-Française, compagne de Georges Mandel ; une sculptrice, une artiste peintre. Et une couturière, un copiste à l'agence Havas, un vétérinaire, un lieutenant de spahis, plusieurs avocats à la cour, une aviatrice, un employé des PTT, un étalagiste, une femme de ménage, et une élève assistante sociale de dix-neuf ans, qui deviendra, trente ans plus tard, la deuxième femme de Pierre Mendès France. Le registre recense aussi : Georges Huisman, directeur des Beaux-Arts, Marcelle Huisman, écrivain, et les enfants Huisman, dont un écolier.

Le *Massilia* lève l'ancre le 21 juin 1940 à 13 h 30. Le début de la traversée est risqué : une fois franchies les passes de la Gironde, il faut rester au ras de la côte pour éviter les champs de mines. Quelques-unes éclatent au large, et le *Massilia* croise, à quelques encablures, un gros cargo incendié. Heureusement la météo est clémente. Ceux qui y tiennent un journal de bord notent que l'heure des repas – excellents ! – ne manque pas de charme. Les femmes arborent de nouvelles toilettes et, l'après-midi, s'étendent sur les rocking-chairs du pont-promenade au milieu de papotages mondains. Des groupes de parlementaires se forment où l'on discute avec animation comme dans les couloirs du Palais-Bourbon.

L'équipée du *Massilia*, après un départ chaotique, se transforme donc en une croisière plutôt tranquille. Les plus éminents passagers, Georges Mandel et notre Georges, obtiennent du commandant l'autorisation de monter sur la passerelle du navire, c'est-à-dire le compartiment où s'effectue la navigation. Georges n'y connaît rien mais, pour cet ancien de 14, le commandement a quelque chose de familier. Les jeunes enfants se plaisent beaucoup à jouer ensemble. Les mères les surveillent d'un œil distrait, entre deux mondanités. Le fumoir est la salle privilégiée des discussions politiques, et c'est précisément là que, dans la nuit du 22 au 23, la radio diffuse la nouvelle de l'armistice. Branle-bas de combat. L'arrivée de Pierre Laval au gouvernement convainc les parlementaires qu'il s'agit d'un coup monté. Le paquebot change de cap pour atteindre au plus vite les côtes nord-africaines, d'où Casablanca.

Mandel dicte un télégramme au commandant en chef des forces d'Afrique du Nord pour le prévenir de l'arrivée de vingt-sept parlementaires « partis sur instruction du gouvernement », et le prie de prendre « immédiatement dispositions pour transport éventuel Rabat cent vingt personnes avec bagages ». De Rabat, capitale administrative, il y a peut-être encore une chance de rattraper la situation. Le *Massilia* accoste le 24 juin, à 7 h 45, au môle du commerce de Casablanca, par une aube brumeuse d'un ocre orangé sur une mer impassible.

À 11 h 15, c'est au ministre délégué, secrétaire général à la Résidence générale du Maroc, qu'il revient d'expliquer aux parlementaires restés à bord les conditions de l'armistice. Accablement général. Ce qui ne les empêche cependant pas de déjeuner. Il n'y a plus qu'eux sur le navire. Certains partent faire des emplettes en ville – Mandel se serait renseigné auprès d'une chemiserie nommée Le Carnaval de Venise pour se commander toute une panoplie de vêtements ; il était célèbre pour sa coquetterie – avant de regagner leur cabine. Le 25, il rend visite au consul anglais à Casablanca. Churchill envoie deux émissaires pour le ramener en Angleterre. Le soir même, le bateau quitte la rade, Mandel est fait prisonnier à bord. Échec ; départ des Britanniques. Le 27, les parlementaires débarquent enfin.

Une foule hargneuse, chauffée à blanc par la presse qui accuse les passagers de n'être que des fuyards, les alpague, les lapide – les journaux satiriques rebaptisent le *Massilia* « Trouillacity », la « Massiliade ». La scène est d'une violence inouïe. À peine descendus sur le quai, ils sont consignés pour leur sécurité dans un grand hôtel de Casablanca par le résident général. Suite de contre-ordres de Bordeaux, de Vichy. À partir de là, le destin de ces parlementaires ne croisera plus celui de Georges. Ceux qui étaient considérés comme mobilisés en tant qu'officiers, dont Pierre Mendès France et Jean Zay, sont arrêtés le 31 août 1940 à Casablanca, rapatriés en métropole, traduits devant le tribunal militaire de Clermont-Ferrand pour « désertion devant l'ennemi », et condamnés le 4 octobre 1940 à des peines de prison et à dix ans de privation des droits civils. Georges Mandel, en pleine mer le jour de la signature de l'armistice sur ordre de son gouvernement, est néanmoins accusé d'être responsable de la défaite du pays et jugé au procès de Riom, en 1942, avec Léon Blum. La décision de ce jugement inique sera annulée en 1946. À cette date, Mandel aura déjà été assassiné par la milice française.

L'idée d'un malentendu ne quitte jamais tout à fait ces familles. Rentrer au plus tôt et demander des explications, que justice soit faite. Georges s'entête à réclamer les ordres au gouvernement dont il dépend. Le résident général, très mal à l'aise face à cette situation, tente de leur trouver des divertissements, que leur séjour soit au moins agréable. Personne n'a l'intention de faire du tourisme, ni même de se distraire. Hormis les enfants qui inventent des nouveaux jeux inspirés de ce décor exotique, qu'ils ne connaissaient qu'à travers les illustrations des contes d'Orient qu'on leur avait permis de lire. Ils découvrent des fruits auxquels ils n'avaient encore jamais goûté qu'en songe – des goyaves, des kumquats. Le petit dernier des Huisman et la petite Mandel sont devenus inséparables. On ne les trouve plus jamais l'un sans l'autre. Le soir ils se glissent des mots doux sous la porte de leur chambre de part et d'autre du couloir. La famille a plus de bagages que de raison, remplis de choses parfaitement inutiles dans ces circonstances. Il leur faudrait de l'argent liquide, ils n'en ont pas assez, certains que leurs comptes bancaires les suivraient en Afrique. Georges écrit à Pétain. Écrit à Laval. Lettres mortes.

De Casablanca, Georges et sa famille partent pour Alger, malgré les pleurs de leur petit garçon éperdu d'amour pour sa nouvelle camarade. Leurs adieux dans le hall de l'hôtel sous les regards de leurs parents préoccupés par les affaires d'État auraient été déchirants en de moins sombres circonstances. Cette ravissante petite fille de onze ans dans sa robe fleurie à col Claudine, à manches ballon resserrées d'un ruban, n'est pas près d'imaginer à cet instant l'avenir de son gentil papa. Georges et Marcelle oublient momentanément l'épisode de Bordeaux. La situation est autrement critique, il n'est plus l'heure de se chamailler. Georges écrit à Choute chez Barthe : il revient en France le plus vite possible. Qu'elle ne bouge pas de Bordeaux surtout; il arrive. C'est-à-dire qu'il arrive à Alger, sans doute le seul moyen de regagner la France, via Marseille; c'est-à-dire, après avoir traversé plus de 1 200 kilomètres de l'empire colonial nord-africain, en s'arrêtant dans toutes les gares, avant de retraverser la Méditerranée.

Dans la version hollywoodienne de notre histoire, Choute aurait retrouvé Georges à Casablanca.

À Alger, la famille échoue dans un petit hôtel miteux mais tant pis : le principal c'est d'avoir un endroit où poser sa tête. Georges connaît un monde fou, des personnes qu'il avait côtoyées ou soutenues quand il était en poste, qu'il croise à chaque coin de rue. L'une d'elles, un producteur de cinéma, ami d'Harold Smith, lui offre un petit poste de radio, pour écouter la BBC; une autre, un peintre marié à une Algéroise, les installe dans le bel appartement d'amis anglais absents, sur les collines au-dessus du quartier de Telemly, au bout de la rue Saint-Saëns. Les Perrin, et les plus privilégiés parmi leurs camarades d'infortune, sont logés à l'hôtel Aletti, bijou de l'architecture Art déco, avec un cinéma, un casino. Une impression d'irréalité domine ce séjour. L'appartement somptueux offre une vue imprenable sur la ville blanche et le bassin bleu cobalt qui les sépare de l'Europe, se souvient mon père dans le récit de ses adresses successives.

Georges n'a pas à attendre les lois raciales pour commencer à mesurer le revers du destin qui s'annonce. Tandis que les gros titres des quotidiens accusent les parlementaires de désertion, le 12 juillet 1940 paraît au *Journal officiel* la loi « relative à la composition des cabinets ministériels » : « Ne peuvent appartenir à un cabinet ministériel que les personnes nées de parents français. » Ce n'est pas son cas. Hartog est naturalisé. Il parle à peine français. Le 17 juillet, une nouvelle loi limite également l'accès aux emplois publics « aux seuls fils de Français ». Le 22 juillet, une commission est chargée de réviser les naturalisations. Une première étape dans la politique de Vichy, qui se chargera de débarrasser la France de la peste des *étrangers de race juive*.

Le directeur des Beaux-Arts, Georges Huisman, est remplacé. Cortot avait été le premier à traiter son ancien et prétendu cher ami de « fuyard », et à briguer sa place, raconte Landowski : « 14 juillet 1940. Lettre de Cortot. Il signe "directeur général". Donc le fait est exact : Huisman a disparu de la scène. » Cortot rate son coup, mais il a le mérite de ne pas avoir perdu de temps pour révéler sa perfidie.

Le 23 juillet 1940, le *Journal officiel* annonce que « tout Français qui a quitté le territoire français métropolitain entre le 10 mai et le 30 juin 1940 sera déchu de cette nationalité... Cette mesure prendra effet à partir du jour fixé par le décret et pourra être étendue à la femme et aux enfants qui ont suivi l'Intéressé ». Les biens des intéressés seront placés sous séquestre et liquidés. Georges a mis à l'abri sa collection personnelle d'œuvres d'art avec les trésors des collections nationales. Ainsi que le contenu des ateliers de Fernand Léger et de Georges Braque, qu'il était allé voir personnellement pour les convaincre de protéger leurs travaux.

La loi vise en priorité les Juifs fortunés, les Rothschild, entre autres, qui ont émigré aux États-Unis. Georges ne comprend pas en quoi cela le concerne. Il est parti muni d'un ordre de mission tout à fait réglementaire ; il est dans la légalité absolue. Le gouvernement de Vichy dément avoir jamais donné cet ordre. Pétain s'en lave les mains. Laval s'en félicite. Georges est un déserteur. Sa famille n'est plus française. Lui n'est plus rien.

Trois semaines après avoir embarqué à bord du *Massilia* au port du Verdon, Georges se retrouve ainsi :

- limogé de sa fonction de directeur des Beaux-Arts par une première loi ;
- interdit de toute fonction publique par une deuxième ;
- déchu de sa nationalité française par la dernière.

Il est révoqué sans pension. Il n'est pas question de lui verser les émoluments qui lui sont dus. Il est banni sans autre forme de procès. Tout ça lui paraît une vaste blague. Une mascarade. Un incompréhensible malentendu. Malgré la somme d'injures racistes dont il a souffert tout au long de sa vie, il n'imaginait pas que la haine antisémite puisse l'atteindre et l'accabler à ce point.

La famille Huisman rentre en métropole à bord du *Florida*, le 31 août 1940. La première chose que fait Georges est de se précipiter à Vichy pour tirer cette affaire au clair. Évidemment ils auraient pu rester à Alger, y vivre à peu près tranquillement, confortablement – ils y ont des amis ; Georges aurait trouvé des moyens de travailler ; Choute serait venue le rejoindre en attendant le débarquement des Alliés. Ils auraient pu partir comme d'autres au Portugal puis au Brésil ; aux États-Unis avec les Perrin et Fernand Léger ; en Angleterre. Ils avaient encore le choix. Il aurait pu en être autrement. Mais ils auraient pu, aussi, tous mourir gazés à Auschwitz.

Quelle part de politique entre dans cette décision ? Quelle part d'affect ? Les parents de Georges sont vieux, ils n'ont vécu que pour ce fils unique qui les a comblés de bienfaits, de fierté. Peut-il en conscience, faire le choix de ne pas les revoir tout le temps que durera la guerre ? Prendre le risque qu'ils meurent loin de lui ? Et Choute ?

En octobre 1940 paraît au *Journal officiel* la loi portant sur le statut des Juifs, leur interdisant l'accès à l'enseignement et à la presse, entre autres professions. La préfecture de police entame le recensement des Juifs, français comme étrangers. Elle est immédiatement suivie par la loi autorisant et organisant l'internement immédiat des étrangers de race juive ; l'obligation de faire tamponner sa carte d'identité de la mention « Juif » ; la création du Commissariat général aux questions juives (CGQJ), chargé d'appliquer les mesures discriminatoires en vigueur ; la loi interdisant la circulation des marchandises ou des capitaux dans les entreprises juives ; l'interdiction d'accès à la propriété foncière ; l'obligation d'inscrire toute association caritative (maisons de l'enfance, asiles de vieillards) à l'Union générale des israélites de France, l'UGIF, supervisée par le CGQJ ; l'interdiction des lieux publics aux Juifs ; le port de l'étoile jaune obligatoire ; un couvre-feu pour les Juifs en zone occupée ; l'accès restreint – une heure par jour – aux commerces de nourriture pour les Juifs ; l'interdiction d'exercer des professions artistiques ; l'interdiction de téléphoner.

Tout manquement est passible de prison. Bien que les Juifs français, les anciens combattants en particulier, les Juifs dits assimilés, le portrait même de Georges, n'aient pas été immédiatement visés par les rafles, aucun Juif en France ne peut se croire à l'abri. Nul ne peut s'imaginer « protégé ». Néanmoins, la prise de conscience s'accompagne d'incrédulité. Ce n'est simplement pas pensable.

Parmi les accusés du procès de Riom, devant un jury d'une mauvaise foi ahurissante, Léon Blum et Georges Mandel sont jugés pour avoir causé la défaite de la France en juin 1940 : l'esprit de jouissance du Front populaire ! Les concessions sociales extravagantes qui ont empêché l'effort de guerre ! La décadence morale de toute cette liesse, ces fêtes, ces concerts, ces visites au musée, ces festivals, ces vacances ! Voilà, ils avaient tout gagné, ils avaient perdu la guerre.

Blum, quelques mois avant son élection six ans plus tôt, avait été lynché en pleine rue par un groupe de fanatiques d'extrême droite. Charles Maurras, antisémite notoire, fondateur de *L'Action française*, avait traité ce « Juif allemand naturalisé, ou fils de naturalisé », de « monstre », de « détritus humain », avant de conclure : « C'est un homme à fusiller, mais dans le dos. » Maurras avait été condamné à huit mois de réclusion pour « provocation au meurtre ». Ses défenseurs s'étaient réunis devant le Vélodrome d'Hiver pour célébrer sa sortie de prison.

À l'heure où j'écris, quatre-vingts ans après la rafle du Vél' d'Hiv, les chercheurs continuent de découvrir des lettres de victimes, des traces tangibles des atrocités subies par des dizaines de milliers de personnes dont on s'échine à rappeler qu'elles étaient *innocentes*, comme si une quelconque responsabilité ou culpabilité pouvait justifier un tel meurtre de masse. Le Vélodrome d'Hiver fut détruit en 1959. Le stade avait été construit pour accueillir de grands événements sportifs, rue Nélaton (médecin précurseur de la chirurgie plastique), dans le quinzième arrondissement de Paris, entre le pont de Bir-Hakeim et l'île aux Cygnes, en contrebas de la tour Eiffel. Autrement appelé le « temple des sports du boulevard de Grenelle », c'est là qu'avaient été présentées les compétitions cyclistes de l'entre-deux-guerres, puis, sous l'égide d'un promoteur américain, des matchs de basket, de boxe, de tennis, et enfin les compétitions internationales de patinage artistique. C'est là, sur le trottoir en face du Jardin mémorial des enfants du Vél' d'Hiv, que José s'arrêtait pour nous acheter un goûter à la boulangerie, devenue depuis un restaurant japonais, en nous ramenant de l'école, suivant les ordres de papa. Je ne voulais pas goûter. J'étais chiante. J'étais une enfant gâtée que l'absence de sa mère rendait inconsolable. Je ne savais pas alors que précisément à cet endroit, tant d'enfants avaient été séparés de la leur à jamais.

Dans la salle éclairée par une immense verrière zénithale, il y avait en tout cinq toilettes. Soit un à partager entre plus de 2500 « détritus humains ». Ceux qui ont pénétré dans le vélodrome en juillet 1942 – des assistantes sociales, quelques miraculés – évoquent d'abord la puanteur asphyxiante. Après-guerre, le lieu avait retrouvé sa vocation première pendant une quinzaine d'années, avant d'être rasé. L'odeur n'avait peut-être pas entièrement disparu. Sur les décombres du bâtiment, le gouvernement français a par la suite choisi d'installer des services du ministère de l'Intérieur. Des employés de la fonction publique ont travaillé dans ces bureaux jusqu'en 2011. Les pierres font d'étranges témoins – si muettes soient-elles.

La défense de Léon Blum au procès de Riom stupéfie par son éloquence et sa sincérité. Il récuse catégoriquement les accusations qui lui sont faites. Rien ne justifie la rancune et les dissensions qui l'accablent : « Je vois que j'ai préparé les esprits en France à cette conception de l'unité française qui aurait pu, qui aurait dû être aussi belle qu'elle l'a été dans les premiers mois de la guerre de 1914. » L'esprit du socialisme d'avant-guerre tient dans ces paroles prononcées par le leader du Front populaire devant ses juges. C'est dans cette lignée que s'inscrivait Georges. Après-guerre, cette *unité française*, cet idéal des vétérans de la IIIe République, serait anachronique.

Georges et les siens, démunis, sont hébergés à Marseille par Dorgelès, lui-même marié à une Israélite, raconte bonne maman. Puis Georges rencontre le brave Gaston Castel par hasard sur le Vieux-Port, où il traîne à la recherche d'un emploi et d'âmes moins ingrates, moins vérolées que les Cortot et consorts. Castel est architecte en chef des Bouches-du-Rhône; Georges l'avait aidé à financer de nombreux projets, il lui avait rendu de précieux services. Il est parmi les rares personnes à avoir l'honnêteté et le courage de s'en souvenir. Il leur dégote un appartement modeste mais vivable au 5 impasse Croix-de-Régnier, en face de sa maison, au 2. Marcelle meuble leur trois-pièces avec ce qu'elle ramasse au dépôt de la Croix-Rouge. (Par la suite et tout au long de sa longue vie, ma grand-mère soutiendrait la Croix-Rouge et le Secours populaire français, entre autres œuvres caritatives auxquelles elle consacrait une partie non négligeable de son budget. Mon père n'en parlait jamais, sans doute parce qu'il s'agissait d'une telle évidence qu'elle allait sans dire.) Les garçons partagent une chambre. *Ces Castel nous ont fait des tas de bonnes manières*, se souvient papa sur son lit de moribond, reprenant cette expression méridionale que je ne l'ai encore jamais entendu utiliser. Je suis surprise de la retrouver à l'identique dans les mémoires de bonne maman. La précision du souvenir. En quelques semaines, Fernand Léger s'embarque pour l'Amérique. Ainsi que les Perrin. Varian Fry, journaliste new-yorkais, diplômé de lettres classiques, est arrivé à Marseille en même temps que Georges à l'été 1940, envoyé par l'Emergency Rescue Committee, créé à l'initiative de la première dame des États-Unis pour aider intellectuels et artistes de renom bloqués en France et menacés d'arrestation et de déportation. Sans aucune expérience de ce type de mission, et encore moins de la clandestinité, Fry établit un centre de secours pour aider non seulement les réfugiés les plus célèbres, mais le plus grand nombre possible à s'installer outre-Atlantique. En l'absence de preuves pour vérifier qui était vraiment en danger, Fry admet qu'ils ne pouvaient que deviner et la seule méthode sûre, compte tenu de la gravité des conséquences, était d'accorder à chaque réfugié le bénéfice du doute : « Nous aurions pu refuser d'aider quelqu'un qui était vraiment en danger et apprendre par la suite qu'il avait été transporté à Dachau ou à Buchenwald », raconte-t-il dans ses mémoires. D'après ses propres estimations, son bureau clandestin traita quelque 15 000 cas entre son arrivée en août 1940 et son rapatriement en mai 1941. Sur près de 4 000 personnes, qui grâce à son action quittèrent la France en secret par des moyens aussi complexes que variés, figurent Marc Chagall et Hannah Arendt. Georges et les siens restent.

Erlanger, lui, avait finalement réussi à quitter Chaumont : « Je me crois abandonné quand débouche une grosse Citroën noire qui n'appartient pas à l'administration. » Il s'agit de Laure Albin Guillot, impeccablement coiffée et habillée, qui voyage en grande bourgeoise, escortée de son chauffeur et de sa femme de chambre : « Mais que faites-vous là ? Montez ! Vous n'avez qu'une valise ? Alors c'est parfait. »

À l'automne 1940, René Jeanne, réfugié comme Georges à Marseille, se rappelle que le directeur déchu lui parlait chaque fois qu'ils se voyaient de son projet d'un département du cinéma aux Beaux-Arts. « Pour quelques instants, nous nous croyions encore dans son grand bureau de la rue de Valois. Nous n'étions qu'en quelque bar du Vieux-Port où un semblant de vermouth nous ouvrait l'appétit pour un fantôme de dîner. Et quand, au lendemain du débarquement allié à Marseille, il prit le bled, il y pensait encore. Et comme, sur une dernière poignée de main, nous venions de nous quitter au coin de la Canebière et de la rue Saint-Ferréol, il me rappela pour me dire avec une petite flamme dans ses yeux gris : “Vous savez, René, nous l'aurons notre Direction du Cinéma !” »

Jusqu'en juillet 1942, la famille vivote en zone libre. Georges a trouvé un poste grâce à un camarade de l'autre guerre, pour transporter et conditionner des boyaux venus d'Afrique du Nord dans une localité proche de la ligne de démarcation. Le petit dernier est entré en cinquième au lycée Thiers. Qu'est-ce qu'on fera quand on n'aura plus d'argent ? demande l'enfant de onze ans, qui devra se contenter de sa cape de louveteau pour passer l'hiver. « 9On se jettera tous dans le Vieux-Port9, répond paisiblement Georges Huisman », rapporte bonne maman dans ses mémoires. Le jeune garçon fait preuve d'un précoce esprit d'entreprise en proposant à un camarade, fils d'épicier, un peu cancre, de lui passer ses versions latines en échange de quelques boîtes de conserve.

« La vie de Georges Huisman jusqu'en 1940 a été une constante ascension qui l'a laissé aussi simple, aussi dénué d'orgueil que lorsqu'il était petit étudiant démuni. Il se révèle, dans le malheur, prêt aux plus humbles travaux ménagers. Il fait la queue devant les magasins pour m'épargner la fatigue », écrit Marcelle. Des mois s'écoulent pendant lesquels Georges reçoit très peu de nouvelles de ses parents. Les nouvelles sont mauvaises quoi qu'il en soit. Ce premier hiver marseillais, le mistral surprend le collégien dans son uniforme de scout. Sur une photo datée de décembre 1940, le pont transbordeur veille sur le Vieux-Port recouvert d'une épaisse couche de neige. Il fait un froid cinglant. Où sont les écharpes, les mitaines que Louise avait tricotées pour son petit chéri adoré ? Où sont les cajoleries de sa tendre Amère tant aimée ?

L'enveloppe kraft du grenier de Valmondois m'a accompagnée en pensée pendant des semaines après l'enterrement de mon père. Ce passage par les archives familiales m'avait décidée à me mettre plus sérieusement au travail, mais j'avançais toujours à tâtons, dans un épais brouillard, alternant entre la thèse de Béatrice, les piles de livres que m'avait indiqués sa bibliographie, les mémoires de bonne maman et les récits décousus de papa. Tous les jours, je repoussais au lendemain le moment de sortir la vieille enveloppe brune du tiroir où je l'avais consciencieusement remisée, emballée dans un torchon pour être sûre de ne pas l'abîmer. Je retardais l'échéance comme si je craignais qu'elle ne recèle un secret trop lourd ou une révélation trop grave qui soudain invaliderait mon projet. L'enveloppe, plus grande que dans mon souvenir, était pliée en deux. J'en ai sorti un tas de cartes postales, toutes du même expéditeur, avenue Mozart à Paris. Des cartes postales sans image, préaffranchies avec un timbre à l'effigie de Pétain. J'ai mis un moment à comprendre qu'elles avaient été méticuleusement classées par ordre chronologique. C'est-à-dire que dans l'immense foutoir du grenier de Valmondois, seules ces cartes avaient été précieusement rangées et conservées. « Mon Papa / pendant l'Occupation », était-il écrit sur l'enveloppe.

Papa m'avait répété maintes fois que sa grand-mère se chargeait de toutes les tâches administratives du foyer et tenait la correspondance du couple, Hartog sachant à peine lire et écrire. Aussi n'étais-je pas étonnée que la première des cartes ait été rédigée par Louise, ou Amère, telle qu'elle se faisait appeler depuis que son fils lui avait donné des petits-enfants. Elle écrivait à l'encre violette, m'avait un jour dit papa, associant cette couleur à celle des couvertures de sa collection de Classiques Larousse. Améthyste. La carte était préremplie, et « strictement **réservée** à la correspondance d'ordre familial », précisait l'en-tête sur un ton intimidant : « **ATTENTION** – Toute carte dont le libellé ne sera pas **uniquement** d'ordre familial ne sera pas acheminée et sera probablement détruite. » La seule instruction supplémentaire recommandait de « biffer les indications inutiles – Ne rien écrire en dehors des lignes ».

Paris, le *30 avril* 1941.

Je ne suis pas en bonne santé. .... *très* .... fatigué.*e*
.... légèrement~~, gravement~~ malade, ~~blessé~~.
.... ~~tué~~ .... ~~prisonnier~~
.... ~~décédé~~ *Je ne suis pas* sans nouvelles.
de .... *vous*. ~~La famil~~le .... ~~va bien~~.
.... *Pas* .... besoin de provisions ....*ni* ....
d'argent.
Nouvelles, bagages. .... est de retour
à ....
.... ~~travaille à~~ .... ~~va entrer~~
~~à l'école de~~ .... ~~a été reçu~~

Nous faisons ce qu'il faut pour aller à vous ....
le ...... *plus vite*

mais c'est long, je laisserai tout quand nous pourrons partir car je n'ai pas encore la force de faire le moindre effort. Serions heureux de vous revoir.

Affectueuses pensées.

Signature
Amère

Qu'Amère n'ait pas ajouté aux « affectueuses pensées » prévues par l'administration ses propres mots tendres laisse imaginer la gravité de son état derrière le « légèrement malade ». Amère aurait fêté ses quatre-vingts ans en mai 1942. Sur les photos de Laure Albin Guillot, reproduites en annexe dans la thèse de Béatrice, elle est une très vieille femme au sourire poignant de candeur, le visage auréolé de frisottis blancs comme l'écume, les yeux cernés par l'âge, dont les ombres qui les cerclent n'ôtent rien à l'éclat. Son dernier petit-fils se souviendrait jusqu'à son dernier souffle de ses merveilleux câlins. Son fils lui était dévoué au-delà des mots, au-delà du bon sens, au mépris du danger.

Georges n'a pas attendu la carte suivante. Il a quitté Marseille pour Vichy, afin de s'y faire délivrer un laissez-passer, quémandé auprès de ses ex-collègues qui, jusqu'à une date récente, se disaient ses obligés. Ils n'oseraient tout de même pas lui refuser cet *Ausweis*. Bien entendu, monsieur le directeur. Leur sournoiserie était sans limite. Sa carte d'identité n'avait pas encore été tamponnée de l'épithète « Juif ». Il arrive à Paris juste à temps pour être témoin de la première rafle. Le 14 mai 1941. La rafle dite du

« billet vert », de la couleur de la convocation adressée aux hommes, émigrés polonais pour la plupart, sommés de se rendre à un « examen de situation ». La capitale est constellée de drapeaux rouges à croix gammée. Au palais Berlitz se prépare l'exposition « Le Juif et la France », présentée comme une entreprise pédagogique pour aider les Français à reconnaître les Juifs par leurs caractéristiques physiques : nez crochus, cheveux sales, doigts griffus, bouches lippues ; et morales : cupidité, mensonge ; et leur démontrer l'emprise corruptrice générale que ces derniers exercent sur le pays. Le Juif Georges Huisman y figure en bonne place.

Georges sillonne Paris à la recherche de Choute, sans succès. Elle n'est pas rue Jacob. Elle n'a laissé d'adresse nulle part. Elle n'a répondu à aucun de ses télégrammes, à aucune de ses lettres, aucun de ses appels. Voilà donc la femme qui lui avait proposé de le cacher, qui voulait à tout prix qu'il l'épouse ! Voilà bien le racisme abject, insinué jusque chez sa Choute qui promettait de l'aimer toujours ! Même elle. Les poilus avaient peut-être raison après tout. Les femmes profitaient bien de la guerre. Bande de traînées.

En mai 1941, Louise se meurt. Il le sait. Mais il sait aussi qu'il est impossible de dépasser la date indiquée sur son laissez-passer, un risque qu'il aurait encore pris quelques semaines plus tôt. Si l'épisode du *Massilia*, la promulgation des lois raciales, le nombre de rebuffades qu'il a essuyées depuis qu'il a débarqué à Marseille ne l'avaient pas encore convaincu du péril de sa situation, voir la police française déporter les réfugiés qu'elle avait promis de protéger commence à lui faire prendre conscience de la gravité du danger. Sa mère agonise loin de lui. Sous le regard ahuri de son très vieux père, presque sénile, totalement perdu, qui l'enterre à Valmondois, où seule une vieille cousine est là pour l'aider à monter les marches mal équarries qui mènent en haut du cimetière, au caveau qu'a prévu son fils – monsieur le maire, monsieur le directeur –, ce grand monsieur impressionnant pour son vieillard de père qui marmonne sa détresse en yiddish.

Papa m'avait souvent fait état de l'inculture de son grand-père, Hartog. Pour autant ses récits ne m'avaient pas préparée à l'écriture que je découvrais sur les cartes qui suivaient celle d'Amère. C'était l'écriture d'un enfant de cinq ans, dans la même encre violette. Des gros pâtés pour la plupart indéchiffrables. La cousine reprend la plume pour raconter les funérailles. Apère est trop mal pour écrire. Seules les dates en haut à gauche des cartes, et les adresses, probablement rédigées par une employée des PTT (les pleins et les déliés ont quelque chose de féminin), sont lisibles. Le reste des missives présente un alignement de mots dont je ne parviens à déchiffrer qu'un sur dix, aidée par l'expérience de l'orthographe fantaisiste de mes filles. Il semble y être surtout question du temps qu'il fait. La semaine du 10 juillet 1942, Apère envoie quatre cartes. Quatre fois il se rend à la poste envoyer des nouvelles à son fils chéri. Tandis que plus de 10 000 Juifs étrangers, comme lui, sont raflés en plein Paris, parqués à un arrondissement du sien, à quelques pâtés de maisons de son appartement. Je décrypte péniblement la signature en bas des cartes : *Apert, votr vieu pèr Hartog*, précédée invariablement de la formule *Je vous embrasse de tous cœur.*

J'ai lu et relu ces cartes en y cherchant des indices, des traces par-delà les mots qui m'aideraient à comprendre l'origine ou la portée des événements. J'imprimais ces taches d'encre violette dans ma mémoire, comme une pierre lithographique, pour en faire ressortir – quoi exactement ? Des images, des figures, des scènes qui sauraient rendre compte de l'histoire.

À l'automne 1942, trois cartes consécutives sont renvoyées au bureau de poste. Le destinataire n'est pas à son adresse pour les réceptionner. Est-ce à ce moment-là que l'appartement de la Croix-de-Régnier est perquisitionné ? Marcelle dit ne pas savoir où se trouve son mari. Le petit dernier, terrorisé, tente maladroitement de cacher son dessin : la fin sans gloire du *Admiral Graf Spee* – bateau allemand coulé au large de l'Amérique. Georges, muni d'un petit sachet de figues sèches qu'il s'apprêtait à rapporter à sa femme et à ses enfants, a été arrêté devant la gare Saint-Charles, et envoyé à la prison de l'Évêché. Sur quel motif ? Ses papiers ne sont-ils pas en règle ? Les policiers ont trouvé dans le répertoire de Georges des noms aussi compromettants que celui de Jean Zay ou de Georges Mandel. Le procès de Riom s'achève à peine. Bonne maman raconte que Dorgelès, qui connaît le chef de la police, le tire de ce mauvais pas. Est-ce donc pour cela que papa convoitera la Légion d'honneur, afin de ne jamais se faire arrêter en pleine rue ?

Puis je m'aperçois qu'à force de les lire, les relire et les rerelire, j'ai battu les cartes comme un jeu de poker. L'ordre chronologique a disparu. En entreprenant de les reclasser, je remarque que plusieurs montrent l'adresse marseillaise biffée d'un trait de crayon bleu ciel, et corrigée par : Hôtel Le Lion d'or de La Clusaz. Avril 1942. Donc plusieurs mois avant l'épisode de la prison de l'Évêché. Papa a treize ans. Un site d'archives m'indique qu'il s'agit de l'hôtel le plus chic d'un domaine skiable de Haute-Savoie. Georges ne skie pas ; on est au printemps. Ça ne peut être que Choute. Finalement, ce mystérieux tas de cartes postales m'avait menée jusqu'à mon héroïne, celle qui, dans mon imaginaire, dans mon cœur, orchestrait le roman de Georges.

Après deux ans de silence, Georges avait reçu un télégramme par l'entremise de Gaston Castel. Choute avait croisé Jacques Carlu de retour des États-Unis ; il lui avait appris les épouvantables déconvenues de son camarade et lui avait donné l'adresse de Georges à Marseille, de Castel. Elle était si triste pour Louise : « bouleversée pour toi » étaient les mots par lesquels elle lui exprimait ses condoléances. Son père à elle était aussi tombé gravement malade. Un cancer l'avait emporté en quelques mois. Mais elle ne lui annonce pas à cette occasion, ce télégramme est des plus laconiques. Elle l'enjoint sobrement de la retrouver au Lion d'or. L'hôtel est en zone libre. Il devrait pouvoir s'y rendre. Elle n'en dit pas plus. Ce serait trop long. Qu'il la rejoigne, s'il prétend l'avoir jamais aimée.

Depuis la terrible épopée du *Massilia*, après ces mois passés à combler de récits le silence abyssal de Choute, Georges en était venu à se demander s'il avait fantasmé cette passion. S'il avait inventé cette vie fastueuse remplie de luxe et d'honneurs, ces après-midi d'idylle avec la plus belle femme du monde – une duchesse ! –, ces promenades dans les jardins du Palais-Royal, ces rendez-vous sous les vitraux de la Sainte-Chapelle. S'il s'était fabriqué ce destin fabuleux, lui, le fils d'un marchand analphabète, un petit Juif parti de rien.

Les jambes croisées au bord d'une chauffeuse en velours bistre dans le salon de l'hôtel Le Lion d'or, Choute ressemble à un merle perché sur une branche dans sa robe de crêpe noir, elle qui avait si peu porté le deuil de son mari. Une voilette de tulle descend sous son menton, laissant apparaître, de part et d'autre de l'ovale de son visage, deux petits brillants à ses oreilles, des pendentifs que lui avait choisis Georges dans l'antiquité de leur amour. Elle l'attend, les yeux perdus dans le vague, les mains posées sur une cuisse, triturant de l'ongle de l'index la pulpe de son pouce. On lit sur ses lèvres serrées, dans l'éclat de son regard tendu vers les Alpes, une histoire dont le récit prendra plusieurs jours. Georges se rappelle ces nuits passées à la revoir en songe, sa valise à la main courant après un train, sa valise perdue, leurs bagages égarés, errant sans adresse dans le dédale des rues d'une capitale inconnue, ces tempêtes en pleine mer, d'immenses vagues qui fracassaient leur chaloupe, elle dans sa robe blanche, son parfum entêtant, le rimmel qui coulait le long de ses joues caves, ses lèvres violettes, écumantes, le radeau sur lequel ils s'agrippaient l'un à l'autre, le Géricault sur les routes de campagne, le feu d'artifice devant la tour Eiffel pour la visite des souverains anglais, les étoiles au-dessus du jardin de L'Arcouest, les étoiles emportées dans la fumée de ses Gitanes, ces étoiles qui s'abattaient sur lui en une pluie de cendres. Est-il devenu fou ? Il est parti de chez lui – chez lui, c'est un bien grand mot – en trombe, comme un voleur, prenant soin, néanmoins, de faire suivre son courrier. Pour son père. Son vieux père sénile, grabataire, menacé des pires dangers.

Choute lui apprend ce jour-là, ce jour serti d'espoir et cerné de désastre, qu'elle a perdu leur enfant. Ils avaient eu une fille. Enfin, une fille ! Elle était née deux mois avant la mort d'Amère, dans le château du Trieux de ses ancêtres. Le médecin de famille avait veillé Choute, qu'il avait lui-même accouchée, pendant ces interminables journées de travail. Elle avait appelé l'enfant Manon, comme Mme Roland, la figure emblématique de la Révolution française dont il lui avait tant parlé, à qui il souhaitait consacrer un livre, lui avait-il souvent répété. Elle avait imaginé que ce choix ne pourrait que lui plaire. Manon de Troguindy. À défaut d'être reconnue par son père, elle porterait un titre. Elle allait le lui annoncer quand elle avait appris la mort de Louise, en même temps que les premières rafles. Elle avait vu cette exposition ignoble au palais Berlitz. Elle ne pensait plus qu'à sa fille, à sauver sa fille. L'enfant était fragile. Mon amour ! Comme j'ai prié. J'ai prié pour elle, pour toi. Moi qui n'étais jamais retournée dans une église que pour en admirer les vitraux avec toi – cette Sainte-Chapelle avec toi. Sans cesse je me rappelais ces vers que tu m'avais fait découvrir, que je connaîtrai par cœur jusqu'à la fin de mes jours, sans cesse, je les entendais me chavirer : « Comme on écoute Dieu, moi, j'écoutai l'amour, / Et tes yeux pleins d'éclairs m'ouvrirent trop de jour ! / Aussi, dès qu'en entier mon âme m'eut saisie, / Tu fus ma piété ! mon ciel ! ma poésie ! »

Manon était née avec un défaut au cœur. Anémique. Choute avait pris une nourrice pour compléter son lait qui s'était tari à la mort de son père. C'était trop de deuils.

Trop de deuils. Et puis l'enfant avait contracté la fièvre typhoïde. J'avais dit qu'il fallait filtrer l'eau, ces eaux bretonnes sont pleines de bactéries, je surveillais pourtant tout, je prenais garde à tout, je ne la quittais jamais des yeux, elle ne quittait jamais mes bras plus d'une heure, même la nuit, je lui tenais la main à travers les barreaux de son lit, je restais penchée au-dessus d'elle, je la regardais, je la couvais du regard, j'ai cru que mes yeux sauraient la protéger, j'étais sûre de la sauver, j'en étais tellement convaincue. En quelques jours, elle est devenue si maigre. Je ne voyais plus rien que le précipice, le gouffre. Je la voyais sombrer, ses mains ouvertes le long de son corps, ses boucles collées à ses tempes, je voyais qu'elle était en train de mourir devant moi. J'ai hurlé. J'ai hurlé tant d'heures, tant de jours. Ma mère était là. On m'a attachée à mon lit. On voulait m'empêcher, m'interdire de casser les vitres, de me jeter dans le vide. Je me réveillais en hurlant. J'ai hurlé l'agonie de Manon mais elle est morte en silence, sans un cri, sans avoir su dire maman. Elle n'avait pas encore fêté son premier anniversaire. Georges, tu m'entends ! Ta fille ! Notre enfant. Notre Manon. Elle est morte dans mes bras, son tout petit corps bleui dans mes bras. Georges, sauve-moi ! Je t'en supplie, ne m'abandonne pas ! Je ne survivrai pas, ne m'abandonne pas à nouveau !

Pour qui, trop de deuils ? Georges a perdu en l'espace de deux ans son métier, ses moyens de subsistance, ses ambitions, la plupart de ceux qu'il pensait être ses amis, sa mère, son grand amour – et maintenant sa fille. Alors pour qui, trop de deuils ?

Georges passe deux semaines au Lion d'or, d'après les dates sur les cartes d'Hartog. La maternité et le chagrin ont changé le corps de Choute, l'ont rendu plus anguleux, les côtes plus saillantes. Lui flotte dans ses vêtements. Ces pantalons qui appartenaient à un type bien en place, un monsieur important avec une panse de bourgeois. Ce type était sûr de lui, et arrogant avec ça ! Il avait fini par se croire indéboulonnable. Une tour Eiffel, ha ! Il avait fini par croire que cette position sociale lui appartenait, qu'il était de la haute, qu'il était chez lui rue de Valois, à la manufacture des Gobelins, dans la chambre de la princesse de Broglie. Il n'a pas de quoi s'acheter de nouveaux habits. Il doit se contenter des fripes du vieux bourgeois qu'il fut. Il doit chaque quinzaine percer des trous supplémentaires dans cette ceinture qu'il ne cesse de serrer davantage. En ces longs mois d'exil, il avait retrouvé en Marcelle une complice. Il avait presque oublié ce qu'ils avaient en commun d'idéaux, de valeurs, de rires même. Elle était en adoration devant lui, il ne pouvait jamais lui déplaire. Ses blagues gentiment graveleuses l'amusaient, elle était si gaie de le voir siffloter, ravie de le trouver enjoué. Son « Ode à l'économe » qu'il avait composée en épluchant les pommes de terre lui paraissait une œuvre digne des plus grands poètes. Leur entente se déclinait sans intimité, sans sexualité, mais elle leur permettait d'être solidaires. Ils s'allongeaient côte à côte dans le lit conjugal comme des camarades de dortoir. Bonne nuit, Marcelle. Demain j'irai au Vieux-Port voir si je n'arrive pas à ramasser quelques picaillons pour finir la semaine. D'ici demain... Ne te fais pas tant de mauvais sang, Georges, les enfants sont en excellente santé, tu m'aides énormément, il nous reste des conserves. Certes, Georges était bien allé voir quelques putes – elles ne prenaient pas cher, elles étaient compréhensives. Certes, il avait des scrupules à dépenser l'argent du garde-manger pour des capotes, une petite passe entre deux portes, mais il fallait bien vivre – ou survivre. Il n'avait pas encore déposé au mont-de-piété l'étui à cigarettes que lui avait offert Choute : pourtant il en tirerait au moins de quoi les nourrir plusieurs semaines. Il le gardait sur lui tel un talisman, comme la promesse que sa vie d'avant lui reviendrait. Les enfants avaient appris à partager leur quotidien avec un père qu'ils n'avaient fait jusque-là que croiser. Un père qui n'était plus l'homme élégant et exalté d'autrefois, mais un homme souvent abattu ou fielleux, plein de rage ou de désœuvrement. Néanmoins il était aussi ce père qui embrassait et qui bordait, qui faisait vivre et revivre l'histoire comme personne, qui fascinait par sa verve et son érudition, qui illuminait leur chambre de son œil bleu azur ou tempête.

« Il entrait d'un pas vif et le silence se faisait dans la classe, raconte un de ses anciens élèves du lycée Janson-de-Sailly. Jamais il ne forçait ses élèves à bachoter, plutôt il leur donnait envie, il les émerveillait. Ces garçons de quinze ans, déjà un peu "jeunes mâles" et jouant volontiers aux "durs", se sentaient tout à coup devenir, pendant ses leçons, des gosses à qui un narrateur inoubliable racontait *des* histoires. »

Georges mange à sa faim pour la première fois en deux ans dans la salle du restaurant du Lion d'or où les restrictions semblent n'avoir jamais existé. Comment le monde peut-il, à si peu de distance, se scinder en deux réalités disjointes ? Choute elle-même retrouve l'appétit. Ils se dévorent, ces naufragés. Ils prennent soudain conscience de la succession d'épreuves qu'ils ont endurées, du supplice de cette traversée, maintenant qu'elle semble derrière eux.

Choute a de l'argent. Beaucoup d'argent. Sa fortune n'a pas souffert de la guerre, et la mort de son père a fait d'elle, en plus d'une riche veuve, une richissime héritière. Georges, épouse-moi ! Je te donnerai mon nom. Tu seras en sécurité. Confie Marcelle à tes deux aînés. Nous garderons le petit avec nous. Tu ne peux pas sacrifier ta vie, notre vie. Enfin regarde, n'est-ce pas assez de drames ? Je ne peux pas supporter de te savoir en proie aux pires dangers, de t'imaginer t'épuiser la santé à faire de la manutention. C'est insoutenable. Et enfin, j'ai vu de mes propres yeux les arrestations sommaires, les cars... Je ne pourrai plus te perdre, Georges. J'en mourrai. Ne me tue pas, je t'en supplie. Nous irons au Trieux – je te cacherai, je te garderai. Ou bien nous irons en Angleterre, aux États-Unis ! Carlu te trouvera du travail. Et d'ici là, les Alliés vont bien finir par débarquer. Ce n'est plus qu'une question de jours, de semaines peut-être.

Son plus jeune fils lui dit non. Il n'en est pas question. Ses aînés le traitent de salaud, d'ordure. Ne lui adressent plus la parole jusqu'à son départ pour le bled. Et Choute disparaît. Pour de bon cette fois. Exit Choute. Je voudrais m'accrocher à ses jupes et l'empêcher de fuir. Déchirer sa robe, m'agripper à ses mollets des deux mains, ramper à ses genoux pour l'implorer, l'implorer de rester. Mais Choute est cette comète qu'on ne peut préserver que dans l'intimité de l'imaginaire, dans la fulgurance de l'instant perpétuellement réinventé. Fugitive parce que reine, c'est ainsi.

Après l'arrestation de Georges à l'automne 1942, après le débarquement des Alliés en Afrique du Nord, la fin de la zone libre, la famille se réfugie dans les terres, à Vaison-la-Romaine. Marseille est devenue une ville trop dangereuse ;

Georges n'y passe pas inaperçu. À Vaison, il rejoint un réseau de résistants dans le village médiéval de Rasteau, qui le mettent en lien avec une certaine Mme Duc – pas tout à fait une duchesse, mais son âme en vaut mille – qui le cache dans son cellier jusqu'à la Libération. Dans la correspondance qu'elle et Georges entretiennent après-guerre transparaît l'immense bienveillance de la fermière qui l'a caché en dépit des risques encourus. En réponse à une lettre où Georges lui raconte avec aigreur comment la direction des Beaux-Arts lui échappe, elle lui écrit avec compassion : « Il y aura un an le 27 janvier cher Monsieur Huisman vous souvenez-vous, que nous avons fait connaissance et dans quelle circonstance. Un soir vous êtes arrivé chez moi la figure toute ruisselante de sueur. Je n'ai pas oublié, les heures les plus terribles de votre vie commençaient à fondre sur vous, fini maintenant cet infernal cauchemar. »

À la Libération, Georges est hébergé par l'administration à l'hôtel Claridge sur les Champs-Élysées, où il est peu probable qu'il ait profité au sous-sol de la piscine au plafond voûté en mosaïque bleu et or qui se réfléchissait dans l'eau chlorée. Se retrouver soudain dans un décor d'un tel luxe avait quelque chose de macabre. Au moins il n'était pas au Lutetia : il n'aurait plus manqué que ça, qu'il se retrouve dans la chambre de sa nuit de noces. Il obtient pour lui, sa femme et le petit dernier, qui va déjà sur ses seize ans, un appartement provisoire rue de Poissy, avant de s'installer jusqu'à sa mort au 1 rue de la Muette. Le reste de la famille est sauf, y compris Hartog, bien que spolié. Les effets personnels de la dernière résidence du directeur des Beaux-Arts à la manufacture des Gobelins ont été épargnés ; la maison du maire de Valmondois, un temps occupée par les Allemands, a été récupérée en 1945 ; réquisitionnée sous l'autorité allemande pour loger une famille expulsée, la maison de L'Arcouest ne leur sera restituée que deux ans plus tard.

Marcelle était déjà à Paris depuis plus d'un an à la Libération. De nouveau rue d'Assas, dans un appartement de fonction de l'administration de la Catho, où une âme charitable avait soutenu la famille de l'ancien directeur, du brillant chartiste. Le benjamin, le petit Denis Antoine Henriquet, est entré au lycée Henri-IV, qui accepte les élèves sur concours : ainsi il n'aurait pas à fournir de dossier de scolarité, inexistant à ce nom. L'adolescent rend souvent visite à Hartog, son vieux grand-père idiot, inculte. Un après-midi, il s'aperçoit que le veuf, esseulé et confus, garde sur lui, dans la poche de son veston, ses deux cartes d'identité : la vraie et la fausse, et son étoile jaune roulée en boule. Ahuri, sous le choc, le jeune homme de quinze ans injurie son pauvre grand-père qui ne comprend rien à la colère de son petit-fils. Bordel de merde, c'est extrêmement grave ! Il emporte les pièces à conviction, se ruant dans la première pissotière venue pour brûler la vraie carte et le bout de tissu jaune au fond d'un urinoir.

Demeure une lettre de Georges Huisman datée du 19 janvier 1946 envoyée au Service de restitution des biens des victimes des lois et mesures de spoliation avec inventaire des meubles et objets mobiliers se trouvant dans l'appartement de M. Hartog Huisman et emportés par les Allemands. Hartog mourra l'année suivante, enterré au cimetière de Valmondois auprès de sa femme bien-aimée. Georges ne retrouvera pas sa mairie. La direction des Beaux-Arts sera morcelée en quatre départements, dont une direction du cinéma. « Nous l'aurons notre Direction du Cinéma ! » La France l'aurait, oui. Lui non.

Quelques semaines avant d'apprendre le démantèlement de son bureau rue de Valois, Georges reçoit une lettre de son ami Harold Smith, le 15 novembre 1944, sur papier à en-tête de la Motion Picture Producers and Distributors of America. L'armistice de la Grande Guerre vient d'être célébré avec un patriotisme zélé : cette fanfare lui glace le sang. Le français imparfait et attendrissant de Smith lui rappelle l'anglais de Choute, que l'Américain avait loué en la taquinant sur son accent *so British*. « Combien de fois j'ai penser à vous et à votre famille et me demander ou vous pouvez être. Nous avons suffer ici de savoir quel vie d'enfer la France et les Français ont du subir des Boches. Mais nous avons toujours la foie que la France reviendrait et aurait la force de chasser l'ennemi de la civilization. »

Georges est nommé conseiller d'État, le plus haut grade de la fonction publique. « C'est bien peu pour un tel homme ! » Il s'y ennuie à cent sous de l'heure, excédé par ces « viscosités administratives », rapporte un de ses pairs. Il trouve cependant dans son amitié avec le vice-président René Cassin de nouvelles voies d'engagement en faveur de la communauté juive internationale. Lui qui ne s'est jamais senti juif qu'à travers une insulte imposée par ses calomniateurs rejoint des associations, devient un fervent sioniste. Il se mobilise pour la fondation de l'État d'Israël, s'engage dans la création de lieux de mémoire de la Shoah. Il rejoint l'Alliance israélite universelle que dirige Cassin et, à ce titre, donne de nombreuses conférences à l'étranger. Il ne va pas à Jérusalem, mais il se rend à New York, à Washington.

La Compagnie générale transatlantique était sortie exsangue de la Seconde Guerre mondiale. Les deux tiers de sa flotte avaient été détruits, y compris son plus beau joyau, le *Normandie*, victime de la maladresse des pompiers new-yorkais, qui avaient fait chavirer le paquebot sous le poids de l'eau projetée en voulant éteindre un incendie.

Georges ne monte donc pas à bord du *Normandie*, mais du paquebot *Île-de-France*, véritable ambassadeur du style Art déco dans le monde et en particulier outre-Atlantique. Jacques Carlu avait beaucoup contribué à internationaliser ce qu'on appelait alors le style « paquebot ». Le grand hall, avec ses ouvertures polygonales parfaitement symétriques et son escalier en arc, rappelle les ponts parisiens. Dans la salle à manger et le grand salon, le décor de Gustave Louis Jaulmes ressemble tant au mobilier et aux fresques du palais de Chaillot qu'on pourrait s'y méprendre. Au mur, une *Chasse à courre à Fontainebleau*. Georges tient un journal de bord dans un cahier quadrillé, que j'ai photographié en vitesse avant de descendre du grenier de Valmondois. « Je ne suis pas sûr d'aimer encore les voyages. Il arrive un moment dans une vie d'homme où la joie est plus grande à réfléchir sur une page que dans le tintamarre inutile des sensations extérieures. Mais peut-on vivre et comprendre son temps sans avoir pris contact avec l'Amérique ? Alors. »

Dans le tumulte de la gare Saint-Lazare, où Marcelle le regarde partir pour un long mois, il feint de ne pas voir la tristesse de celle qui reste à quai. Quand les enfants étaient petits, elle tremblait à l'idée de les laisser huit jours. Maintenant qu'ils ont poussé et qu'ils sont des hommes avec leur égoïsme et leur détachement, lui et Marcelle ont beaucoup plus de peine à s'éloigner l'un de l'autre, car ils n'ont pas trop de leurs efforts associés pour conduire la barque familiale au milieu des écueils, rapporte le vieux patriarche, dépassé par cette jeunesse capricieuse et aboulique. Et le petit dernier qui va être papa ! Avant même d'avoir passé son agrégation, a-t-on idée ?

Premier jour de traversée. À 8 heures précises, il sort en robe de chambre déjeuner à la salle à manger. Les stewards lui expliquent que la règle exige qu'on vienne habillé. Tant pis, il se fera servir en cabine. Les repas sont d'ailleurs d'une qualité remarquable. On a raison de dire qu'il s'agit ici d'un temple de la gastronomie française. Le *Massilia* ressemblait à un torpilleur à côté de ce palais flottant, remarque-t-il, à l'inverse de papa qui se rappelait un navire grand comme le *Titanic* ! « J'aurais dû emporter un vieux pantalon et un chandail pour le footing. » « Footing », c'est le mot que je déchiffre, mais est-il plausible que Georges regrette de ne pas pouvoir courir sur le pont ?

« J'ai l'impression sur ce bateau où il n'y a que des gens d'affaires d'être un fossile : un haut fonctionnaire qui ne gagne pas d'argent, qui ne sait pas "faire des dollars". » Le grand projet politique de sa génération, l'immense entreprise morale qu'était le socialisme de Léon Blum, est déjà suranné en ce milieu de XXe siècle. Le soir, après dîner, il essaie de faire bonne figure en participant aux jeux de société, aux parties de petits chevaux, à un bal, aux projections de films. « Mon Dieu que tous ces jeunes sont mal habillés ! » La seule personne avec qui il prend plaisir à converser est une jeune Haïtienne qui rentre ouvrir dans son île un institut de beauté. Coucher à 11 h 30. Et enfin, sept jours après son départ, s'élèvent à l'aube les gratte-ciel de Manhattan.

Georges recense ses observations sur le vif dans une suite d'adjectifs éloquents : « monstrueux, gigantesque, hallucinant, tentaculaire... impression inouïe de grandeur au-delà de toute mesure humaine ». Puis paraît dans la brume, du haut de son immense piédestal, *La Liberté éclairant le monde* : cette statue qui symboliquement ancre l'Amérique auprès des Lumières. À l'occasion d'un dîner à La Grenouille, le célèbre restaurant de Midtown, il revoit les œuvres des artistes qu'il avait choisies pour le pavillon français de la World's Fair. Harold Smith organise un banquet en son honneur. Vous vous souvenez de cet impossible orage du Palm Beach ?

Georges a intégré ces années-là le Comité mondial pour l'érection du tombeau du martyr juif inconnu ; il a imaginé et créé l'Association des amis du Musée national Bezalel de Jérusalem en France. Le 10 décembre 1948, dans la salle du théâtre du palais de Chaillot, sous le fronton de scène d'Évariste Jonchère, se déroulera l'adoption solennelle par les Nations Unies en séance plénière de la Déclaration universelle des droits de l'homme. Le bâtiment pérenne de l'ONU, le long de l'East River à New York, est encore en travaux pour les quatre prochaines années. Paris bénéficiera d'une exception d'extraterritorialité temporaire pour devenir le siège de l'un des événements capitaux de l'histoire de la modernité. Le texte, rédigé en grande partie par René Cassin, propose une extrapolation à l'échelle planétaire des principes humanistes de la Révolution française. Il constituera par la suite le document de référence érigé en modèle pour les démocraties du monde entier. Est-il utile de signaler qu'une plaque à l'intérieur du théâtre commémore l'événement ?

Le Festival de Cannes avait ouvert ses portes à peine un an après la victoire des Alliés. Cette alliance qu'avaient imaginée Jean Zay, Georges et les autres triomphait enfin. Sur une photo d'archives, on voit Georges au bras de la divine Michèle Morgan de retour à Cannes avec *La Symphonie pastorale*, adaptée du roman d'André Gide, rôle pour lequel elle remporte le Prix d'interprétation féminine.

Les drapeaux de dix-neuf nations flottent au-dessus de la Croisette. La plage devant le Grand Hôtel et le Carlton est constellée de stars, de journalistes pour relayer l'information, de photographes pour diffuser de par le monde ces images si glamour des géants d'Hollywood. Les vedettes se pavanent devant la Méditerranée en tenue de bain ou de bal avec une frivole insouciance, signe de la paix enfin retrouvée. C'est bien aussi à Cannes, sous le vernis de l'une des plus brillantes manifestations de l'après-guerre, que la France réussit ce tour de force qui consiste à gommer les années de collaboration avec l'envahisseur nazi, les lois de Vichy. Tandis que les rationnements perdurent, le cinéma, et son tonitruant pouvoir de propagande, scintille de tout son strass, magnifique poudre aux yeux jetée par-dessus les décombres d'un pays exsangue. Ainsi la France est-elle redevenue un modèle planétaire de la défense des droits de l'homme et de l'art.

Georges est épuisé. Depuis la Libération, il considère que la vie n'a plus aucune saveur. Il se trouve dans un monde qui n'est plus le sien. Il écrit ces mots à quelques jours de ses soixante-cinq ans, assis derrière son bureau de Valmondois que le soleil inonde. Les lilas sentent bon, les rosiers de Louise ont donné de nouveaux bourgeons. « Hier soir, en me promenant dans le jardin éclairci par la lune, je retrouvais mes sensations en mai 1944, lorsque caché chez Mme Duc aux portes de Vaison-la-Romaine, je faisais quelques pas la nuit dans son jardin qui sentait bon aussi le lilas, les pivoines. J'étais sûr de m'en sortir, d'échapper aux Boches et mon cœur était gonflé d'un espoir sans limites pour travailler à refaire la France nouvelle. » Mais cette France a été égorgée ou emprisonnée, comme vous voudrez, par des imbéciles et des traîtres. Il lui reste trois ans à traîner son amertume. J'imagine que si Choute n'apparaît pas dans ces notes, c'est parce que... Non, la raison m'échappe. J'entends le cœur de Choute palpiter entre les lignes. Dans le jardin de Mme Duc, c'est le parfum de sa tendre aimée qu'il est convaincu de retrouver, caressant au fond de sa poche l'or oxydé de son étui à cigarettes.

Georges est mort à Noël 1957 d'une gangrène oblitérante, une jambe coupée à mi-cuisse, puis l'autre peu après. En mai, encore debout sur ses jambes morbides, titubant de douleur, il s'était rendu une dernière fois au Festival de Cannes. Il était membre du jury du dixième anniversaire, où étaient réunis les dix premiers présidents, dont Jean Cocteau. Le Festival de Cannes était devenu un joyau du patrimoine français. Sa souffrance était insupportable mais être à Cannes ressemblait déjà à une forme de salut, être associé au festival le sauverait peut-être de l'oubli.

Si seulement.

Papa m'a raconté maintes fois la détresse de son père en ses derniers instants, son corps tronqué, ratatiné dans un lit d'hôpital, un triangle suspendu à une potence au-dessus de lui. Ses efforts pour tenter de se relever étaient vains. C'était épouvantable de le voir dans cet état ! Alors il se mettait à pleurer – de lourdes larmes en rouleaux sur ses joues desséchées de vieillard. Mon papa chéri. Je prenais sa main, sa main noueuse comme les racines d'un chêne sous une terre pelée ; j'y déposais une nouvelle pluie de baisers, une pluie qui irrigue, une pluie d'avril d'où pousseraient après l'hiver des pissenlits, des jonquilles. À la toute fin, il n'était qu'un long râle supplicié entrecoupé de paroles incompréhensibles. Il ne parlait jamais de Choute. N'en avait pas reparlé depuis le printemps 1942. Nul n'aurait pu dire s'il pensait encore à elle. Aucun témoignage ne garderait sa trace. Personne ne savait ce qu'elle était devenue. Le château de la Roche-Jagu fut légué au département des Côtes-du-Nord l'année qui suivit la mort de Georges, en 1958. Il se visite. On peut y emmener les petites filles et leur raconter qu'il était une fois une princesse nommée Choute. Son hôtel particulier rue Jacob fut vendu et divisé en appartements de standing. Choute était peut-être à Buenos Aires ou à Dallas. Non, elle était devant la mer : à Rio, Dakar ou Osaka.

Ce ne pouvait être que Choute qui avait discrètement enterré Vergère avant la fin des hostilités, quand Georges vivait encore caché dans la cave de Mme Duc, au pied d'un pommier au fond du jardin. Un enfant avait retrouvé son squelette en creusant une galerie souterraine qui devait mener à la maison en secret.

Mon père, en décrivant cette abominable agonie, me rapportait en conclusion les dernières paroles de son père. On avait fait venir l'ami Georges Duhamel qui possédait aussi de longue date une maison à Valmondois. Il avait été médecin dans les tranchées; il avait coupé plus de membres que tous les arboristes de l'Oise. Il en avait tiré un livre déchirant, *Vie des martyrs*. Ce n'était pas pour celui-là qu'il était le plus connu, mais c'était son plus bel ouvrage. Chacun de ses livres dans la bibliothèque de notre Georges lui était dédicacé. Y compris le dernier, qu'il lui remet en mains propres : un recueil illustré tiré d'un voyage au Japon. Duhamel était entré à l'Académie française. Encore un ! Il est condamné, avait chuchoté le médecin aux fils, à l'épouse. Ce n'est pas la peine de le lui dire, ça va aller vite maintenant. Il était resté un bon moment au chevet de son rival à la mairie du village qu'ils avaient, autrefois, tous deux briguée. Ils avaient parlé de Bach, de Brahms, de Beethoven. Ils avaient constaté que les Allemands et les Français s'accordaient à penser que la musique adoucit les mœurs. Quel gâchis.

Noël s'était passé sans cadeaux, sans sapin, sans fête, pas même pour les *tout-petits tout-petits* qu'on avait presque oubliés. Ils appelaient le gentil Georges Apère, comme Hartog. La Première Guerre était revenue hanter le moribond. Ses membres fantômes le démangeaient follement. Il n'y avait rien à gratter que l'absence, le temps perdu. Il se croyait à bord d'un biplan. Il faisait des acrobaties aériennes au-dessus du Japon.

> Jadis un homme, conte un *monogatari* du Xe siècle de notre ère, pensait constamment à son amour pour une femme, qu'il fut couché, qu'il fut debout. Dans son débordement de passion (il composa ce poème) :
>
> *Mes manches*
> *Ne sont pas une butte d'herbes,*
> *Pourtant,*
> *Quand le jour est fini,*
> *La rosée s'y loge.*

Les pans d'un kimono mouillé de larmes, peint sur un paravent en laque, Georges s'est éteint au milieu d'un déluge de pétales de cerisier. La scène était si belle, les fleurs si délicates, personne ne s'était aperçu qu'il s'agissait de flocons jusqu'à ce que les enfants en fassent des boules de neige.

Il n'y eut pas de funérailles nationales. Georges Huisman ne repose pas au Panthéon. Il possède une petite allée à son nom à Valmondois : elle mène à sa maison, ou celle de son petit-fils, monsieur le maire. Cimetière en hébreu se dit *Beit*

Hahayim, paradoxalement, la maison des vivants, là où les morts restent vivants. Plutôt que des fleurs qui fanent, la tradition juive veut qu'on place sur les tombes des cailloux. Cette coutume se réfère à un rituel qui précède l'existence des cimetières, mais elle traduit aussi la pérennité des pierres, la filiation. « Poser un caillou sur une tombe, c'est déclarer à celui ou celle qui y repose que l'on s'inscrit dans son héritage », a écrit Delphine Horvilleur, rabbine, comme mon arrière-arrière-grand-père.

Solennellement, j'ai posé sa bible sur la poitrine de papa. Le livre était en lambeaux, sans sa couverture, tenu par le tranchefile. Il semblait prêt à s'éparpiller à la moindre manipulation. À l'intérieur, j'ai trouvé deux marque-pages : un vieux pansement sale, et une photo de Georges autour de cinquante ans, un large sourire aux lèvres et les cheveux au vent, à la montagne.

Je n'étais pas près de savoir ce que j'allais faire de l'enveloppe kraft, des papiers à en-tête ou des photos dans mon iPhone en refermant la trappe du grenier, mais j'ai senti que je portais sur mes épaules une charge qui à l'inverse m'allégeait le cœur. Je suis montée dans la voiture de Bruno, après m'être étonnée de lui voir à la main une énorme clé d'un autre âge pour fermer le portail grinçant. Nous rentrions à Paris. J'ai pris une ultime photo de la plaque au coin de l'ancienne rue du Verger, rebaptisée à la mémoire de notre aïeul : Georges Huisman, maire de Valmondois de 1932 à 1940, fondateur du Festival de Cannes, etc. Pour faire la conversation, j'ai demandé à Bruno quelle sortie du périphérique il empruntait d'habitude. Bah, ça dépend où tu veux que je te dépose, mais a priori, je prendrais plutôt la porte Maillot, hein ? Comme ça on remonte l'avenue de la Grande-Armée, tu vois, là, la place de l'Étoile, et on redescend les Champs-Élysées. Enfin comme tu préfères, sinon on peut aussi prendre l'avenue d'Iéna et passer par Trocadéro.

III

Au moment de l'enterrement de mon père, une campagne publicitaire d'une bizarrerie confondante a pris d'assaut la ville de Paris : New York encourageait les Français à venir lui rendre visite. Des affiches placardées sur le côté des bus, les stations de métro, sur les colonnes Morris, montraient l'Empire State Building illuminé sous un ciel mauve, où était écrit en immenses lettres blanches : « Vous manquez aussi à NEW YORK CITY ». Il était impossible de se rendre aux États-Unis à moins de posséder un passeport américain ou au minimum un visa de travail. À qui cet excès de marketing pouvait-il être destiné ? Je me sentais cruellement visée. De ma vie d'adulte, je n'étais jamais restée si longtemps sans retrouver les gratte-ciel de Manhattan. En regardant les affiches, je me revoyais franchir les portes automatiques du terminal 1 de l'aéroport John-Fitzgerald-Kennedy. Le parfum de la ville me prenait à la gorge. Son odeur de bitume, de pots d'échappement, de stands de fast-food, de poubelles, d'océan. Elle me renvoyait à la sensation de retrouver des bras dans lesquels me jeter. Des bras puant de sueur, de tabac froid, de moisi, qu'importe ! Les bras que j'aimais. Je me suis assise sous un abribus, abattue, désemparée. Il pleuvait des cordes. Je vivais en exil dans mon pays natal. J'habitais la nostalgie.

Mon père était mort huit mois après mon arrivée en France, en plein hiver, un hiver que le printemps ne parvenait pas à balayer dans mon cœur. Quand vinrent les beaux jours, la nature en fête donna à mon teint blafard, mes yeux bouffis et cernés, un faux air de maladie. Mes amies Iris et Ada s'inquiétaient pour moi. Rien ne semblait me distraire. Nous étions à nouveau interdits de déplacement. Elles se proposèrent de me dégotter une dérogation pour les rejoindre à Marseille. Dis-toi que c'est une ordonnance médicale, m'admonesta Iris. Il faut te changer les idées, chouchou, à ce stade c'est vital ! Je voyais aux points de suspension sur l'écran de mon téléphone qu'elle avait un truc à ajouter. Et puis non. Je tirai sur un fil qui dépassait du trou au genou de mon jean. Ok. Cœur. Le peu de vêtements que j'avais emportés de ma garde-robe new-yorkaise étaient devenus trop grands. Je ne mettais plus que ce jean vintage qu'Elsa m'avait donné, avec sa paire de sabots bleus. Ce look nonchalant contrastait avec ma coquetterie habituelle. Une mèche grise était apparue dans mes cheveux bruns. Je ne me reconnaissais plus. Mes amies formaient un repère essentiel de mon existence, elles me rappelaient à moi-même quand j'étais vraiment trop perdue. Nous nous étions connues à l'école primaire, et bien que j'aie quitté la France depuis de nombreuses années, et quoique le couple et la vie de famille se combinent difficilement avec les amitiés fusionnelles de la jeunesse, nous étions restées aussi inséparables que des adolescentes. Iris était devenue monteuse, Ada réalisatrice.

Ni l'une ni l'autre n'avait sollicité mon avis à l'époque, mais si elles l'avaient fait, j'avoue que j'aurais essayé de les dissuader de travailler ensemble. L'une comme l'autre accordaient autant de valeur à leur amitié qu'à leur art. Iris monterait le premier long métrage d'Ada, qui, pour ne rien simplifier, avait conçu un projet totalement inclassable. Il s'agissait d'un film fantastique, librement inspiré d'un texte de James Baldwin et d'un fait historique méconnu : en 1944 à Thiaroye, une banlieue de Dakar, des tirailleurs sénégalais manifestant pour obtenir les pensions qui leur étaient dues s'étaient fait assassiner par la police coloniale. Ada avait transposé l'événement aux travailleurs d'une tour futuriste dont le promoteur refusait de payer les salaires. Les jeunes hommes décidaient alors de prendre le large vers l'Europe. Ils périssaient en mer et revenaient sous forme de zombies dans la peau de leurs amoureuses pour terroriser le riche promoteur. À cette trame principale se mêlaient le récit du mariage forcé de l'héroïne, une enquête policière, la présence accaparante du religieux et la puissance implacable de l'océan.

Après un casting sauvage dans les quartiers populaires de Dakar, Ada avait rencontré son actrice principale sur le pas de sa porte. Elle avait dix-sept ans, zonait, parlait à peine français. Les distributeurs avaient eu du mal à imaginer comment ce film allait se vendre — ou *trouver son public* — jusqu'à ce qu'il soit sélectionné au Festival de Cannes 2019. Le soir du palmarès, personne n'avait lésiné sur les paillettes. Ada, Iris, le couple de productrices et le casting au complet détonnaient sur le tapis rouge avec cette splendeur héroïque du succès arraché aux puissants. Leur présence même ressemblait à un bras d'honneur adressé à tous ces pauvres types qui avaient dit que le film ne se ferait jamais. À Cannes, les trophées étaient décernés devant tous les nommés, le plus prestigieux en dernier. J'avais suivi la cérémonie en direct sur mon téléphone, affalée dans mon canapé à Brooklyn, un dimanche après-midi, sous le portrait de Georges. L'idée même d'un confinement, d'une pandémie, nous aurait paru à cette époque invraisemblable. Les filles jouaient au poney, l'une à quatre pattes, l'autre à califourchon sur son dos. Vous allez vous faire mal ! Je ne veux pas vous entendre pleurnicher, c'est compris. Aïe aïe aïe ! criait Sissi, écrasée sous le poids de sa sœur, à plat ventre sur le tapis, tordue de rire. Il ne restait plus qu'un prix avant la Palme d'or. Faut pas déconner, s'étaient dit les filles à Cannes. Enfin Ada se l'était dit. Iris, elle, n'avait jamais cessé d'envisager la Palme. Elle avait toujours visé haut. Je ne l'avais jamais vue reculer devant rien, ni le beau gosse bombissime entouré d'une horde de mannequins, ni l'école de cinéma où personne n'entrait jamais. Il suffisait de le vouloir, affirmait-elle. Ou d'avoir son charme et son talent.

J'avais finalement moi-même participé au film en cours de montage, à leur demande à toutes les deux. Ada voulait qu'un texte soit lu en voix off sur la séquence finale, une scène d'amour pleine d'étrangeté et d'onirisme, mais elle n'arrivait pas à le trouver. Elle avait filmé la scène en attendant de découvrir le poème ou la citation qu'elle cherchait : les mots se superposeraient aux images, une fois traduits en wolof. Ils défileraient à l'écran dans leur langue d'origine puisque le film serait aussi sous-titré. Tu ne veux pas écrire quelque chose, toi ? m'avait lancé Iris. Ce serait merveilleux ! avait surenchéri Ada. Elle m'avait donné pour point de départ un vers de Derek Walcott : « Du soleil au fond de la mer. » Après avoir visionné la séquence sur mon ordinateur une dizaine de fois d'affilée, j'ai vu déferler des paragraphes entiers. Comme par magie. J'avais extériorisé, à la virgule près, ce qu'elle avait toujours eu en tête, s'extasia Ada. Elle était époustouflée mais après tout, nous étions au cœur du sujet. Nous cohabitions avec les morts. Le surnaturel se manifestait auprès de ceux qui voulaient bien l'accueillir, or mon hospitalité avait été maintes fois prouvée. Dix ans plus tôt, nous étions parties ensemble au Sénégal, le pays du père d'Ada, où ma mère avait refait sa vie sur le tard. Elle avait souhaité que ses cendres y soient dispersées. Mes amies d'enfance avaient accompagné la cérémonie que nous avions improvisée avec Elsa, dans un état de détresse alarmant, dans un pays dont nous ne connaissions ni les coutumes ni les codes. En plus de Thiaroye, une grande partie du film était tournée de nuit dans le quartier des Almadies, sur cette même plage où nous avions rendu les restes du corps de maman aux éléments.

Iris et Ada m'avaient donc proposé de les rejoindre à l'hôtel Peron à Marseille, une pension de famille des années 1930 qui venait d'être rachetée par un promoteur anglais pour la transformer en palace. Elles voulaient prendre des images avant sa destruction. Tenter de montrer à travers l'exemple de ce lieu la fracture sociale que notre époque n'avait cessé d'amplifier. Cet hôtel modeste mais cossu du temps des congés payés, des vacances accessibles au plus grand nombre, s'apprêtait à devenir un repaire de la jet set internationale. C'est symptomatique ! s'écriait Ada. Personne n'en a plus rien à carrer du collectif, on se fatigue même plus à faire semblant de s'y intéresser, et le drame c'est que l'histoire ne nous a rien appris. Après quelques verres, son discours virait au réquisitoire prononcé du haut d'une tribune devant une assemblée hostile. Je suis d'accord, chouchou, je me contentais de lui répondre en hochant la tête avec autant de véhémence que possible. Une chaîne de télé avait apporté au projet un mini-financement suffisant pour commencer à filmer. Je pourrais les aider à réfléchir à la structure, m'avait dit Iris sur notre fil WhatsApp. Pas sûr qu'il y ait une voix off cette fois mais on peut en discuter.

Non seulement mon père avait passé la guerre à Marseille, mais ma mère y avait aussi vécu sept ans avec un premier mari, avant de rencontrer papa. Je ne connaissais de cette ville que leurs récits croisés, à trente ans d'intervalle, et des clichés d'attrape-touristes. Tom m'a encouragée à retrouver mes copines pour me changer les idées. Iris avait raison, j'avais besoin de me divertir. J'avais des scrupules à les laisser seuls dans la campagne française en semi-confinement. Tu te souviens comment remplir les attestations de déplacement ? Tu penses mon français pas assez excellent ? Mais si, bien sûr, il est excellent. C'est juste que, six jours, c'est pas trop ? Vous allez vous en sortir ? Sortir où ? Vous *en* sortir ! You're going to be ok, ça va aller ? Ça va aller très bien ! Girls, tell maman ça va aller. Tell your mother you love her.

L'hôtel Peron avait fermé depuis déjà plusieurs mois. La propriétaire avait cédé une chambre triple à Iris et Ada, une espèce de dortoir amélioré, avec trois lits jumeaux et leurs tables de nuit, une grande penderie, un petit bureau. La salle de bains vert d'eau avait un lavabo assorti au carrelage, une robinetterie d'époque, et une baignoire sabot comme je n'en avais pas vu depuis la maison de bonne maman à L'Arcouest. L'hôtel, le long de la corniche Kennedy, avait une vue imprenable sur la mer – la plus belle vue de Marseille, vantait le site internet qui ne semblait pas avoir été rafraîchi depuis l'invention de la Toile. Nous étions logées à l'œil, et la patronne servait le petit déjeuner dans la salle de restaurant où les odeurs de bois huilé, de nettoyant spécial carrelage et de pain frais s'étaient imprégnées dans les rideaux en macramé. Iris et Ada, qui y demeuraient depuis une semaine déjà, m'avaient déjà envoyé des dizaines de photos. La production nous avait fourni à toutes des attestations. Je prendrais mon ordinateur pour travailler pendant qu'Ada et Iris seraient occupées. Mon projet de livre était toujours en friche. L'histoire de mon grand-père Georges m'obsédait, sans que je sache comment m'en emparer. Cet hôtel avait été construit à son époque. Il aurait pu y séjourner. Il aurait pu y retrouver Choute, si Choute avait existé. Ils auraient pu y vivre des nuits d'amour exquises et déchirantes pendant son exil à Marseille. Je sentais la présence spectrale de ce grand-père immense accompagner mes heures de veille comme de sommeil, mes promenades. J'étais comme nimbée en permanence d'une sorte de brume narrative. Je voyais se dessiner son destin en une succession d'ombres portées illisibles : la lumière était trop diffuse, ou bien l'éclairage venait de trop de sources différentes. À l'inverse, les fantômes de mes parents m'apparaissaient nettement, d'un seul tenant, pleinement incarnés. Je pouvais les humer, les entendre, les observer distinctement. Je pouvais convoquer leur hologramme à loisir, quand ce n'était pas eux qui venaient me surprendre. Tiens ! Papa, maman, qu'est-ce que vous faites encore là ?

Les dispositifs de restrictions sanitaires liés à la pandémie étaient toujours en vigueur. Iris et Ada s'en foutaient; nous avions prévu de partager une chambre. La patronne vivait quatre étages plus bas. Elle était âgée, non vaccinée, on tâcherait de ne pas la contaminer. Contrairement aux États-Unis où le choix de la vaccination suivait des lignes politiques très tranchées — les trumpistes étaient antivax, les démocrates croyaient en la science —, en France on pouvait être de gauche et adhérer à la théorie du complot des Big Pharma, soutenir les infirmières et les médecins sur le principe et refuser de se protéger d'une hospitalisation évitable, se penser socialiste et se désolidariser d'un projet destiné au bien commun. « Votre obéissance prolonge ce cauchemar », disait un graffiti au-dessus des rails de mon Ouigo à destination de Marseille Saint-Charles. J'étais déjà à mi-chemin quand Iris m'a appelée, ce qui était mauvais signe : se parler au téléphone datait d'un autre âge. Nous ne reprenions cette habitude que pour les cas exceptionnels, une urgence ou un grand événement. Le reste du temps, nous nous envoyions des textos ou des messages audio. Ça va chouchou ? j'ai répondu depuis la plateforme entre les wagons, dûment masquée. Bah, c'est un peu compliqué en vrai.

Ada avait été la première femme noire à faire partie de la sélection officielle du festival, toutes catégories confondues. Ada faisait un cinéma engagé, expérimental, aussi audacieux dans son propos que dans sa forme hybride; son art était politique, et à contre-courant des exigences commerciales du marché. J'aurais pu essayer d'expliquer à mes filles les rouages du cinéma d'auteur au sein d'une industrie en perte de vitesse, mais ça attendrait. Quoi maman, quoi ? insistaient-elles abasourdies. Putain, c'est pas vrai ! j'avais hurlé en sautant à pieds joints sur le canapé. C'est pas possible ! C'est pas possible ! What's pas possible, maman ? On a gagné ! j'ai crié en serrant les filles dans mes bras furieusement. Au secours, c'est pas possible, elles ont gagné ! Why are you crying, maman ? La Palme d'or, mes amours. La putain de Palme d'or ! Vous ne pouvez pas savoir ce que ça veut dire. Vous ne pouvez pas mesurer. Ça change tout. Tout. C'est gigantesque. C'est historique. C'est totalement fou. Ada était la première femme noire à entrer dans la sélection officielle ; la deuxième femme de l'histoire du festival à gagner la Palme d'or. Ada pourrait faire ce qu'elle voudrait à partir de ce jour : on lui déroulerait le tapis rouge où qu'elle aille. On lui devrait le respect. Elle était instantanément devenue une putain de star.

Sur scène, Iris, les épaules nues, portait la robe Saint Laurent noire avec des papillons blancs et un col danseuse, que mon père avait offerte à ma mère. Je la lui avais fait porter en main propre par un ami new-yorkais qui travaillait dans le cinéma et se rendait au festival, et à qui j'avais expliqué que cette mission était capitale, que ses innombrables rendez-vous devraient attendre la livraison de cette robe. J'étais désolée qu'elle prenne la moitié de son sac de voyage. Après coup, il serait le premier à se targuer d'avoir participé au succès de cette soirée ; à force, il deviendrait sans doute celui qui avait été responsable de la rencontre de la monteuse avec sa réalisatrice, de la sélection du film à Cannes, ou de la carrière d'Ada en général. J'ai inondé mes amies de sms, de messages audio. Quand Iris m'a rappelée, à peine une heure plus tard, elle ne pouvait pas s'arrêter de rire. Elle riait aux éclats, riait, riait, et répétait en boucle que c'était fou, oui, qu'Ada était magnifique dans sa robe prêtée par Chanel, mais que celle de Catherine était la plus belle, et que je leur manquais, et qu'elle était tellement fière. Allez, je vais raccrocher parce qu'il faut faire la fête maintenant et si on continue à se parler je vais me mettre à chialer. Oui. Vas-y chouchou. Bois beaucoup de champagne ! Je vais acheter une bouteille pour trinquer avec vous.

Mme Peron, propriétaire de l'hôtel, petite-fille du fondateur, ne s'appelait pas Peron à l'état civil, mais personne ne la connaissait sous un autre nom. Quitter ce lieu était un drame auquel l'existence ne l'avait pas préparée. Elle n'avait pas le choix, avait-elle expliqué à Iris et Ada. Les charges, ses enfants qui ne voulaient pas reprendre, la pression financière, la fatigue, la très grande fatigue de ces dernières années, son âge. Elle était violemment antivax. La pandémie l'avait ruinée. Elle était à deux doigts de penser que le virus était une invention maléfique des puissants, et puis elle l'avait chopé. C'est compliqué en vrai si tu veux, disait Iris au téléphone, parce que là aujourd'hui on a enfin compris qu'elle a tous les symptômes du Covid, elle est alitée avec de la fièvre, des difficultés respiratoires, mais ses fils ne veulent pas la faire tester. On en a rencontré un des deux, il était bien chelou, le mec. Du coup on a pas trop cherché à discuter. Bref, nous on est grave cas contacts. C'est sûrement pas une bonne idée que tu viennes dans ces circonstances. Je lui ai rappelé que j'étais déjà dans le train. Ah oui, merde. Bah je ne sais pas quoi te conseiller.

Après la Palme, Ada avait été nommée aux Oscars dans la catégorie Meilleur Film étranger. Hollywood lui avait fait un pont d'or. Qu'elle ait gardé à ce point la tête froide à la suite de ses succès donnait une petite idée de sa force de caractère. Elle préférait à une série pour Netflix un documentaire sur une vieille hôtelière de Marseille. Néanmoins, elle était extrêmement sollicitée et ne pouvait pas se permettre d'attendre les bras croisés la convalescence de Mme Peron. Iris avait décalé un projet pour accompagner Ada, mais elle pouvait encore rattraper le coup. Elles étaient toutes les deux célibataires, sans enfants, libres de leurs mouvements. Enfin, elles partaient. Elles me laissaient la chambre triple, en espérant éviter de me refiler cette saloperie au cas où elles auraient été contaminées. On avait à peine le temps de se faire des *hugs* à l'américaine derrière nos masques. T'es sûre, ça va aller ? Mon deuil m'avait renvoyée en enfance. Une enfance orpheline. Évidemment, ça va aller. Tu m'appelles si tu déprimes, hein ? Je te texte ce soir de toute manière. Iris et Ada me confièrent leur clé.

Tu ne veux pas faire demi-tour ? m'a glissé Tom. J'avais des choses à voir à Marseille. Je voulais visiter l'immeuble où avait vécu mon père, le lycée Thiers où il avait été élève, retrouver l'angle de la rue Saint-Ferréol et de la Canebière, découvrir la Cité radieuse de Le Corbusier, les docks. Peut-être la maison de retraite de la mère de Béatrice. M'imprégner de la ville. Je cherchais des pistes, des indices ou à défaut des métaphores. J'avais commencé à me demander si papa n'avait pas inventé Choute pour permettre à son père absent d'avoir préféré son petit garçon, sa famille à une duchesse effarante de beauté. S'il n'avait pas reconstruit une histoire dans laquelle il pouvait se placer au centre d'un maelström politique et sentimental qui le dépassait. Les choix qu'avait faits Georges, il n'avait pu les interpréter qu'à des décennies de distance. J'avais conscience moi aussi qu'il m'était impossible de dessiner de mes parents une image distincte de mes émotions, de mon propre parcours, de mes convictions. Ils avaient été un homme et une femme qui s'étaient aimés, qui m'avaient aimée, et notre amour et leur amour dans le lien filial qui nous unissait gommaient la partie principale de leur réalité. L'essentiel de leur existence ne dépendait pas de leur parentalité, mais dans mon paysage mental ils prenaient toute la place.

Je me suis retrouvée dans cette chambre avec vue sur l'horizon, le coucher de soleil, à côté de deux lits vides. J'ai renoncé à dîner. Il me restait une moitié de sandwich que je n'avais pas mangé dans le train, mais je n'avais pas faim. J'étais soudain prise d'une lassitude extrême. Tom m'a passé les filles sur FaceTime. Je leur ai montré la mer, la baignoire taille enfant. Elles m'ont demandé pour qui étaient ces deux lits supplémentaires. Pour vous ! je leur ai dit. Et papa ? Il va dormir où papa ? Ah, bonne question. On va devoir se serrer très fort. Nous avons ri en imaginant les différentes configurations possibles pour dormir à quatre dans trois lits jumeaux. Un crépuscule de mi-saison en ce mois d'avril avait repeint la chambre en rose vif. Ada et Iris n'avaient de toute évidence pas fait leur service militaire, ni l'école hôtelière. Leurs lits étaient en vrac. Je pris celui qui était fait au carré, une couverture en laine jaune délavée pliée par-dessus. J'allai me coucher. Il ne me restait plus qu'à dormir. Au besoin six jours d'affilée. J'étais exsangue.

À qui sont ces lits ? me suis-je demandé au milieu de la nuit. J'ai d'abord pensé à mes deux filles que j'aimais tant regarder dormir à plat ventre, leurs petits poings fermés contre leurs tempes. Mais non. J'étais moi aussi dans un lit simple, et pourtant j'avais un amoureux, non ? Oui, bien sûr. Les filles avaient un père, Tom. Je m'étais même mariée. Au secours. Alors ces lits devaient être à mes parents. Papa et maman, côte à côte, dans leur lit d'hôpital où je les avais veillés tant de fois. Attends, je vais t'aider à te redresser. L'un déposait sur ma main une pluie de baisers. L'autre m'attrapait par les épaules pour m'enlacer. Mais non. Ils étaient morts. Rappelle-toi, ils sont partis tous les deux. Il ne reste personne. Plus personne. Ils sont tous morts. Tous. Mes parents, leurs parents. Même les frères de mon père, même ses fils. Oh putain. Je les voyais distinctement, ils étaient là, tous les deux, à me fixer. Putain mais partez ! j'ai sangloté. Partez, foutez-moi la paix, maintenant. Partez pour de vrai ! Je revoyais ma mère sur sa civière à la morgue. Je revoyais mon père dans son cercueil ouvert. Ces deux lits vides, les lits de mes deux morts. À l'aide, par pitié. Je me suis levée brusquement. J'ai déplacé une des tables de nuit, j'ai rapproché les lits, j'ai empilé les matelas l'un sur l'autre, j'ai basculé le sommier du deuxième lit sur le flanc pour en faire une porte et la claquer. Dessous, il y avait des moutons. Dehors, il y avait des mouettes. Vos gueules, bordel. Juste, taisez-vous. Fermez-la maintenant.

J'ai dormi. J'ai rêvé que j'avais recommencé à fumer. J'essayais d'allumer une cigarette avec un chalumeau mais la flamme ne prenait pas. J'essayais de tirer dessus mais il ne se passait rien, j'aspirais compulsivement, sans succès. Puis je m'apercevais que je portais une robe blanche, une robe comme je n'en avais pas porté à mon mariage, avec des grands volants de mousseline qui s'ébattaient au vent.

Je continuais d'essayer d'allumer cette foutue cigarette malgré le vent, le danger manifeste, j'étais déterminée, je tirais dessus comme une dingue, mon chalumeau à la main, la cigarette ne s'allumait pas mais la robe prenait feu, j'allais brûler vive quand je me suis réveillée en sursaut. Tous s'accordaient à dire que Georges était un fumeur invétéré. Toutes les photos ou les tableaux de lui en témoignaient aussi. Vers la fin de sa vie, renoncer à ses Gitanes avait été un calvaire. J'ai pensé au personnage de *L'Étranger* d'Albert Camus dans sa cellule. J'ai pensé au personnage de *La Montagne magique* de Thomas Mann dans son sanatorium. Les romans que j'avais lus me semblaient plus réels que mes souvenirs. J'ai regardé l'installation que j'avais fabriquée en pleine nuit. Elle proposait une figure assez cohérente de mon état, de l'avancée de mes réflexions. Un piteux état.

Je me suis installée sur le balcon un moment. Des ferrys partaient pour la Corse ou l'Algérie. Je n'ai pas essayé de voir s'il était possible de prendre un café dans la salle du petit déjeuner. Je suis sortie de l'hôtel et j'ai marché le long de la corniche. Je suis tombée sur un bureau de tabac qui s'appelait Monument. J'ai acheté un paquet de Gitanes blondes. L'emballage en carton m'avertissait que je risquais un cancer du poumon. J'en ai allumé une avec mon café dans une tasse en papier, sur le trottoir. Il y avait effectivement un monument face au bar-tabac. Une arche proprement monumentale dédiée aux héros de l'armée d'Orient et des terres lointaines, dressée sur un promontoire au-dessus de la mer. Un peu en avant de l'arche une statue de femme, elle aussi monumentale, drapée dans une sorte de toge, tendait les bras vers le ciel, rappelant étrangement par sa teinte vert-de-gris de cuivre oxydé la statue de la Liberté.

La cigarette m'avait donné la nausée et le tournis. Il aurait fallu que je mange quelque chose. J'ai payé ma consommation et me suis dirigée vers le monument, un de ces innombrables monuments aux morts. Il était signé Gaston Castel, celui qui avait hébergé la famille de mon père en 1940. Il m'apparaissait clairement que l'arche était tournée vers l'ouest, vers le coucher de soleil que j'avais admiré la veille. Si elle s'adressait aux armées des anciennes colonies françaises, elle était mal orientée. En l'occurrence, elle faisait face à New York. Le monument me proposait un triangle du deuil : New York, Dakar, Marseille.

Errant dans cette ville inconnue à la recherche de souvenirs qui ne m'appartenaient pas, j'ai retrouvé l'immeuble où mon père et les siens avaient vécu pendant la guerre, impasse Croix-de-Régnier. À quelques minutes à pied du lycée Thiers. Au coin de la rue, la maison de Gaston Castel était devenue un musée. Je pourrais revenir le visiter. Pour l'heure il était fermé. Au 5, à droite de la porte cochère, il y avait un petit cœur incisé dans la pierre. À gauche de l'interphone, un autre cœur, rouge celui-là, au pochoir. En dessous, au marqueur indélébile en lettres enfantines, on avait écrit MAMAN.

Je rentre bientôt les filles, je leur ai répondu au bout du sixième jour. Je m'étais remise à cloper comme en quarante. Tu fumes, maman ? m'a demandé George. Non, pas vraiment. C'est pas mauvais pour la santé ? a-t-elle renchéri. Bof, pas tant que ça. J'aime pas que tu fumes, maman. Je comprends, mon amour, mais la décision ne t'appartient pas. Mes filles avaient fait de nets progrès en français. Leur école proposait aussi des cours de chant, de violon. Georges, dans son célèbre discours prononcé salle Pleyel, avait souligné l'importance de l'éducation musicale pour le développement intellectuel et artistique des pupilles de la nation. Il aurait été fier de sa descendance. J'avais pris des habitudes dans mon sanatorium, ma cellule. Personne ne semblait se préoccuper de mes allées et venues. Ni la propriétaire – je ne savais pas si elle s'était remise ou, au contraire, si on l'avait emmenée aux urgences – ni le fils chelou. Je n'avais croisé personne dans cet hôtel depuis mon arrivée. Tu rentres quand ? m'a demandé Tom. Bientôt. Je ne sais pas exactement. J'ai encore des trucs à faire. Genre quoi comme trucs ? Je n'en avais pas la moindre idée. Je me suis surprise à trouver ça drôle, follement drôle, tout ça, cette situation. Mon amusement était difficile à cacher en gros plan sur FaceTime. Je pouvais comprendre que mon mari ait l'impression que je me foute de sa gueule. Qu'est-ce qu'il y a de si marrant ? Rien, ou tout, je ne sais pas. Je ne fais rien depuis que je suis arrivée. Rigoureusement rien, ou rien de productif, rien que je puisse t'expliquer. Je zone, je relis la thèse de Béatrice Duval pour la quatrième fois, je marche. Et là, je me disais, demain c'est vendredi. Et ? Bah vendredi c'est aïoli ! What ? J'ai explosé de rire. C'est juste que, pouh, attends, je ne sais pas pourquoi c'est si drôle, c'est débile, je peux pas t'expliquer, je crois, je sais pas, c'est un truc français, tu peux pas comprendre. À Marseille, le vendredi c'est aïoli, m'avait dit le type qui tenait Monument. Hors période Covid, le samedi c'était karaoké.

Il faisait un temps splendide. J'aurais au moins pu aller à la plage. J'avais même pris un maillot de bain dans mes bagages, sur la recommandation d'Ada et Iris. Depuis la naissance de mes filles, je ne me souvenais pas d'avoir passé six jours d'affilée sans elles, sans urgences familiales, sans tâches domestiques, sans être appelée pour m'occuper de quelqu'un : d'elles, de leur père, de mon père. Même ma sœur ne m'avait pas téléphoné depuis une semaine. Je ne lui avais pas dit que j'étais à Marseille, par crainte de devoir répondre à une batterie de questions. Depuis le jour où elle m'avait annoncé la mort de notre mère, chaque fois que je voyais son nom s'afficher sur mon téléphone, je me préparais à une catastrophe. Bizarrement la mort de papa n'y avait rien changé. De qui pouvais-je redouter la disparition soudaine à présent ? Si je m'inquiétais en permanence qu'il puisse arriver quelque chose à mes filles, j'étais pourtant soulagée de ne pas avoir à les border, leur préparer à manger, ranger leur bordel, écouter leurs chamailleries. Soulagée aussi de ne pas avoir à négocier avec leur père pour savoir qui remplirait le lave-vaisselle. À gérer cette médiocrité du quotidien. Cette chienlit, aurait dit papa. Cet ennui, aurait dit maman. Leurs câlins me manquaient cruellement mais tant pis. Je me passerais de câlins. Il fallait bien faire des sacrifices. J'étais mieux sans elles. J'étais bien seule, avec mes lits jumeaux transformés en barricade. Je n'aurais pas dû faire d'enfants, me répétais-je en faisant défiler sur mon téléphone des photos d'elles depuis leur naissance. J'avais été une fille dévouée, j'étais une mère imparfaite. J'espérais que mes filles parviendraient à ne pas s'inquiéter pour moi comme je m'étais inquiétée pour ma mère.

C'est dans un taxi, une nuit, à Paris, tandis que le chauffeur me faisait la conversation pour éviter, peut-être, de s'endormir au volant, que j'ai compris l'origine du gros orteil pourri de mon père. Le monsieur s'était mis à me raconter que sa fille venait de se faire opérer d'ongles incarnés, une opération bénigne mais extrêmement douloureuse, enfin toujours moins pénible que les souffrances auxquelles la pauvre gamine était quotidiennement confrontée, obligée d'acheter des chaussures deux pointures au-dessus pour ne pas hurler de douleur sur le chemin de l'école. Nous dépassions le monument à La Fayette sur le cours la Reine lorsqu'il m'expliqua que malheureusement, en contrepartie, elle n'aurait pas de très jolis pieds, probablement ne porterait-elle jamais de sandales ouvertes. L'acte chirurgical consiste à tronquer l'ongle de l'hallux – c'est comme ça que s'appelle le gros orteil, vous avez peut-être entendu parler de l'hallux valgus, on appelle ça aussi un oignon, quand l'orteil se tourne vers l'extérieur – ou à l'amputer si vous voulez, du coup, il reste plus qu'un tout petit bout d'ongle grand comme l'auriculaire. Grand comme une dent de lait ? Oui, à peu près. Enfin c'est pas ce qu'il y a de plus chic, mais elle n'aura plus mal. Le lendemain de cette conversation nocturne, j'ai demandé à papa, à la table du restaurant où il m'avait invitée, s'il s'était fait opérer d'ongles incarnés. C'est pas vraiment un sujet pour nous mettre en appétit, c'est pas très ragoûtant comme histoire ! Enfin oui, effectivement, il avait subi une intervention similaire à celle de la fille du chauffeur de taxi, à dix ans. Mais alors c'était la guerre ? Ah oui, tu as raison, ça a dû se passer pendant la guerre, ajouta-t-il avec désinvolture. J'ai eu d'autres maladies plus ou moins graves par la suite, j'ai été opéré d'une péritonite aiguë, d'une hernie, d'un infarctus – j'étais là, mon papa, tu te souviens, on voyait la tour Eiffel scintiller à Noël depuis ta chambre d'hôpital ? –, mais rien qui n'ait été aussi épouvantable que cette saloperie d'ongle incarné. Comment est-il possible qu'un tout petit bout de chair provoque une telle douleur ?

Incompréhensible. J'ai toujours eu très honte de mes pieds. Ils sont moches-moches-moches, c'est abominable ce qu'ils peuvent être moches ! Heureusement mon amour adoré, tu n'as pas hérité de moi. Tu as toujours eu des pieds ravissants, petit ange. Pluie de baisers. D'ailleurs, dis donc, tu en as de belles grolles ! C'est moi qui te les ai offertes ?

J'étais en train de me brosser les dents et de désespérer de la quantité de rides sur mon front face au miroir de la salle de bains de ma pension de famille marseillaise, quand mon téléphone a sonné. Je n'ai pas pris le temps de cracher mon dentifrice. C'était Bruno. Tes filles vont bien ? Tu bosses ? Ce ton badin permit à mon sang de refluer. J'appuyai sur la touche silence pour me rincer la bouche. Rien de grave ? répondis-je enfin. Non au contraire, j'ai une excellent nouvelle ! Alors, tu sais que Valmondois est officiellement jumelé avec le village de Niamone en Casamance ? Hein ? Oui, c'est formidable, c'est pas pour ça que je t'appelle. Je parlais l'autre jour à la femme sénégalaise qui s'occupe de l'association, je lui ai évoqué notre vœu de faire don de la bibliothèque de papa, elle était fascinée par la somme de livres, tu penses, et elle m'a proposé d'écrire à son ami, le président de l'université Cheikh Anta Diop à Dakar. Tu connais ? Bref, eh bien, figure-toi que ce monsieur m'a répondu le jour même. Je te résume nos échanges depuis : il m'a raconté, avec beaucoup d'émotion, qu'il avait découvert la philosophie avec le *Vergez et Huisman*, que Huisman était pour lui le nom d'une sommité inégalée, que son œuvre avait ouvert chez lui la voie d'une vocation d'enseignant, de chef d'établissement. Il ne pouvait concevoir plus grand honneur, et plus juste retour du destin, que d'accueillir à Dakar la bibliothèque de papa.

Il faut encore régler les questions pratiques, dont les frais de transport, etc., mais il a confirmé qu'il instituerait des salles de lecture au nom de papa, que sa collection pourrait devenir l'une des plus importantes bibliothèques philosophiques du continent africain. Allô ? Ça a coupé ? Je ne t'entendais plus. Non bah voilà, c'est sensationnel ! Enfin j'ai imaginé que ça te toucherait. Hein, comment ?

Tu crois qu'elle sera sympa avec lui quand même, un minimum ? m'a demandé Elsa devant la dépouille de papa. Maman, tu veux dire ? Bof, j'en doute. De là où elle est, elle lui en veut encore tu penses ? Où qu'ils soient tous les deux, j'avais répondu à ma sœur, je leur souhaite d'en avoir fini avec le ressentiment. Je leur souhaite d'être en paix, comme on dit, mais tu la connais... En préparant le déménagement de la bibliothèque de papa – treize palettes de livres, huit tonnes de papier –, le transport dans un container par semi-remorque vers les docks de Marseille, puis sur un navire de charge, nous nous sommes dit, Elsa et moi, que maman devait y être pour quelque chose. La bibliothèque poussiéreuse de papa partait rejoindre ses cendres à elle. Dans les recueils de prières posés sur les tables de nuit des motels américains, au chapitre consacré au rite funéraire, il y a cette formule qui dans son usage a valeur de dicton : « *Earth to earth, ashes to ashes, dust to dust.* » De la terre aux cendres, des cendres à la poussière, je vous déclare unis par les liens des abîmes. Vous pouvez vous embrasser maintenant. Et arrêter de vous disputer. Et vous taire aussi un petit moment. Please and thank you.

Durant les derniers jours de la vie de papa, nous avions établi un roulement. Chacun passait quelques minutes ou quelques heures à son chevet, selon ses disponibilités. Les médecins avaient arrêté les traitements. On appelle ça pudiquement les soins palliatifs. Soulager quand guérir n'est plus une option. Attendre la mort le moins douloureusement possible. J'avais pris mon train régional. Puis le métro jusqu'à Michel-Ange - Molitor. J'étais passée devant la librairie d'occasion à l'angle de la rue Erlanger. Parmi les livres anciens exposés dans la vitrine figurait une première édition des *Contes et légendes du Moyen Âge* de Marcelle et Georges Huisman. J'ai sonné à l'interphone, à mon nom de jeune fille. Je n'en avais pas changé. Ma belle-mère m'a ouvert. Elle allait sortir le chien. Une fois n'est pas coutume. J'étais soulagée qu'elle nous laisse seuls. Le visage de mon père ne s'est pas illuminé en me voyant pénétrer dans sa chambre. Ses yeux étaient mi-clos. Il respirait difficilement. Je me suis assise sur un tabouret à côté de son lit. J'ai pris sa main dans la mienne. Sa main lâche et décharnée. Je l'ai vu s'étouffer lentement. Il aspirait péniblement des filets d'air entre ses lèvres serrées, ses mâchoires édentées. Une lumière ocre de fin d'après-midi s'étoilait jusqu'à nous depuis les rideaux tirés. J'ai lissé son front d'une caresse rassurante, j'ai lissé ses cheveux blancs, j'ai embrassé sa tempe, sa joue. Je t'aime papa chéri, j'ai chuchoté dans sa nuque en mouillant son oreiller. Je t'aime tellement. Fais bon voyage, mon papa adoré. Je t'aime. Je t'aime à la folie. Je te guetterai toujours, ici et là-bas.

REMERCIEMENTS

Outre les récits de mon père, la figure de mon grand-père, Georges Huisman, m'est apparue grâce à la thèse d'Hélène Serre de Talhouët, *Placé pour être utile : Georges Huisman à la direction générale des Beaux-Arts (1934-1940)*, université Charles-de-Gaulle – Lille III, 2015 ; NNT : 2015LIL30010.

Le roman en est librement inspiré. Je la remercie ici de m'avoir autorisée à m'emparer de son œuvre pour la transformer à ma façon, et de m'avoir accordé sa confiance et son amitié.

Parmi les historiens qui ont accompagné l'écriture de ce livre, je tiens à saluer avec autant de reconnaissance que d'admiration Jacques Hillairet, Laurent Joly, Antoine Prost, et tout particulièrement Pascal Ory.

À Frédéric Maria, du fond du cœur.

Composition : PCA
Achevé d'imprimer par Dupliprint à Domont (95)
en octobre 2023.
Dépôt légal : août 2023
Numéro d'imprimeur : 2023100934

ISBN : 978-2-07-304422-8 / Imprimé en France

617780